밥만 먹고 레벨업

박민규 게임 판타지 장편소설

WISHBOOKS GAME FANTASY STORY

14

박민규 게임 판타지 장편소설

초판 1쇄 찍은 날 | 2020년 12월 09일
초판 1쇄 펴낸 날 | 2020년 12월 16일

지은이 | 박민규
펴낸이 | 권태완 우천제

기획 | 위시북스
편집책임 | 한준만
편집 | 위시북스

펴낸곳 | ㈜케이더블유북스
등록번호 | 제25100-2015-43호
등록일자 | 2015. 5. 4
KFN | 제2-62호

주소 | 서울시 구로구 디지털로31길 38-9, 401호
전화 | 070-8892-7937 팩스 | 02-866-4627
E-mail | fantasy@kwbooks.co.kr

ISBN 979-11-293-7026-6 04810
       979-11-293-4001-6(set)

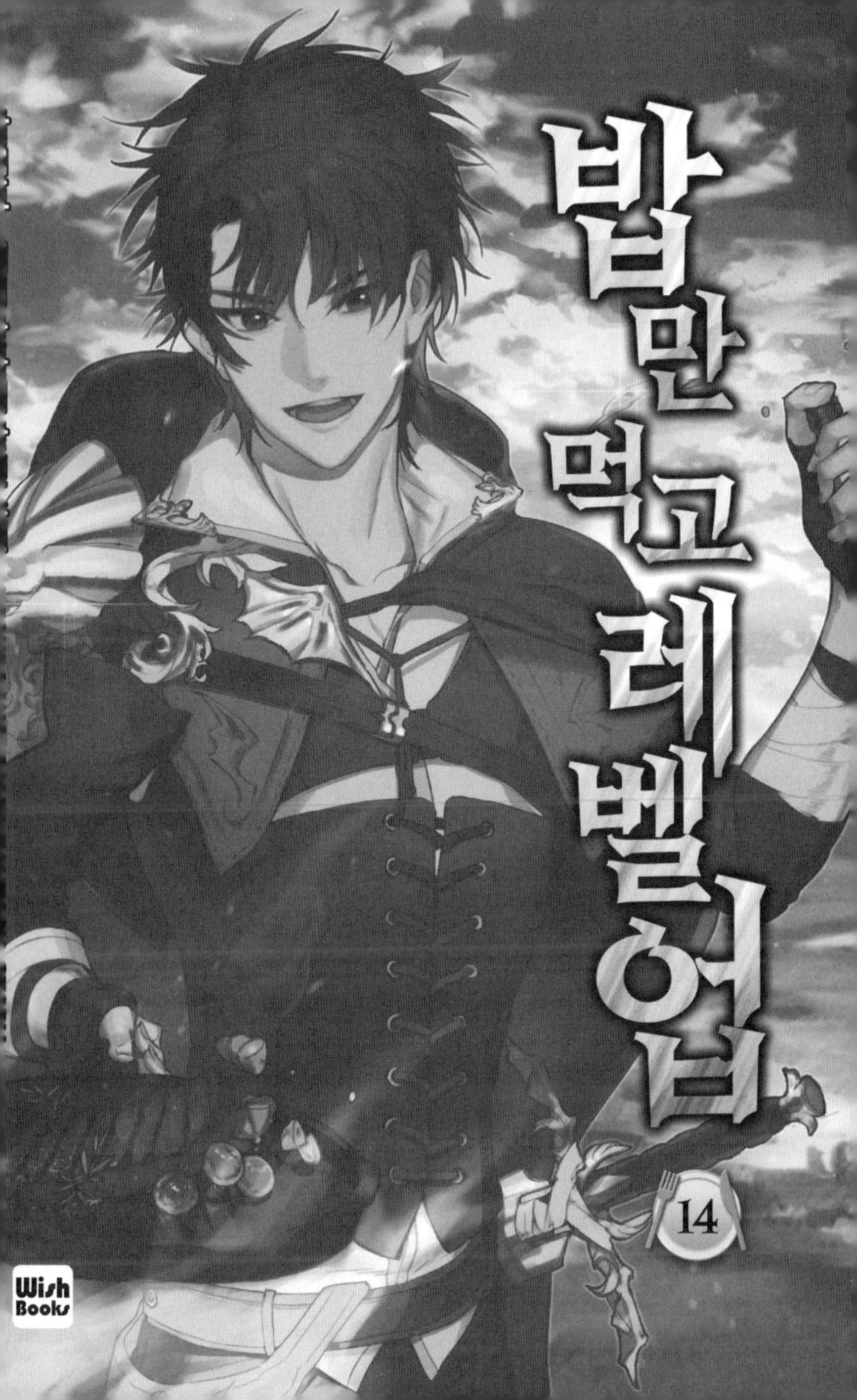
밥만 먹고 레벨업
14
Wish Books

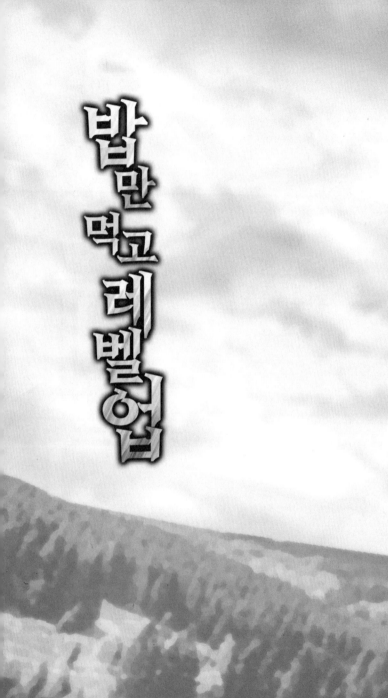

CONTENTS

1장
최강의 방어 영지 아틀라스

공격 기지 베르드크 탈환전!

처음에는 대한민국 유저들도 상당히 선전하는 듯 보였다. 최상위 하이 랭커들이 앞으로 나서며 유저들의 사기를 최대한 끌어올렸다.

하지만 중국 측의 최상위 랭커들도 만만치 않았다. 대륙 전쟁이니만큼 적들도 내로라하는 자들이 주로 나온 것이다.

그러나 그들이 나왔을 때까지만 하더라도 전투는 균등한 균형을 이루는 듯 보였다. 대한민국 랭커들도 결코 호락호락하지 않음을 보여주는 셈이었다.

그렇지만 바로 지금, 호일천의 등장과 함께 베르드크의 근처에 모여들었던 대한민국 랭커들이 커다란 난관에 봉착하게 되었다.

[검의 황제의 살육]
[빠르게 휘두르는 검에 추가 공격력 250%가 붙습니다.]

갑자기 어디선가 나타난 호일천을 향해 카르가 스킬을 사용하였다.

카르는 대한민국의 핵심적인 딜러였다. 높은 공격력과 그만큼 높은 레벨, 심지어 스킬에 붙어 있는 추가 대미지나, 아티팩트들도 마찬가지였다.

그의 검이 1초에 서른 번을 움직이며 휘둘러졌다.

하지만 놀라운 일이 벌어졌다.

피피피피피피피핏-

[공격에 실패합니다.]
[공격에 실패합니다.]
[공격에…….]

카르가 눈을 크게 떴다. 이런 식의 공격 미스는 보통 상대방이 자신과 약 100레벨 이상의 스텟 차이를 가졌을 때나 나타나는 경우다.

바로 호일천이 가진 '회피하는 자'의 스킬이었다.

이 회피하는 자는 반쪽짜리 극의를 얻으면서 획득한 스킬. 자그마치 회피율을 400% 증가시킨다.

거기서 그치지 않았다. 호일천의 단도의 끝이 검게 물들었다. 그리고 카르가 눈을 깜빡인 순간.

[죽음의 단도술]
[적의 가슴으로 단숨에 거리를 좁혀 추가 대미지 800%를 입힙니다.]

푹!

카르가 막을 새도 없을 정도로 빠른 공격이었다. 단숨에 품 안으로 파고들어 그의 가슴에 단도를 꽂았다.

"크아아아아아아악!"

카르의 HP가 빠르게 하락하기 시작했다. 하지만 아직, 카르는 건재했다.

호일천이 양손에 쥔 단도를 휘리릭 돌리더니, 또 한 번 스킬을 발현했다.

두 개의 단도가 허공으로 날아올랐다.

[죽음의 환영 단도술]
[수백 개의 환영의 단도가 자아를 가진 듯 움직이며 적을 유린합니다.]

쐐에에에에에에엑!

두 개의 단도가 수백 개로 변화하며 카르에게 날아갔다.

[검의 황제의 수호]
[적의 공격을 간파하여 빠르게 공격을 방어합니다.]

오로지 방어에만 집중하는 검의 황제의 수호 스킬.

카르는 이제까지 단 한 번도 이 스킬로 막아내지 못한 공격이 없었다. 날아오는 단검들을 노려보며 준비를 하던 그때.

쒸이이이이이익-

단도들이 궤도를 바꿨다. 옆으로, 앞으로, 뒤로 움직인다. 한 번 뒤로 갔다가, 다시 앞으로 움직인다.

물처럼 그렇게 흐르며, 카르를 공격한다.

태에에엥!

"미친……!"

자아를 가진 단도술이라니?

힘겹게 하나하나 쳐냈으나, 카르는 몸 곳곳에 공격을 허용하기 시작했다.

"크하악!"

[아아아아! 대한민국 공식 랭킹 1위 카르 선수가 밀리기 시작합니다.]

[저 호일천 선수를 꺾을 유저는 우리나라에 정말 없는 것일까요!]

그리고 그때, 수백 개의 단도에 공격을 허용하는 카르가 있는 그 틈으로 달의 암살자 루시아와 루완이 난입했다.

"흐으으읍!"

루완이 서둘러 커다란 사각 방패를 펼쳤다.

사각 방패가 길어지더니 둥근 원의 형태로 변화하며 그들의 몸 전체를 감쌌다.

태태태태태태탱-

"비, 빌어먹을……."

"상황이 좋지 않습니다. 카르 님, 호일천과 카르 님이 싸우는 동안, 밀리기 시작했습니다."

"젠장!"

카르가 욕지거리를 토해냈다.

"후퇴해야 합니다."

"무슨 개소리를 하는 거야?"

루완의 말에 카르가 목에 핏대를 세웠다. 후퇴라는 말은 말 그대로 도망이라는 말이었다. 언제나 최고의 자리, 아니, 한 번은 빼앗겼지만 그를 제외하고 항상 최고의 자리에 있던 카르에게 후퇴라는 말은 어울리지 않았다.

이번엔 루시아가 말했다.

"카르 님은 충분히 잘해주었습니다. 국민도 우릴 비난하진 않을 거예요. 한데, 만약 여기에서 사망한다면 3일 동안 접속 제한뿐만 아니라, 더 이상 대륙운(大戮雲)에 들어올 수 없다는 사실도 명심하세요."

그렇다. 무척 분하고 이 공격 기지를 빼앗긴다면 승기가 중국 측으로 확연하게 기울겠지만, 일단은 살아남아야 한다. 그래야 후일을 도모할 수 있다. 여기에서 정말 정상급이라고 할 수 있는 랭커들이 모두 죽어버린다면 더 이상의 희망도 사라지게 된다.

결국, 카르는 루완이 펼쳐준 방패 안에 숨어 명령을 내렸다.

"후퇴하라!!"

"후퇴!!"

"퇴각하라!!"

[아아아아! 결국, 대한민국 유저들 후퇴를 선택합니다.]

[하지만 옳은 결정입니다. 지금 여기에서 더욱더 큰 전력 손실이 발생한다면 우리나라의 패배가 명확해질지도 모릅니다.]

[이번 공격 기지 탈환 패배의 원인은 뭐라고 생각하시나요?]

[결정적인 이유는 두 개가 존재하죠. 바로 호일천이 랭커들의 발을 묶어두었다는 점, 그리고 중국의 NPC들입니다.]

이번 전투의 비중에서 중국의 NPC들의 비중이 상당했다.

[카이온 대륙은 우리나라보다도 훨씬 더 넓습니다. 그만큼 NPC들의 숫자도 압도적이며 강력한 NPC들도 상당수 보유하고 있죠. 심지어 이번 전쟁에서 저들은 '흑기사단'을 내보냈습니다.]

[아까 전에 보았던 검은 갑옷을 두른 이들을 말씀하시는 거군요? 흑기사단이 도대체 뭐죠?]

[흑기사단은 중국의 알카스 제국 황제의 기사단으로서 카이온 대륙 내에서도 최고의 기사단으로 불립니다. 레벨이 자그마치 500~530의 사이를 오갑니다. 우리나라 랭커들은 한번 사망하면 더 이상 대륙운에 들어올 수 없습니다. 반대로 NPC들이 죽는다 해도, 어마어마하게 강한 기사단의 숫자를 보유한 중국 측은 강력한 NPC들을 계속 내보내는 것이지요. 심지어 NPC들의 전용 입장권의 경우 레벨 제한이 크지 않으니까요.]

시청자들이 이를 간단하게 표현했다.

[말 그대로 우리나라 랭커들과 중국 측 랭커들이 비등하다고 해도, NPC들 격차 때문에 안 된다는 거네……?]
[근데 솔직히 중국 땅덩어리가 더 넓은데, 이걸 어떻게 이김…….]
[NPC들부터가 차이가 너무 난다…….]

이러했다.
그리고 후퇴를 선택한 대한민국 랭커들.
"뛰어라!!"
그들은 뒤도 돌아보지 않고 달리기 시작했다.
하지만 문제는 이를 중국 쪽 유저들이 가만히 두느냐였다.
"쫓아라!!"

"한 놈도 살려 보내지 마라!"

그들이 맹렬한 기세로 그들을 뒤쫓으려 하고 있었다.

바로 그때.

"파이어 스톰, 파이어 스톰, 파이어 스톰, 파이어 스톰, 파이어 스톰."

쫘르르르르르르르!

전장 한복판에 거대한 크기의 화염 토네이도가 나타나 그들의 길을 막아냈다.

[아아! 이 정도 마법을 사용할 수 있는 사람은 단 한 사람!]

[바로 검은 마법사 알리입니다!!]

역시나, 알리가 블링크를 사용하며 앞에서 나타났다.

"가세요."

"호, 혼자서 저들을 어떻게……!"

"달려요. 달리다 보면 식물들이 당신들께 길을 안내할 겁니다."

"……?"

"그 길을 따라 뛰세요. 그곳에 우리나라가 승리할 방법이 있을 테니."

"……예."

루시아는 고개를 끄덕였다. 이해할 수 없는 말이었지만 일단은 달리기 시작했다.

그리고 먼 곳에서 목소리가 들려온다.

"동료ㅇㅇㅇㅇㅇㅇㅇㅇㅇ!!"

달리면서 루시아는 생각했다.

'이렇게 감동 파괴를 한다고?'

방금까지 알리의 희생(?)에 감동하고 있던 루시아였다.

"네놈 하나 우리가 죽이지 못할까!"

하지만 곧이어 알리의 한 손에 헬파이어가, 또 다른 한 손에 아이스 스피어가 생성되었다.

"……!"

"마, 말도 안 돼!"

중국 측 진영의 고위 마법사들이 경악한 목소리를 토해냈다.

동시에, 그것도 빠른 시간 안에 캐스팅을 해낸다? 아직 그 어떠한 마법사도 이루지 못한 경지.

"더, 더블 캐스팅?"

"내 동료들이 가는 길에 쥐새끼 한 마리도 가지 못한다."

그 순간. 땅을 비집고 10m 크기가 넘는 거대한 뱀 한 마리가 모습을 드러냈다.

쫘드드드드득! 취이이이이이익-

혀를 날름거리는 거대한 포식뱀이 랭커들을 매섭게 노려보고 있었다.

알리는 생각했다.

'동료들이여, 그곳에 승리할 수 있는 길이 있습니다.'

그리고 대한민국과 세계의 모두는 알지 못했다. 지금 현재, 알리가 어떤 길드에 소속되어 있는지.

두 개의 마법을 캐스팅 중이던 알리가 수천의 적들을 향해 마법을 난사했다.

콰콰콰콰콰콰콰콰쾅!

이는 호일천조차도 도망치게 만들 정도로 강력한 마법 난사였다. 알리는 MP를 아끼지 않으며 최대한 적들을 막아내고 있었다.

[대한민국의 검은 마법사 알리 유저가 혈혈단신으로 우리 중국 측 랭커와 병사들의 발을 묶어두고 있습니다.]

[저 유저의 강력함은 인정해야 합니다. 저 거대한 뱀은 어떻습니까, 마법사들과 전사들, 궁수들의 스킬 능력을 디스펠 시켜 버리고 있어요.]

[엄청납니다!!]

TV를 보는 중국인 세 사람이 함께 있었다.

"호일천이 꽤 해주는군."

"호일천 녀석, 물 만났어. 국민들이 영웅이라 해주니, 자신이 정말 강한 줄 아는군."

피식거리는 그들은 중국의 비공식 랭커들이었으며 하나의 집단을 이루고 있었다.

숫자는 고작해야 열다섯 명. 하지만 이 열다섯 명의 이들 중 호일천이 10위권의 무력밖에 머물지 못한다면 믿겠는가?

자리에 앉아 있는 세 사람은 그러한 호일천을 훨씬 더 능가하는 1~3위였다.

"하지만 아직 대한민국은 진짜배기들이 나타나지 않았어."

"뭐, 우리도 마찬가지니까."

대한민국에선 아직 비공식 랭커 카이스트라나, 혹은 그 외의 자들이 모습을 드러내지 않고 있었다. 자신들처럼.

그들은 오로지 돈을 위해 움직이는 이들인 다크 게이머들로, '흑룡단'이라는 이름으로 불리는 자들이었다.

"이제 곧 MP가 바닥나 도망치겠군."

한 사내의 말처럼이었다. 곧이어 검은 마법사 알리가 블링크를 사용, 빠르게 벗어나기 시작했다.

흑룡단 이들은 여유롭게 TV를 주시하고 있었다.

민혁은 이해할 수 없었다.

엘레는 어떠한 사람인가, 단순히 NPC인가? 라고 질문한다고 하면 아니라고 할 수 있었다.

폭식 결여증에 걸린 민혁은 아테네라는 게임을 하면서 몇몇 인연을 쌓아왔다. 그중에 가장 끈끈하고 값졌던 인연이 바로 엘레였다. 그녀는 황제라는 높은 자리에 앉았음에도 자신을 그저 한 명의 동생으로 아끼는 사람으로 대해주었다. 그 당시 현실에서 친구 하나 없던 민혁에게 엘레는 정말이지 고마운 사람이었다.

그런 그녀가 차가운 목소리로 검을 들어 겨누며 민혁에게 한 말.

"검을 쥐어라, 민혁아. 그리고 나를 죽일 듯이 공격해 봐라."

그 말에 민혁이 물었다.

"어째서요?"

"지금의 상황을 이겨 나갈 수 있는 길이 너밖에 없다고 판단했기 때문이다."

엘레는 씁쓸한 미소를 머금었다. 자신이 해내지 못했던 일이다. 하지만 민혁이라면, 어쩌면 이 녀석이라면 할 수 있을지도 모른다.

또한, 그는 일시적이지만 이미 '극의(極意)'의 엘레의 검술을 펼친바 자신보다 낫다.

하지만 지금 그 자격이 있는지 실험해야 했다.

"너의 강함을 확인하면 더 강해질 수 있는 방법을 알려주마."

그 말에 민혁은 곰곰이 생각하는 표정을 지었다.

강해지기 위해 엘레와 싸워야 한다?

그에 잠시 고민하던 민혁이 고개를 저었다.

"그럼 안 할래요."

그 말에 엘레는 마치 알고 있었다는 듯 여유로운 미소를 지었다.

"진짜? 정말?"

"네, 안 해요!"

그에 엘레가 보좌관 루스를 불러들였다.

루스는 황금색 보물 상자를 들고 있었고, 그 보물 상자를 펼치자 정체를 알 수 없는 작은 돌이 들어 있었다.

"소원의 돌이라고 불리지. 이 소원의 돌은 나와의 대련에서 인정을 받은 네가 갈 시련이 있는 곳에 적용할 수 있다. 그리고 이 소원의 돌은 사용자가 설정할 수 있지."

민혁은 탐탁지 않은 표정을 지었지만 엘레는 계속 설명했다.

"예를 들어, 시련을 깰 때마다 아티팩트 '재료'를 설정하면 그때마다 뛰어난 아티팩트 재료를 준다."

민혁의 표정이 변했다.

엘레의 눈이 여우처럼 올라갔다.

"그래, 요리 재료를 설정하면 깰 때마다 요리 재료를 주지."

그리고 루스가 자연스럽게 상자함을 다시 턱! 하니 닫았다.

"네가 만족스러운 결과를 주면 주려고 했더니, 참으로 아. 쉽. 구. 나."

하지만 민혁은 그때도 망설였다. 아무리 먹을 것이 좋아도 그것 때문에 누나를 공격하다니?

'망설이다니, 최후의 방법을 써야겠군.'

설마 민혁이가 먹을 것에 망설일 줄이야? 한편으론 기분이 좋았다. 그만큼 자신을 아낀다는 말이었으니까.

그에 엘레는 최후의 수단을 사용하기로 했다.

"내 말에 귀 기울여라."

그에 민혁이 귀를 쫑긋 세웠다.

"민혁이가 마지막에 먹으려고 아껴둔 냉면 계란 내가 냠름 먹어버림."

"……!"

"라면 한 젓가락만 달라고 해놓고, 내가 다 먹음."

"……!!"

"탕수육 먹는데, 묻지도 않고 내가 소스 부어버림."

"죽어라아아아아아아아아!!"

민혁이 살기를 띤 채 죽일 듯이 돌진하기 시작했다.

그렇다. 이것이 바로 민혁 조련 스킬 만렙에 오른, 엘레의 위엄이었다!

엘레는 생각해 봤다. 대륙운(大戮雲)이라는 고마운 시스템의 등장으로 어쩌면 아스간 대륙이 이길지도 모르는 확률이 조금이나마 상승하게 되었다.

하지만 카이온 대륙은 소문처럼 아스간 대륙보다도 더 넓은 곳이니만큼 더 많은 강자가 즐비하고 넘쳐났다. 또한, 극의(極意)라는 개념의 여덟 개의 공격 스킬은 카이온 대륙과 아스간 대륙 두 곳에만 존재한다.

물론, 엘레도 들은 바 있다. 극의에 필적하는 힘을 가진 스킬들이 카이온 대륙이나 아스간 대륙을 넘어서 다른 대륙에도 존재한다.

즉, 엘레는 몰랐지만, 아테네 운영자들이 극의라는 스킬을 대한민국과 중국에게 주었고, 그 외의 다른 국가의 서버에도 그에 필적하는 스킬들이 다른 명칭으로 존재하는 것이다.

그리고 엘레가 기억하는 아스간 대륙에 존재하는 극의는 딱 두 가지였다. 바로 엘레의 검술과 과거 검신 다음으로 제일 갔다는 정체 모를 자의 검술이었다.

'그리고 만약, 나머지 여섯 개가 전부 카이온 대륙에 있다면…….'

최악의 상황이 되는 셈이다.

다행스러운 점은 지금 랭커 깨기를 하고 다니는 호일천이라는 자가 부리는 극의는 반쪽짜리였다.

그에 엘레는 생각해 냈다.

민혁이가 진정한 극의(極意)에 오를 수 있을지 모를 방법.

'두 개의 극의를 반 절씩 배운다.'

엘레의 검술의 극의(極意)는 완전한 형태를 이룬 적이 없다. 하지만 극의(極意)라 이름 붙여진 두 개의 검술의 반쪽짜리씩이라도 익혀낸다면, 새로운 형태의 극의(極意)가 탄생할지도 모른다.

하지만 문제가 존재했다.

'극의(極意)는 선택된 자만이 얻을 수 있다.'

강해야 한다. 엘레도 알고 있었다. 자신의 엘레의 검술은 여덟 개의 극의(極意) 중 가장 위험하고 강력한 스킬이었다.

그 때문에 몸이 가지는 부담감이 컸다.

그리고 그 힘을 가질 자격이 있는지 시험해야 했다.

'과연 나에게 공격을 허용시킬 수 있을까?'

그 정도의 자질.

딱 그 정도만 있더라도 합격이다.

"죽어라아아아아아아아아!!"

민혁이 온 힘을 담아 쇄도해 온다. 그리고 마치 여성의 춤사위처럼 부드럽고 간결하게, 엘레의 검이 움직였다.

태앵!

민혁의 검이 허무하리만큼 튕겨 나갔다.

엘레가 조소를 머금었다.

"약하구나."

그녀는 왼팔을 여유롭게 늘어뜨리고 있었다.

민혁은 공격이 실패했지만 멈추지 않았다.

검신 발렌의 힘을 통해서 한껏 강화시킨 검술. 그중 하나가 바로 '바람 같은'이다.

탓!

바람 같은으로 단숨에 거리를 좁히고 들어갔다. 그리고 난 무하는 검을 시전했다.

타! 타타탓! 타타탓! 탓!

그런데, 어찌 된 영문인지 수백여 개의 잔상을 만들어내는 난 무하는 검을, 그 안에서 엘레는 가뿐히 피해내고 있었다. 아니, 오히려 그 와중에 빠르게 민혁에게 거리를 좁히고 들어왔다.

"스텝."

본래 엘레의 검술은 그녀의 것. 민혁이 사용했을 때보다 더 긴 거리를, 그리고 더 빠르게, 물 흐르듯이 부드럽게 거리를 좁 혔던 그녀가 검집으로 그의 옆구리를 때렸다.

탁!

"큽!"

"그래서 네가 좋아하는 요리 재료를 얻을 수 있을 것 같으 냐? 냉면 계란 뺏어 먹은 나를 죽일 수 있겠어?"

민혁은 그녀에게 옆구리를 타격당했지만 즐거움에 웃고 있었다.

'재밌어……!'

분명히 재밌었다. 민혁은 올림픽 금메달리스트인 카르를 이긴 실력자였다. 하지만 엘레는 살아오면서 날 때부터 검을 쥐었다.

일곱 살. 자신의 암살을 시도했던 암살자들의 목을 스스로의 손으로 죽였던 나이이다.

열세 살. 수백 명의 병사들을 자신의 손으로 도륙했던 나이이다.

열여섯 살. 전대 황제를 뛰어넘었다고 불렸다.

그리고 스무 살. 실력을 인정받고 여제가 되었다. 그런 그녀의 강함은 상상을 초월했다.

"피어나는 검."

그녀의 검 끝이 부드럽게 땅에 꽂혔다.

[피어나는 검]
[전방 20m의 적을 땅에서 무차별적으로 솟아난 검이 공격하며 관통하지 않아도 450% 추가 대미지를 입힙니다.]

민혁의 것과는 근본적인 힘부터가 달랐다. 그 거대한 힘이 반경 20m에 민혁이 사용하는 피어나는 검보다 훨씬 더 길고 날카로운 예기를 가진 수천 개의 검의 꽃이 솟아오르게 만들었다.

거기서 그치지 않았다. 이는 사물을 관통시키지 아니해도 폭발을 일으켰다.

콰콰콰콰콰콰코콰콰콰쾅!

민혁은 순간적으로 당혹했다. 천 개가 넘는 검의 꽃의 강력한 폭발.

그녀가 풀고 있던 머리를 머리 끈을 이용해 묶었다.

그리고 그 자욱한 폭발 속에서 민혁은 놀랍게도 발 빠르게 콩이를 소환했다.

[절대 방어]
[2초간 콩이와 주인에게 그 어떠한 공격도 허용되지 않습니다.]

절대 방어 스킬을 사용함으로써 모든 공격을 무효화시켰다.

자욱한 흙먼지 속에서 민혁이 모습을 드러냈다.

"누나! 정말 재밌는데요?"

"……하!"

그녀의 입에서 터져 나온 감탄사와 놀라움이었다. 그 찰나의 순간에 펫을 소환하여 펫스킬을 사용하는 민혁의 발 빠른 순발력. 그리고 이필립스 제국 내에서 검의 최강자라 불리는 검의 대제 엘레라 불리는 자신과의 싸움에서 민혁이 뱉어낸 말. '재밌다'는 그 말에 엘레가 경악성 어린 숨을 토해낸 것이다.

'민혁아, 너는 어디까지 오른 것이냐.'

엘레는 이로써 직감했다. 민혁이 오른 경지는, 자신이 예측

했던 것보다 훨씬 더 높을지도 모른다. 자신이 그를 과소평가
했던 게 분명했다.

"그럼 이제……."

엘레가 싱긋 웃었다.

"둘 다 최선을 다해보자."

[미션! 공격 기지 베르드크 탈환을 카이온 대륙에서 성공하였
습니다.]

[카이온 대륙 측에 보상이 주어집니다.]

절망적인 상황이었다. 꽁무니 빠지게 도망치는 루시아의 얼
굴이 와락 일그러졌다.

2,500명의 병력 중에서 살아남은 유저들의 숫자가 고작해야
300명에 불과했다. 그나마 다행스러운 점은 살아남은 유저들
은 대부분 최상위 랭커들이라는 사실이었다.

"빌어먹을! 빌어먹을! 빌어먹을!"

각 길드의 장들, 그리고 어딘가에 소속되지 않은 최상위 정
상 랭커들. 그들의 입에서 쉴 새 없이 욕지거리가 튀어나왔다.

그러던 중, 루시아는 갑자기 주변에 자라난 식물들이 일제
히 움직이며 한쪽으로 휘는 걸 볼 수 있었다.

"저 식물들의 안내에 따라 움직여야 합니다."

"뭐라고?"

카르가 의아한 표정을 지었다. 다른 랭커들도 의아한 표정을 짓고 있었다.

"알리 님께서 어쩌면 우리나라가 승리할 방법이 있다고 하지 않았습니까?"

"그 말을 믿나?"

"……지금 이 상황에서 그것마저 믿지 않는다면 우리에게 희망이 있습니까?"

루시아의 말에 카르를 비롯해 모든 유저들이 침묵했다.

그 말이 사실이었다. 이미 중앙에 위치한 공격 기지 베르드크를 탈환 당했다. 운영자들의 발표에 따르면 베르드크 안에는 어마어마한 공성용 무기들까지 갖추어져 있다고 하였다. 앞으로는 더 밀리게 될 것이고, 구름 티켓을 사용한 중국 유저들이 한국 땅을 밟고 그곳을 침략하기 시작할지도 모른다.

"알겠다."

모든 유저들은 고개를 끄덕였다. 그리고 그 식물들이 안내하는 곳을 향해 걷기 시작했다.

그리고 계속해서 걷던 그들은 어느덧 말로 형용할 수 없을 정도로 아름다운 영지에 도달했다.

"어, 어째서 여기에 이런 곳이……?"

"뭐야? 이거 영지잖아?"

"아…… 혹시! 알리 님은 대륙운에 숨겨져 있는 영지를 찾아낸 것 아닐까요? 어쩌면 어마어마한 힘을 품고 있는 영지를요!"

수많은 유저들이 가설을 세웠다. 거대하고 웅장한 영지! 더 놀라운 것은 주변에 깔려 있는 잘 자라난 과일과 같은 농작물이었다.

"히야, 이 사과 하나 먹어보고 싶게 생겼네."

그것도 희한하게 땅 안에서 사과가 자라고 있었다.

한 유저가 사과에 손을 뻗는 순간.

"그거 먹으면 민혁이가 가만두지 않을걸요?"

모두의 시선이 돌아갔다.

그곳에 스무 명 남짓의 인원이 있었다. 그들은 붉은빛으로 이루어진 갑옷들을 입고 있었다.

번들거리는 그 붉은 갑옷에 감탄이 나오려던 때에, 한 유저가 말했다.

"레전드 길드……?"

"우리들의 영지 아틀라스에 오신 것을 환영합니다."

지니가 작은 웃음을 머금었다.

그리고 그 말을 듣는 순간.

"어째서 오지 않은 거냐! 어째서! 빌어먹을 놈들아, 너희들이 왔으면! 왔더라면 달라졌을지도 모른다!!"

바로 카르였다. 카르는 자만심 강한 인물로, 항상 자신이 최고라 생각한다. 하지만 그의 목소리에는 '절망감' 그리고 '원망'이 섞여 있었다.

아무리 그들이 하이 클래스 전직자가 없다고 할지라도, 카르가 전쟁터에서 말하였던 '쓸모없는 자들'과 다르게 과거의 레전드 길드가 힘이 아예 안 되지는 않았을 터다. 그들은 실력 자체가 출중한 랭커들. 어쩌면 판도가 바뀌었을지도 모른다.

"미안해요, 너무 늦어버렸어요."

"빌어먹을……!"

카르는 쉽사리 화를 가라앉히지 못하는 분위기였다.

침착한 표정의 루시아가 덧붙였다.

"이제 어쩔 생각이죠? 알리는 분명히 이곳에 가면 승리할 수 있는 방법이 있다고 했습니다."

"저희 길드원이 무사히 전달했나 보군요."

그 말에 모두가 잠시 잘못 들었나 싶었다. 검은 마법사 알리가 본인들의 길드원이다?

마법사 알리는 온 대륙을 합쳐도 가히 정점에 섰다는 말이 어울리는 최고의 마법사 유저였다. 당연히 모든 길드에서 최고의 대우를 제시했다. 어떤 4대 길드에선 지분 50%를 넘길 테니, 가입해 달라고 부탁했다.

하지만 모두 거절한 것이 바로 알리였다. 그러한 알리가, 레전드 길드, 아니, 현재 새롭게 이름을 탈바꿈한 길드의 길드원이 되었다?

"방법이라고 하셨나요?"

그리고 지니가 침착하게 말했다.

"간단해요."

지니가 그들을 둘러봤다.

"영지 아틀라스를 수호하고, 이 아틀라스를 믿을 것."

그에 랭커들은 도저히 무슨 소리인지 모르겠다는 표정을 짓기 시작했다.

곧 카르가 뱉어냈다.

"미치겠군……."

도대체 그게 무슨 방법이라는 건지, 이해할 수 없었다.

바로 그때, 지니가 말했다.

"손님이 찾아왔네요. 모두 보시겠어요?"

지니가 커다란 수정구를 들여다봤다.

곧이어 모든 유저들이 그 수정구로 몰려들었다. 그곳에 자신들을 추격해 온 추격대가 있었다. 자신들조차도 모르던 일이었다.

"적룡단……."

암살자 클래스인 루시아가 중얼거렸다.

지니가 그녀를 돌아봤다.

"적룡단은 중국의 비공식 암살자 랭커들이 만든 길드죠, 총인원은 서른 명. 하지만 이 서른 명의 인원들이 모두 레벨이 500에 웃돕니다. 사실상 현존하는 중국 최고의 암살 길드. 그것이 바로 적룡단이죠."

그 말에 지니가 눈을 반달로 그리며 웃음 지었다.

"그래요? 그럼 이제 볼 수 있겠군요. 최고의 방어진을 펼친 영지와 최고의 암살자들. 누가 승리할지."

중국의 유명 즐투버 리오는 세계적으로도 알아주는 즐투버였다. 최소한 그가 올리는 영상은 항상 그 달의 최고의 영상에 꼽히고는 했다.

그러한 리오의 입가에 웃음이 자리매김했다.

[크! 미개한 한국놈들이 도망치다니, 그놈들 우리 적룡단 형님들께서 전부 처바르시겠다는 거 아닙니까!]

[사실상 적룡단 형님들 서른 명만 가도 한국 랭커들 전부 눈 깜짝할 사이에 암살 가능. 인정 아닌가요?]

적룡단은 이번 대륙운(大戮雲)의 전투에서 자신들의 모습을 드러내기로 결정했다. 그리고 방송사가 아닌 즐투버인 리오에게 이를 의뢰했다.

리오는 이 영상을 통해서 중국 유저들이 '양민 학살'을 보며 좋아하게 될 거란 생각에 높은 시청률을 기대하고 있었다.

그리고 적룡단의 단장, 루카. 그는 레벨이 자그마치 530에 달하는 암살자였다. 하이 클래스 전직? 진작에 끝마쳤다.

그의 하이 클래스 명은 죽음의 사자. 루시아라는 달의 암살자와 급이 다른 존재였다.

그들은 방금 전 대한민국 랭커들이 도망친 방향을 쫓고 있었다. 모두가 놓쳤지만, 그들만큼은 은신 스킬과 빠른 발을 이용, 단숨에 대한민국 랭커들이 도망친 방향을 쫓은 것이다.

그리고 그들은 계속 깊숙하게 들어가기 시작했다.

"이쪽입니다."

적룡단의 단원들은 누가 누구라고 할 것도 없이 매우 은밀하며 빨랐다. BJ이지만 랭커이기도 한 리오가 그들을 쫓기 힘들 정도였다.

바로 그때였다.

"후…… 짭짭…… 후…… 짭…… 맛…… 면!"

우거진 수풀 속. 정체 모를 목소리가 메아리가 되어 들려오기 시작했다.

그 목소리에 루카가 서둘러 오른팔을 들어 올렸다.

모두가 잠시 행동을 멈췄다.

"누군가 있다."

그는 속삭이는 듯한 작은 목소리로 말했다.

"이곳. 범상치 않은 곳이 분명하다."

루카의 말에 적룡단원 전부가 고개를 끄덕였다.

하지만 그들은 너무도 침착했다. 마음만 먹는다면 그들은 황제 또한 암살할 수 있는 자들. 그 어떤 적도 그들을 이길 수 없으리라.

그들이 걸음을 옮겼다.

수풀을 지나 드러난 곳에 한 소년이 앉아서 소름 끼치는 귀신 같은 목소리로 노래를 부르고 있다.

"후루루룹 짭짭! 후루루룹 짭짭! 맛 좋은 라면!!"

리오의 카메라에 그 모습이 잡혔다.

그리고 이어서, 시청자들의 댓글이 폭주하기 시작했다.

[저게 바로 한국 귀신?]

[뭐야? 무섭잖아? 어둡고 수풀이 우거진 곳에 왜 저 어린 소년이 혼자 있는 거지?]

[혹시 가족을 이 숲에서 잃은 소년 아닐까요?]

[그렇다면 원통함에 귀신이 된 건가……?]

그리고 그들처럼 적룡단원들도 전부 긴장하고 있었다.

이상한 일이었다. 자신들이 긴장하다니? 정말 한국의 귀신이라도 되는 건가?

"이봐."

루카가 조심스레 그를 불렀다.

그러자.

"으아아아아아아아!!"

갑자기 소년이 벌떡 일어섰다. 그러고는 몸을 홱 돌렸다.

그리고 질문했다.

"라면에 면부터 넣어? 수프부터 넣어?"

순간 적룡단 단원들이 모두 침묵했다. BJ 리오 역시도 마찬가지였다.

침묵하지 않은 것은 오로지 BJ 리오의 채팅방이었다.

[저거 뭐약ㅋㅋㅋㅋㅋㅋㅋ]

[한국은 저런 덜떨어진 놈들밖에 없는 거임?]

[역시 게임 ×신국.]

[라면엔 당연히 수프부터 넣지.]

적룡단 인원들은 장난기라고는 전혀 없었다. 루카를 비롯해 모든 길드원이 마찬가지였다. 대답해 줄 의향도 없었다. 아니, 오히려 이 정체 모를 지적 장애인 소년은 아스간 대륙의 사람이었다. 때문에 자비 없이 죽인다.

스르르릉!

루카의 예기가 서린 단도가 모습을 드러냈다.

적룡단의 루카는 암살자 마천우와 근본적인 질이 다른 인물이었다. 그리고 루카가 자세히 보자 소년은 방금 전까지 라면을 끓여 먹고 있었던 듯 보였다.

'한 번에.'

그것이 바로 루카가 베풀 수 있는 자비이다. 소리 없이, 죽음을 맞이하게 하는 것.

그의 팔이 움직였다. 그리고 그 순간, 그의 몸은 그대로 남고 소년의 바로 등 뒤에서 나타난 루카의 환영이 그의 목을 그었다.

아니, 그으려 했다.

소년의 목 끝을 그으려던 단검. 그 단검이 소년이 뻗은 나무 젓가락 끝에 의해 막혀 있었다.

순간 모든 적룡단 단원들이 경악했다.

루카가 방금 전 사용한 '환영 공격'은 똑같은 환영을 만들어 내어 적을 공격하는 스킬이다.

하지만 환영이라고 해도, 일격의 공격력은 평소와 동일하다. 아니, 환영 공격이 발현되면 평소보다 약 200% 정도 강한 힘을 발휘한다. 또한, 기척 없이 적을 죽일 수 있는 스킬.

그런데, 그러한 공격 스킬이 지금 나무젓가락 끝에 의해 막혀 있었다.

"웅? 라면에 면부터 넣어? 수프부터 넣어?"

"……죽여."

루카가 짧고 굵게 말했다. 그 순간, 서른 명의 단원들이 소년을 향해 몸을 숨기고 움직였다.

단 한 소년을 향해, 발 빠르게 움직이는 검은 복면에 붉은 갑옷을 착용한 적룡단의 모습.

팟!

나무 뒤에 숨었던 적룡단원의 단도가 소년을 향해 날아갔다.

태애애애애앵!

소년의 나무젓가락이 그를 가뿐히 쳐낸다.

그치지 않고 소년이 돌진.

"나는 코니르!! 그저 질문했을 뿐인데, 나를 공격했다! 나쁘다!!"

달리는 소년을 향해 다섯 명의 적룡단원이 몸을 날리고 들어왔다.

하나의 단도. 소년이 고개만 까딱해 피해낸다.

어깨를 내리찍는 단도. 부드럽게 발끝을 회전시켜, 이 역시 소년이 가뿐히 피해낸다.

복부를 찌르는 단검. 소년이 손목을 잡아채 그대로 끌어당겨 넘어뜨린 후에 움직인다.

'이, 이럴 수가……'

리오는 경악할 수밖에 없었다.

적룡단이 누구이던가, 현존하는 최고의 중국 암살자 길드였다. 암살 명부에 이름이 올라가면 무조건 세 시간 내로 의뢰를 끝낸다는 이들.

그러한 그들을 어린 소년이, 되려 소년처럼 그들을 가지고 놀고 있었다.

"미, 미친……!"

그리고 루카가 욕설을 지껄인 그때.

어느덧, 소년이 루카의 앞에 나타나 있었다.

"죽음의 단……."

재빠르게 스킬을 전개하려 했을 때, 그보다 소년이 더 빨랐다.

소년이 쥔 나무젓가락. 그 나무젓가락으로 루카의 머리를 힘껏 내려쳤다.

퍼억!

나무젓가락으로 내려친 소리라고는 믿기지 않는 소리였다.

엄청난 타격음과 함께, 적룡단장 루카의 몸이 휘청였다. 그리고 HP가 15%가 깎여 나간 걸 볼 수 있었다.

그치지 않았다. 소년의 나무젓가락이 목, 명치를 지나 몸의 여러 개의 급소를 일제히 타격한다.

파파파파파파팟-

"크하아아아악!"

[HP가 70% 미만으로 하락합니다.]

[목을 공격당하셨습니다.]

[호흡 곤란이 발생합니다.]

[명치를 공격당하셨습니다.]

[가슴의 통증이 몸을 마비시킵니다.]

지금 이 순간, 루카는 무력화되어 버렸다.

'하, 한국에 이런 존재가 있다고……?'

이는 NPC가 분명했다. 그리고 적룡단원들이 루카를 구하기 위해 달려든다.

"단장님!!"

"막아!!"

하지만 소년이 더 빨랐다. 소년이 빠르게 품속에서 단도를 꺼내 들었다. 그리고.

푹!

루카의 가슴에 검을 꽂았다.

"크학!"

루카가 비틀거리다가 풀썩 쓰러졌다. 그에 적룡단의 이들은 흥분을 감추지 못했다.

"이 빌어먹을 놈이!!"

"감히 단장님을!"

"네놈에게 지옥이 뭔지 보여주마!!"

"라면 대상인 코니르!! 다 덤벼라!"

하지만 다 덤비라는 소년의 말과는 무관하게, 곧이어 한 사내가 나타났다.

그는 피부가 검었으며 상당한 미남자였다. 오른손에는 창극이 검은 창을, 왼손에는 '왕자님은 왜 오늘 밤 외출했는가'라는 책이 펼쳐져 있었다.

"코니르, 이제 돌아가야지. 이 시간까지 놀면 못 쓴다. 끌끌~"

"응!"

그리고 갑자기 쪼르르르 그 마족의 품으로 다가가는 것 아니겠는가? 마치 저녁 늦은 시간까지 친구들과 뛰어놀다가 부모님과 함께 돌아가는 듯한 모습이었다.

그런데, 그 마족이란 자가 재밌었다.

"여기 재밌는 문장이 있군, 폐하의 손길이 나의 다리를 스치고 지나갔다, 짜릿함이 나의 온몸을 뒤덮고……."

"……."

"더 듣고 싶지? 궁금한가?"

마족이 혼자 북 치고 장구 치며 말하기를.

"그렇다면 희대의 작가 아르벨이 집필한 베스트셀러 '왕자님은 왜 오늘 밤 외출했는가'를 구매해 보면 된다네, 지금 5% 할인해서 원래 1만 골드인데, 1만 500골드만 받는다네."

"이이이이익!"

"이놈들……!"

적룡단의 이들이 이성을 잃었다. 이것은 명백한 조롱이었다. 감히 자신들을 앞에 두고 저런 태평한 소릴 지껄이다니?

이 태평한 행동에 의해 이성을 잃은 적이 한 번도 없는 적룡단의 이들의 눈이 뒤집혔다.

이성을 잃은 자들의 검은 흔들리게 마련. 이 모든 것은 아르벨의 의도였다.

그리고 모든 이들이 일제히 달려들 때 아르벨의 창이 가뿐히 휘둘러진다.

[마룡창술 5장]
[폭주창]

콰콰콰콰콰콰콰쾅!

창극이 지나간 방향으로 거대한 폭발이 솟아올랐다. 그에 의해 적룡단원 세 명이 충돌에 집어삼켜져 뒤로 날아갔다.

어느덧 아르벨과 소년 코니르가 먼 곳을 향해 달리고 있었다. 그리고 마족이 말하기를.

"지금 구매하면 10% 할인해서 1만 1천 골드만 받겠네!!"

어째 할인한다면서 할인가가 계속 비싸지는가!!

적룡단의 이들은 이성을 잃고 그를 따라 달리기 시작했다.

그리고 곧 수풀 너머로 모두가 사라졌다.

"……."

리오는 혼자 남게 되었다. 그 또한 최상위 랭커였지만 적룡단 그리고 도망친 마족과 소년을 쫓을 수 없었다.

그는 주변을 둘러봤다.

까아아아악- 까아아아아악-

까마귀가 운다.

[리오 표정 봐……]

[길 잃어버린 어린애 같지 않음?]

[근데 아까 전에 마족이 말했던 '왕자님은 왜 오늘 밤 외출했는가'는 어디서 구하는 거임?]

그리고 그때. 인기척 사이로 누군가 나타났다.

"히이이이이익!"

리오가 경악했다. 하지만 그의 비명과 다르게 모습을 드러낸 이는 아주 아름다운 미녀, 바로 지니였다.

루스는 오랜 시간 동안 엘레를 보좌해 왔던 보좌관이었다. 그녀가 태어났을 때부터 그녀를 보좌해 왔고, 그에게 있어서 엘레는 너무도 높고 멋진 분이셨다.

엘레는 어렸을 때부터 검을 잡아왔다. 전대 황제 폐하의 병마의 악화로 인해 약해지려는 국력을 바로 잡기 위해.

그녀는 천재였다. 어떠한 전대 황제보다 뛰어난 검술을 구사하며 고작 스무 살이라는 나이에 검의 대제 엘레라는 이름으로 불리게 되었다.

그러한 엘레는 이해할 수 없게도 '민혁'이라는 이방인을 누구보다도 아끼고 사랑했다.

루스는 어쩌면 엘레가 외로워서라고 생각했다.

그녀는 홀로 묵묵히 세상과 싸워왔고 지금도 마찬가지이다. 힘들어도 좌절하지 않았으며, 슬퍼도 눈물 흘리지 않았다. 황제의 모습이, 곧 국민의 모습이기 때문.

그녀는 강경했다. 하지만 민혁이라는 이를 만나고는 농담도 하고 웃기도 한다.

처음엔 딱 그뿐이라고 생각했다. 그런데, 지금 이 순간, 루스의 생각은 변화하려 하고 있었다.

'어쩌면 엘레 폐하께선……'

지치셨을지도 모른다. 누군가의 어깨에, 누군가의 목소리에 기대고 싶었을지도 모른다.

엘레는 민혁을 외로워서 아낀 게 아니다. 기댈 수 있는 성장 가능성을 보았기에, 그랬기 때문일지도 모른다.

루스의 가슴이 뜨거워졌다.

날아오르는 엘레와 강력한 검술, 그리고 그사이를 파고들며 '비산하는 검'을 펼치는 민혁.

강했다. 처음 봤을 때의 그는 '헤헤'거리며 웃기만 하며 먹을 것만 보면 환장을 했다. 완전히 바보 천치였다.

하지만 지금은 달랐다. 그는 엘레에게서도 밀리지 않는, 강한 남성이 되어 있었다.

'하지만⋯⋯.'

아직 폐하를 이기긴 무리다.

그렇지만 이기자 하는 그 호승심. 그 호승심에 박수를 칠 수 있으리라.

파앗!

민혁의 몸이 부드럽게 움직인다.

그 또한, 검에 대한 일가견이 있는바. 나비처럼 빠르게 움직이며 공격을 시도했다.

[세 번 빠른 공격]
[세 번 빠르게 적을 공격합니다.]

급이 낮은 스킬이지만, 엘레의 검술은 그녀에게 모두 간파당하고 있었다.

민혁이 엘레보다 우월한 것은 딱 한 가지다. 바로 '아티팩트'나 '스킬'이다.

탱! 탱탱!

그녀의 검은 부드럽게 세 번 연속으로 빠르게 이어지는 검조차도 가뿐히 막아냈다. 그리고 민혁의 옆구리에 검을 찔렀다.

[회피에 성공합니다.]

하지만 새로이 얻은 '군주의 갑옷'의 효과가 발현된 민혁이 회피했다.

회피에 따라 공격을 무효화시켰을 시 좋은 점은 곧바로 빈틈이 생긴다는 거였다.

"분노하는 검."

그 틈을 놓치지 않고 분노하는 검을 사용했다. 강력한 힘이 검 끝에 넘실거리며 주변으로 바람이 휘몰아쳤다.

쐐에에에에엑!

곧바로 있는 힘껏 찔렀지만 이미 엘레는 민혁의 등 뒤로 가 있었다.

파하아아앙!

그녀가 쏘아 보낸 강력한 힘에 민혁이 뒤로 퉁겨 날아갔다.

"쿨럭!"

한참이나 뒹굴다가 몸을 일으킨 민혁이 기침을 토해냈다.

"약해 빠졌구나."

하지만 말과 다르게 엘레는 속으로 굉장히 놀라고 있었다.

'한 단계.'

그 정도만 올라도 자신과 견줄지도 모른다. 이 아이가 언제 이렇게까지 성장하였다는 건가?

'이미 확인했어.'

그는 극의를 배울 수 있는 육체와 재능을 가지고 있다. 하지만 그에 대해 더 보고 싶었기에 그녀는 검을 멈추지 않았다.

바닥에 쓰러져서 몸을 일으킨 민혁은 무언가 곰곰이 생각하는 듯했다. 그러더니, 한쪽 팔을 들어 올리고 물었다.

"누나, 밥 먹고 해도 돼요?"

바로 밥 먹고 합시다 스킬, 그리고 폭주를 동시에 사용하려는 생각이었다.

엘레가 그에 고개를 끄덕였다.

"네가 할 수 있는 모든 수단과 방법을 가리지 말거라."

리오는 갑자기 나타난 여성에 의해 깜짝 놀랐다.

'한국의 랭커?'

리오는 직업이 BJ인 만큼 타국의 랭커들의 얼굴도 익히 알고 있었다.

곧 지니가 다가와 말했다.

"이거 방송 중이죠?"

"아…… 어…… 음…… 네."

리오가 만약 여기에서 로그아웃 당한다면 더 이상 대륙운(大戮雲)을 중계할 수 없게 된다. 그 때문에 그는 말 잘 듣는 강아지처럼 고분고분했다.

"안녕하세요. 한국 서버의 지니입니다."

지니는 작은 인사와 함께 이야기를 시작했다.

"요즘 인터넷이 대한민국과 중국의 대결로 뜨겁습니다. 그리고 우리나라에 대한 악평 댓글이 참 많더라고요."

그녀가 작은 웃음을 머금었다.

"대한민국은 게임 ×신국이다. 대한민국은 우리 중국의 2/10의 전력도 상실시키지 못하고 질 것이다. 심지어 얼마 전에 중국 랭커 카오스 님께선 이렇게 말씀하셨죠. 대한민국과의 대륙 전쟁? 그런 걸 전쟁이라고 하진 않지, 학살이라고 하지, 라고요."

그렇다. 중국 내에서는 언행을 조심해야 하는 랭커들마저 대한민국을 조롱하고 있었다.

그녀의 입가에 차가운 미소가 자리매김했다.

그들의 언행들. 대한민국을 대놓고 무시하며 조롱하고 있다. 그에 지니가 싱긋 웃으며 말했다.

"저 또한 그들에 대한 답변을 드리도록 하죠."

그녀의 표정이 차갑게, 서늘하게 굳어지기 시작했다.

지니 또한 대한민국의 자랑스러운 랭커.

그리고 그녀는 한 가지 생각했다. 우리나라가 설령 어떠한 나라에 처참히 짓밟힌다 할지라도 자신감만큼은 잃지 말자, 자긍심은 잃지 말자. 그에 차가운 목소리로 그들에게 말한다.

"아가리만 털지 말고 뚫을 수 있으면 뚫어봐, 이 ×새끼들아."

그 말을 들은 리오가 경악한 표정으로 지니를 보았다.

이는 대륙운(大戮雲)에 있는 모든 중국 유저들에 대한 선전 포고였다. 그리고.

'머, 멋지다.'

리오는 전율했다.

자신의 나라가 무시당하는 것에, 모두가 질 것이라는 나라의 랭커가, 한 치도 굽히지 않으며, 한 치도 흔들리지 아니하며 선전 포고한 것이다. 그에 리오는 화가 나기보단 그녀가 멋져 보였다.

그녀를 바라보며 생각했다.

'어쩌면⋯⋯.'

그들은 우리가 생각했던 것보다 훨씬 강할지도 모른다고.

그리고 중국 포털 사이트 실시간 검색어가 변화했다.

[1위. 왕자님은 왜 오늘 밤 외출했는가.]

[2위. 대한민국 랭커 지니 선전 포고.]

2장
병사 대전

전 레전드 길드 마스터 지니의 선전 포고!

그에 따라 중국 각종 포털 사이트에 그녀의 선전 포고 동영상이 떠오르기 시작했다.

이에 대한 중국인들의 반응은 이러했다.

[미친 거 아니냐? 이미 우리 중국한테 중앙에 위치한 가장 거대하고 강력한 공격 도시 베르드크를 빼앗겨 놓고 뭐? 쳐들어와 보라고?]

[무식하면 용감하다더니 ㅋㅋㅋㅋ, 사람들이 레전드 길드, 레전드 길드 하던데, 레전드 길드가 대체 뭐하던 곳임?]

사람들의 그러한 말에 세계 각국 랭커들에 대한 정보를 꿰고 있다는 랭커 박사가 나타났다.

[지니. 본명 임지혜. 전 레전드 길드의 마스터로 명실공히 대한민국의 정상급 랭커. 또한, 그녀가 이끌었던 길드인 레전드 길드는 소수이지만 대한민국 내에서 최고라고 불렸던 길드. 하지만 어느 날 해체를 선언. 그리고 식신이라는 민혁 유저를 마스터로 두고 새로운 길드인 '먹자교'의 부길드 마스터로 가입. 사실상 이를 두고 말이 매우 많았습니다.]

[말이 많았다고요?]

[오오, 척척박사 납셨다!]

[예, 로크와 아스갈, 그리고 크로우의 삼각관계에 따른 불화설, 식신 민혁이 모든 길드원과 18:1로 싸워서 승리하고 길드를 흡수했다는 등 이야기는 많습니다. 확실한 것은 한때 최고의 길드라 불렸던 레전드 길드는 어느 날 갑자기 사라졌고 먹자교라는 이상한 길드로 나타났죠. 문제는 여기서 시작됩니다. 하이 클래스와 로열 클래스가 세계 곳곳에 나타나기 시작했죠. 한데, 대한민국의 많은 유저들의 기대와는 달리, 레전드 길드는 단 한 명의 하이 클래스 유저도 배출해 내지 못하게 됩니다.]

[근데 윗분 척척박사님, 무슨 하이 클래스 랭커가 그리 쉬운 줄 아나 봄? 들어보니까 레전드 길드는 애초에 20명 될까 말까 한 소수 길드였던 것 같은데, 그 정도 인원이면 하이 클래스가 없는 게 맞는 거 아닌가요?]

하지만 그에 따른 반박을 척척박사는 곧바로 했다.

[아니요. 다릅니다. 대한민국의 4대 길드 중 대한민국 순위 40위권 안에 소속된 랭커들은 총 21명으로 집계됩니다. 그리고 레전드 길드는

40위권 안에 든 유저가 15명이 넘습니다.]

그 말 한마디에 모든 사람이 감탄했다.

대한민국 4대 길드에 버금가는 랭커들을 보유하고 있던 최정예 길드.

[하지만 지금, 그들은 하이 클래스로 전직하지 못하였고, 그로 인해 망해간다는 후문입니다. 즉, 이제 퇴물이 된 셈이죠.]

그리고 마지막 글자를 친 척척박사. 바로 아스갈이었다.

대한민국 5성급 호텔의 스위트룸에 앉아 창밖을 바라보며 노트북을 두들기던 그녀가 찻잔을 입에 가져가 목을 축였다.

'시작됐어.'

이 모든 것은 지니의 '계획'이다.

그리고 이제, 반격이 시작되려 하고 있었다.

먹자교 길드는 대륙운을 통해 아스간 대륙과 카이온 대륙이 연결되었을 때, 무엇을 했을까.

민혁은 길드 마스터로서 잠시 전쟁 상황을 지켜보자고 말했다. 그리고 한편으론, 혹시 모를 준비를 했다.

"로아돌 삼촌은 영지 인근으로 적들이 들어오지 못할 강력한 함정들을 설치해 주세요."

일화건설의 사장인 로아돌은 전설 클래스인 함정의 대가였다. 그는 아틀라스 영지 주변으로 엄청난 양의 함정을 설치하기 시작했다.

함정 설치사는 기본적으로 모든 유저들이 꺼리는 직업이다. 일단 PVP 부분에서 함정 설치사는 최악에 가깝다. 하지만 로아돌은 달랐다. 그는 평소에 커다란 도끼를 사용하는 근접형 전투 유저였다. 한데, 실제로 현실에서 폭탄 제조술에 능했고, 아테네 게임의 시스템 도움을 받지 않고 폭탄을 제조해 낸 전설 클래스인 함정의 대가로 전직하게 된 것이다.

실제로 먹자교 길드원들도 그의 함정을 본 적이 있었다. 함정이라기보단 지뢰와 가까웠다. 자그마치 반경 4m를 날려 버리는 어마어마한 폭발력!

"……삼촌."

"응?"

"진짜 불법 건축물들 다 쓸어버릴 거예요?"

"할 수만 있다면? 크흐흐흐! 폭탄은 짜릿해!"

로아돌 삼촌의 새로운 면모를 발견한 민혁이다.

그리고 독 전문가인 스무스 삼촌. 즉 노뚜기의 사장님. 그는 아테네에 존재하는 수천 가지의 독을 다룰 수 있는 유일한 인물이었다. 더 놀라운 건, 그도 로아돌과 비슷한 길을 걸었다. 스무스는 대체적으로 오로지 '맛'보다는 음식을 유통하는 법에 능통한 자다. 그러한 그는, 음식을 독으로 사용하는 방법도 알았다.

"참으로 삼촌의 직업은 마음에 들지 않네요……."

"……엉?"

스무스는 이해할 수 없는 말이었다.

하지만 스무스는 각종 독을 과일, 동물, 땅 그 어디에도 심을 수 있었다. 겉보기에는 일반적인 모습이지만 그가 심은 사과를 먹으면 즉사할지도 모르며, 그가 스컹크에게 심어놓은 독에 의해 스컹크가 방귀를 뀌면 그 자리에 있는 모든 이들이 기절할지도 모른다.

이처럼 민혁은 철저한 준비를 거쳤다.

그렇게 대륙운(大戮雲)을 지켜보던 때에, 중앙에 위치한 공격 기지를 탈환하라는 명령이 떨어졌다. 민혁은 아틀라스라는 영지가 충분히 버텨낼 수 있다는 결론을 내렸다. 그리고 처음으로 아틀라스 영지를 하늘에 띄웠다.

하지만 누구도 예상하지 못했던 문제가 발발했다. 바로 천공의 도시가 된 아틀라스의 비행 속도는 엄청나게 빠르진 않다는 것이었다.

아틀라스가 도착하기 전에, 대한민국 랭커들은 밀리기 시작했다. 이때 난입한다고 달라지는 건 없을지도 모른다고 판단한 민혁. 그는 랭커들을 영지 안으로 받아들이고 영지 방어전 전략을 펼치라 명령한 후 엘레를 만나러 갔다.

그리고 바로 지금.

적룡단이 코니르와 아르벨을 쫓아 영지 아틀라스의 더 깊숙한 곳으로 들어가기 시작했다.

적룡단의 루멜은 부길드 마스터였다. 루카만큼은 아니라고 할 수 있었지만, 그 역시도 암살자 중에선 거의 따라올 수 없는 강자였다.

콰콰콰콰콰쾅!

그러한 루멜은 갑자기 들려오는 강력한 폭발 소리를 듣고 확 하고 고개를 틀었다.

[부길마 루멜: 무슨 일인가.]

[카이로: 루멜 님, 바코와 루티누, 케이로가 갑작스럽게 폭발한 땅에 의해 로그아웃 당했습니다.]

[부길마 루멜: 뭐……?]

그에 루멜은 경악할 수밖에 없었다.

자신들의 직업이 무엇이던가, 바로 암살자들이었다. 암살자들은 주로 은신과 빠른 공격, 또한 적들의 함정을 파헤치는 데 능한 자들이었다.

암살자로 전직하는 순간 패시브 스킬인 '함정 탐색을 가지게 된다. 그리고 이 함정 탐색은 적룡단 길드원들 전원이 Lv7 이상이었다. Lv7 이상이라는 의미는, 어지간한 함정을 보기만 해도 간파해 낸다는 의미였다. 그런데, 그 스킬이 무용지물이었다.

거기서 끝이 아니었다.

"크아아아아아아악!!"

"커헉!"

"수, 숨을 못 쉬겠어! 우웨웨웩!"

곳곳에서 비명이 터져 나오기 시작했다.

[부길마 루멜: 무슨 일이냐!!]

[케든: 루멜 님, 갑자기 정체 모를 꽃에서 독이 뿜어져 나오고 있습니다.]

[부길마 루멜: 뭐……? 너희가 독에 당했다고……?]

[케든: 그뿐만이 아닙니다. 갑자기 나타난 스컹크가 방귀를 뀌고 도망갔는데, 길드원들의 몸이 녹고 있습니다.]

이것이 말로만 듣던 살인 방귀란 말인가?

부길마 루멜은 말문을 잃을 수밖에 없었다.

암살자들은 당연하게도 누구보다도 뛰어나게 독을 다룬다. 아니, 적룡단 인원들이 독을 다루는 솜씨는 대륙 최강이라고 불릴 수 있었다. 그런데, 그들이 간파하지 못하며, 심지어 그들이 가진 패시브 스킬인 '독 저항'을 무시할 정도의 맹독이라니?

'이 영지는 우리가 생각했던 것처럼 호락호락한 영지가 아니야.'

그제야 루멜은 깨달았다. 모든 것은 그들의 계략이었다. 일부러 자신들을 안쪽으로 이끈 것이다.

[부길마 루멜: 전원. 후퇴한다!]

하지만 문제는 이미 늦었다는 거였다. 모든 인원이 이미 독과 함정에 당한 듯 불러도 묵묵부답이었다.

현재 생존한 인원은 자신밖에 없었다.

그때 소년이 나타났다. 그리고 소년이 말했다.

"코니르! 인질 잡았다! 인질! 라면 먹어라!!"

"뭐……?"

그는 이해할 수 없었다.

갑자기 소년이 자신을 공격했다. 절대 당해낼 수 없는 상대였다. 그리고 안대를 씌우고 어딘가로 이끌었다.

그곳에 도착했을 때, 웬 리어카 하나가 놓여 있었고 주변이 온통 하얀 벽뿐이었다. 그곳에서…….

"라면 먹어라!!"

소년이 라면을 끓여주었다.

"제, 제발 그만…… 라면 좀 그만 먹게 해줘어어어!!"

"나는 코니르!! 분명히 너희들이 먼저 공격했다. 좋은 정보를 불든, 라면을 먹든 해라!!"

"크허억, 벌써 라면을 서른 그릇째 먹었다고……! 라면에 초콜릿을 왜 넣는 거냐, 도대체!! 아, 안 돼……! 라면에 오렌지 주스만은……! 커헉!"

라면 고문법을 깨우친 코니르였다.

제2의 마천우가 절규하고 있었다.

아틀라스 영지. 수정구를 통해서 적룡단이 전멸한 것을 본

대한민국 랭커들이 경악했다.

"이, 이럴 수가……."

"이런 말도 안 되는……."

적룡단 인원들은 자신들이 이길 수 없을지도 모를 정도로 빨랐다. 랭커들인 그들이었기에 단순히 보는 것만으로도 어느 정도 무력을 가진지 알 수 있었다.

"아, 아니, 심지어 스컹크 방귀에 적들이 녹는 건 뭐야……?"

"말로만 듣던 살인 방귀군……."

"폐부로 들어가면 폐가 썩기까지 하죠."

어딘가로 갔던 지니가 돌아와 한 말이었다.

세상에, 정말이지 끔찍한 독이지 않은가! 살면서 저토록 끔찍한 독은 처음 들어보는 그들이었다.

"이곳이 승리할 수 있는 유일한 곳……?"

알리는 분명히 말했었다. 식물들을 따라가면 승리할 수 있는 길이 있다고.

모든 랭커들은 짐작했다. 이곳을 수호하는 것, 그것이 승리하는 길이 될 것이다.

하지만 문제가 있었다. 아무리 영지가 막강하고 강하다 한들 최상위 랭커들이 약하면 무용지물이다.

반대로 중국 측에선 아직 꺼내지 않은 비장의 카드들이 많았다. 이번 전투에도 중국 측 하이 랭커들은 모두가 모습을 드러낸 것이 아니었으니까.

"전투에서의 지휘권은 내가 갖도록 하지."

카르가 한 말이었다. 가장 강한 유저인 카르의 말은 합당해 보였다. 또한, 가장 오래 살아남을 수 있는 사람이 지휘관이 되어야 하는 것은 사실이었다.

하지만 곧 지니가 말했다.

"당신은 지휘관이 될 수 없습니다."

"뭐?"

카르의 얼굴이 와락 일그러졌다. 자신이 아니고 누가 지휘관이 된단 말인가?

물론 이 영지는 자신의 영지가 아니었다. 하지만 먼저 협력을 요청한 것은 어쩌면 지니였다. 그녀도 이 자리에 있는 랭커들의 힘을 절실히 필요로 하는 것이 분명해 보였다.

곧 지니가 그 해답을 명쾌히 내놓았다.

"당신은 저희 길드원들에 비한다면 매우 약한 수준에 속하기 때문이죠."

"무슨 개 같은 소리를!! 하이 클래스로 전직도 못 한 너희들과 내가 같다고 생각……."

그에 지니의 눈이 말려 올라갔다.

"누가 그래요?"

그리고 그 자리의 모든 이들을 둘러보며 말했다.

"하이 클래스 전직자가 없다고? 이 자리의 절반이 하이 클래스 전직자입니다."

전 레전드 길드의 핵심 멤버들. 그들의 총원 열아홉 명. 그들 중 반절이 '하이 클래스' 전직자라고 그녀가 말하고 있었다.

너무 놀란 그들이 입을 열지 못했다. 곧이어, 카르가 내뱉은 말이 그 정적을 깼다.

"헐……?"

하이 클래스. 기존의 직업에서 훨씬 더 강화되는 직업을 뜻한다. 결정적인 예를 들어서 지니는 하이 클래스 각성 전에 '채찍의 마술사'였다. 하지만 하이 클래스 전직과 함께 '채찍의 여전사'로 변화하였다. 그로 인해 추가적인 보너스 스텟 포인트를 자그마치 350개나 받았으며 이 스텟은 저절로 채찍의 여전사 클래스에 맞게 상승되었다.

그뿐만이 아니었다. 스킬들의 레벨도 비약적인 상승을 하거나, 혹은 새로운 형태의 스킬들이 재창조되었다.

그리고 각성 후에 주어지는 이 스텟과 스킬 포인트는 지니의 분석 결과 어떠한 하이 클래스 시련을 깨느냐에 따라 질이 달라진다.

현재 모든 유저들은 하이 클래스 시련은 모두 비슷하다고 알고 있다. 그리고 자신들의 경우 다른 유저들과 다르게, 유일하게 마계에 가서 하이 클래스 전직 시련을 진행했었다.

그곳으로 안내하고 문을 열어준 이는 바로 대현자 아르벨이었고, 그곳에서 절반이 넘는 인원이 각성을 해냈다.

그리고 그들을 제외한 다른 하이 클래스 랭커들이 '하이 클래스에 대하여'라는 글들을 올렸다. 하이 클래스가 된 후에, 얼마만큼의 스텟 포인트와 스킬 레벨, 스킬 추가가 되었는지를 알려주는 것이다.

여기에서 지니는 세계의 무수히 많은 하이 클래스 전직자들의 데이터를 비교해 봤다.

그리고 결론이 나왔다. 평균적인 하이 클래스 시련을 완수하고 각성한 이들의 스텟 포인트 개수는 약 250~270개가 상승한다. 스킬 레벨은 약 2~3 정도 상승했다. 하위의 하이 클래스 각성자들은 약 스텟 200~230, 스킬 레벨 1~2이다.

그리고 같은 하이 클래스임에도 더 높은 스텟량과 스킬 레벨을 얻어 낸 이들. 바로 먹자교 길드원들이었다. 그들은 평균적으로 지니처럼 340~400개 사이의 스텟 포인트를 얻었으며, 3~4레벨 사이의 스킬 상승, 스킬 추가를 얻어냈다.

이를 통해 내려진 지니의 통합적인 결론.

'이 하이 클래스 시련도 찾아내는 것에 따라 다르다.'

즉, 어떠한 시련을 깼는지에 따라 보상이 달라지는 것.

그를 생각했을 때, 먹자교 길드원들은 축복받았다.

아니, 어떻게 보면 마계에 입장할 수 있는 것도 쉽지 않은 일이다. 그런데 대현자 아르벨이라는 존재가 자신들에게 있었고 마계의 하이 클래스 전직 장소를 그가 모두 알고 있었다는 것.

'민혁이 덕분이야.'

민혁은 마스터가 되자마자 자신들에게 말도 안 되는 이득을 주고 있었다.

"그런데 어째서 공론화하지 않은 거지?"

카르가 의문을 품고 질문했다.

지니의 대답은 간단했다.

"적들의 허를 찌르기 위해서."

사실 처음 '허를 찌른다'는 국내 유저들을 겨냥한 것이었다.

하지만 대륙운이 오픈되고 전쟁이 시작된 상황이다. 이제 적은 중국으로 변화하였다. 그리고 중국은 이 정보 자체를 모른다. 그 의미는.

'큰 한 방이 가능해진다는 것.'

지니의 눈매가 날카로워졌다.

그녀가 그들을 둘러봤다.

"함께하실 분?"

모두가 머뭇거렸다. 어찌 보면 먹자교 길드의 위상을 높여 주는 일이었다.

"아니신 분들은 그대로 나가시면 됩니다."

먼저 루시아가 손을 들어 올렸다. 마다할 이유가 없었다. 이는 유저들 개인뿐만이 아니라, 나라의 자존심이 걸린 일이었다. 평소 으르렁거리던 랭커들도 힘을 합치고 난관을 벗어나야 한다.

그리고 하나둘, 뒤에 있는 이들이 손을 들어 올리기 시작했다.

마지막엔 카르만이 남았다. 잠시 탐탁지 않아 하던 카르도 결국에는 팔을 들어 올렸다. 아까 겪었던 치욕, 그 치욕을 씻기 위해서라도 이들과 합류하는 게 맞다.

"이제 전쟁을 대비하죠. 제가 중국에 'X 새끼들아, 다 덤벼'라고 해서 지금 엄청 화나 있을 거거든요."

그 말을 들은 모두가 지니를 보며 놀랐다.

'생긴 건 순한 강아지처럼 생겼는데.'

'하는 짓은 영락없는 맹수군.'

그들이 걸음을 옮겼다.

특별 유저 관리팀. 그들의 분위기 또한 좋은 편은 아니었다.

중앙에 있는 베르드크가 함락당했다. 그 안에는 어마어마
한 힘을 발휘하는 공성 무기뿐만이 아니라, 이곳 대륙운 안에
서 통제할 수 있는 카라미스의 병사들 또한 있었기 때문이다.

카라미스의 병사들! 그들은 약 800명으로 구축되어 있었는
데, 일반적인 영지의 병사들보다 더욱더 살인에 능통하며 강
력한 자들이었다. 그러한 병력 800명을 얻게 되었으니, 중국
측에선 이를 활용할 기회가 많았다. 심지어.

"내일은 미션 '병사 대전'이 발발하는 날이군."

대륙운에서는 2~3일에 한 번꼴로 미션이 발발하게 된다.

이 미션을 넣은 이유는 간단했다. 그나마 균등하지 않은 중
국과 우리나라의 균형을 맞추기 위함이었다.

이 미션들은 어쩌면 대회 형식으로 진행되는 셈이다. 한쪽
의 국가가 승리하면 모두가 환호할 것 아니겠는가?

병사 대전은 간단했다. 그날 하루만큼은 유저들은 전쟁에 참
여하지 아니하고 오로지 방어 기지와 공격 기지 획득에 주력해
야 한다. 그리고 NPC들끼리 결투를 벌이게 되는 시스템이다.

대륙운 안에 위치해 있는 NPC들은 현재 대부분이 유저들의 개인 역량에 따라오게 된 이들이었다. 어떠한 길드의 병력들은 상당했으며 그중에는 네임드 NPC들도 물론 존재했다. 대한민국 측도, 중국 측도 말이다.

하지만 우려되는 게 있었다.

중국엔 만리장성이라는 길드가 위치해 있다. 이 만리장성 길드는 3개월 전 아테네 운영자들이 작성했던 가장 영향력이 뛰어난 영지 3개 중 2위를 기록했다. 그 이유는 막강한 병사와 놀라운 힘을 가진 히든 NPC들 때문이었다.

심지어 현재 중국 측 진영은 공격 기지 베르드크와 카라미스의 병사들까지 보유한 상황이라는 점이다.

"내일은 기적이 일어났으면 좋겠군."

강태훈 사장의 말이었다.

박 팀장이 화들짝 놀라며 뒤를 돌아봤다. 다른 팀의 팀원들도 보였다.

"왜 매일 특별 유저 관리팀으로 모이십니까?"

"응? 여기가 편해."

"내 집 같은 편안함이야, 박 팀장."

박 팀장이 한숨을 쉬었다. 그리고 사실 다른 모든 이들의 얼굴도 어두웠다.

그때, 이민화가 말했다.

"중국에는 만리장성이 있지만 우리나라엔 아틀라스가 있잖아요."

"……이제 얻은 지 한 달 조금 넘은 아틀라스? 아무리 영지 아틀라스가 전설의 영지라고 해도 진시황의 전사들을 보유한 만리장성 길드의 NPC들만 할까?"

박 팀장은 요즘 눈코 뜰 새 없이 바빴다. 아니, 한 달 전부터 바빴다. 대륙 전쟁으로 인해 밤낮 야근 안 하는 사람이 없었다. 때문에 근래 모니터를 못 했다.

하지만 이민화 사원은 밤마다 라면과 치킨, 피자, 각종 야식을 섭렵하며 항상 특별 유저 관리팀을 지켰다.

그런 이민화의 눈이 반짝였다.

"충분해요."

지금의 엘레는 민혁에게 어떠한 사람인가 하고 말한다면 그는 곧바로 대답할 수 있었다.

'넘어서고 싶은 산.'

민혁은 폭식 결여증에 의해 게임을 시작했지만, 어느덧 한 사람의 게이머가 되어 있기도 하였다.

그런 그에게 엘레는 넘고 싶은 산이었다.

모든 유저들은 검의 대제 엘레와 손 한 번, 말 한 번이라도 섞어보고 싶어 한다. 또한, 그녀의 검술 실력은 현존하는 이들 중 아스간 대륙 최강이다. 사실상 검성 코니르 역시도 엘레 앞에 선 바람 앞의 등불과 같은 존재라고 할 수 있을 정도였다. 그러한 엘레를, 누나를 넘어서고 싶었다.

하지만 갈수록 자신이 밀리기만 한다는 사실을 깨달은 민혁은 최후의 보루를 사용하기로 했고, 엘레는 흔쾌히 응했다.

"밥 먹고 합시다!"

스킬이 발현되었다. 둥그런 원의 배리어가 생성되었다.

굳이 밥 먹고 합시다까지 사용하는 이유는 간단했다. 밥 먹고 합시다를 사용했을 시, 더 높은 등급의 요리가 나올 확률이 상승한다. 물론 민혁은 '식신을 위한 레시피'를 사용할 것이다. 식신을 위한 레시피는 애초에 일반 요리를 만들어내는 것과는 다른 편이긴 했다. 현재의 유저가 갈망하는 먹거리를 얼마만큼 충족했는가가 영향을 끼치며, 그 외의 다양한 요소들이 끼친다. 또한, 일반 레시피 창조보다 훨씬 더 높은 스킬과 스텟을 올려주는 레시피를 만들어낸다.

단점은 고작 몇십 초에 불과한 버프 효과일 뿐이라는 점.

민혁은 식신을 위한 레시피를 사용했다.

[식신을 위한 레시피를 사용합니다.]
[라볶이를 확인할 수 있습니다.]
[레시피 창조에 따라 버프량을 소모합니다.]

(식신을 위한 라볶이 레시피)
필요 재료: 떡, 라면 사리, 고추장 외 타 재료
기대 요리 등급: 유니크~전설

기대 효과:
- 엘레의 검술 대폭 진화
- 모든 스텟 대폭 상승

설명: 고된 전투에 지친 당신! 당신은 지금 무척이나 배가 고프다. 배가 고플 때 지나가다 본 김밥헤븐! 무심코 들어가 라볶이를 허겁지겁 먹어치우던 것처럼 맛있게 요리해 먹어라!

그렇다. 레시피의 설명처럼 민혁은 엘레와의 전투로 인해 극도의 배고픔 상태에 빠져들게 되었다. 그녀와의 전투는 매 순간이 긴장이었고 그에 따라 칼로리 소모가 컸다.

민혁은 라볶이를 보면서 '후후-' 하고 웃었다. 그는 정녕 먹을 줄 아는 자이지 않은가? 라볶이엔 역시 순대와 튀김이었다.

민혁은 먼저는 라볶이를 만들기 시작했다. 라볶이를 만드는 것은 금방 끝났다.

그다음에 식품 보관 인벤토리에서 순대와 간, 허파를 꺼내었다. 그리고 나무 도마 위에서 노련한 칼솜씨로 순대와 간, 허파를 썰어냈다.

"아, 아니…… 인벤토리에서 어떻게 그런 음식이 나오는 것이냐."

"배고플 때마다 먹으려고 항상 가지고 다니거든요."

엘레는 말문을 잃었다. 세상에! 365일 매일매일 순대와 간, 허파를 가지고 다니는 사람이라니!

거기서 그치지 않았다. 그는 끓는 기름으로 튀김옷을 입힌 오징어튀김을 넣었다.

차르르르르르르륵!

아아! 이 소리는 폭력적인 소리가 분명하다! 이 소리에 의해, 엘레조차도 넋을 잃고 그 모습을 지켜봤다.

기름 안에서 춤을 추며 빠르게 익어가는 오징어튀김. 튀김 체로 건져 올려, 기름을 탁! 탁! 하고 털어내는 민혁의 솜씨는 분식집 사장님 이상이었다.

드디어 모든 요리가 완성되었다.

라볶이에 치즈를 넣어놓고 프라이팬 뚜껑을 닫아놨던 민혁이 열어젖혔다.

쏴아아아아아아~

수증기가 피어오르며 그 안에 하얗게 녹아든 치즈가 보인다. 그뿐만이 아니다. 그 옆으로는 잘 썰린 순대와 튀김, 거기에 어묵과 국물까지 있으니 금상첨화였다.

먼저 치즈가 녹아든 라볶이에 젓가락을 비집고 넣는다.

촤아아아아아~

치즈 안에 숨어 있던 떡볶이 국물을 머금은 면발이 올라온다. 그것을 접시에 덜어 후루루룹 먹어준다.

"아주 잘 배었군."

그러다가 떡볶이의 떡을 먹어준다. 쫄깃쫄깃한 식감! 역시 떡은 밀떡이었다.

그렇게 떡볶이를 먹어주다가, 이번엔 김말이튀김 하나를 집어 든다. 처음의 김말이는 아무것도 찍지 않고 맛본다.

바삭~

입안으로 뜨뜻한 기름과 함께 김말이튀김이 들어온다. 씹을 때마다 기름이 가득 퍼져 나가며 김말이 특유의 좋은 맛이 난다.

반이 남은 김말이를 이번엔 라볶이 국물에 푹 찍어서 입에 넣는다.

바삭바삭-

밋밋할 수 있는 김말이튀김의 맛을 진득한 국물이 잡아주니, 최고 아니겠는가?

그리고 목이 멜 때는? 뜨뜻한 오뎅 국물 한 수저를 떠먹는다.

"크흐! 기가 막힌다, 기가 막혀!"

그다음엔, 꼬챙이에 끼워진 오뎅 하나를 집어 들어 간장에 콕콕 찍어서 야무지게 먹어준다.

순대. 순대는 처음에 소금을 살짝 찍어 먹는다. 쫄깃쫄깃하고 탱글탱글한 식감! 그다음엔 역시 라볶이 국물에 찍어 먹는다.

그리고 간. 간은 다소 퍽퍽한 맛이 강하게 난다. 하지만 이 퍽퍽한 맛이 라볶이 국물과 만나면?

'부드러워지고 매콤달콤해진다.'

간을 라볶이 국물에 푹 찍어 먹은 민혁이 흐뭇한 미소를 지었다. 그렇게 그는 떡튀순, 거기에 오뎅 국물까지 추가하여 흡족하게 먹어줬다.

[식신만을 위한 레시피로 만든 요리를 드셨습니다.]

[2주 동안 식신만을 위한 레시피로 만든 음식을 먹을 수 없습니다.]

[버프 유지 기간 동안 다른 버프를 중복해서 받으실 수 없습니다.]

[라볶이. 그리고 함께한 튀김과 순대, 오뎅 국물의 조화]

[5분 동안 모든 스텟 16% 엘레의 검술이 3 상승합니다.]

이제 본격적인 2라운드 시작이었다.

예전 발라크 사냥 때보다는 모든 스텟 약 3%, 검술 상승도 레벨도 1만큼 적었다. 그렇지만 일시적으로 모든 스텟 16%와 스킬 레벨 3개 상승 정도라면 민혁은 지금 하이 클래스 유저와 마찬가지가 되는 셈이다.

본인만을 위한 레시피로 음식을 먹었을 때, 민혁은 레전드 길드의 하이 클래스 유저들과 동등하거나 혹은 조금 더 강한 무위를 보였다. 헌데, 여기서 하이 클래스만큼 성장한다?

'예사롭지 않구나.'

엘레의 입가에 어색한 미소가 감돌기 시작했다. 한층 더 강력해진 민혁의 기세에 피부가 저릿저릿할 정도였다. 그녀조차도 한 걸음을 떼는데, 작은 조심성을 가진다.

바로 그때.

파앗!

민혁이 바람 같은을 사용, 곧바로 거리를 좁힌다.

쑤우우웅!

엘레의 검이 내려쳐졌다. 하지만 그 순간, 민혁이 눈앞에서 사라져 버렸다. 바로 망토에 붙어 있는 특수 능력인 '투명화'였다.

쐐에에에에에엑-

그 순간, 주변으로 수백 개의 낙엽이 맴돌기 시작했다. 엘레는 현재 갑옷을 입지 않고 가벼운 천 옷을 걸치고 있었다. 그러한 하얀 천 옷이 매서운 바람에 펄럭이기 시작했다.

'강하다.'

바람이 강하다. 엘레가 머리카락을 묶어놨던 끈이 풀릴 지경이었다.

그녀의 머리카락이 매섭게 흩날린다. 그러한 그녀의 눈이 매처럼 빛나고 있었다. 한 치도 긴장감을 놓을 수 없다.

민혁이 흩날리는 검을 사용한 이유를 엘레는 간파했다.

'보이지 않지만, 소리가 난다, 그 소리를 지운다. 이 낙엽과 바람은 그 장치.'

제법, 스킬을 이용할 줄 안다. 그리고 흩날리고 있던 낙엽들이 한곳에 모여들었다.

파앗-

그녀의 검이 빠르게 움직였다.

[발검]
[평소보다 2.5배 빠른 속도로 단숨에 검을 뽑아 적을 베어냅니다.]

핏-

낙엽이 움직이는 방향을 향해 그녀의 검이 빠르게 움직였다. 하지만 이미, 민혁은 뒤로 몸을 빼내면서 다시 나타났다.

투명화는 발동되면 고작 '2초' 동안만 공격이 가능하다. 그에 민혁은 시전 시간 자체가 삭제되는 스킬인 '저장'을 이용해 준비해 두었던 흩날리는 검을 바로 사용한 것.

뒤로 빠졌던 민혁이 수백여 개의 낙엽을 막아내는 그녀를 향해 뛰어들었다.

'미쳤어……'

민혁은 경악하고 있었다.

지금의 낙엽들은 레벨이 3 올라 기존보다 훨씬 더 길고 강력하며 날카로웠다. 그런데, 엘레는 단 한 자루의 검으로 다 막아내거나 피해내고 있었다.

이는 그녀의 '절대 오감' 스킬 때문이었다. 절대 오감 스킬은, 그녀가 날 때부터 가지게 된 스킬로, 모든 감각을 3배 가까이 극대화시켜 준다. 어쩌면 그녀에겐 빠르기의 모든 공격이 슬로우 모션처럼 보일지도 모른다.

하지만 민혁도 그 틈에 준비하고 있던 게 있다.

악마 심판의 검을 '디아블로의 낫'으로 변화, 낙엽들을 막아내는 그녀를 향해 쏘아 보냈다.

채채채채채채채채채챙-

낙엽들을 빠르게 피해내며 디아블로의 낫마저 방어해 내는 그녀. 그녀의 검이 허공을 찢었다. 그 순간, 민혁의 디아블로의 낫이 그 공간으로 빨려 들어갔다.

[여제의 흡수]

[흡수된 스킬이 그대로 발현됩니다.]

그리고 그 순간.

푸직-

민혁의 등 뒤에서 그가 휘둘렀던 것과 똑같은 디아블로의 낫이 나타나 그의 등을 찔렀다.

[HP가 70% 미만으로 하락합니다.]

그리고 이어서 또 한 번 낫이 민혁의 등을 가격하려던 그때.

[물리 대미지 반사! 3배의 대미지를 돌려줍니다.]
[여제의 수호에 따라 물리 대미지 반사가 상쇄됩니다.]

민혁은 경악했다.

엘레는 태어났을 때부터 '여제의 수호'라는 스킬 또한 가지고 있었다. 그녀는 네임드 NPC 중에서도 최상위권에 분류되는 여인이며 이러한 이들을 '지존 NPC'라고 부른다. 이 여제의 수호는 기본 방어력과 마법 방어력을 엄청나게 높여주는 것뿐만이 아닌, 모든 반사 스킬을 무용지물로 만들어 버린다는 것.

민혁은 결정해야 했다.

'이기기 위해선…….'

그는 곧바로 낙엽들을 대부분 쳐낸 엘레를 향해 달려들었다.

촤아앗!

순간적으로 디아블로의 낫이 다시 검으로 변환, 그가 '디아블로의 눈' 스킬을 발현했다.

보통 1개 이상의 급소를 찾아낸다고 설명되어 있지만, 최소한 적들의 3개 이상의 허점을 찾아내는 디아블로의 눈이 단 하나의 허점밖에 찾아내지 못하고 있었다. 그 부분은 바로 명치.

명치를 향해 빠르게 파고든다.

타타타타타탓-

엘레가 자신의 가슴을 노리는 검 끝을 보며 뒤로 물러나며 낙엽들을 쳐낸다.

그 순간, 민혁은 또 다른 스킬을 발현. 바로 '오븐의 재앙'이었다. 머리 위로 타이머가 나타나 째깍이기 시작했다.

민혁이 엘레를 이길 수 있는 유일한 방법은 아티팩트 스킬들을 이용하는 것.

태애애앵!

엘레가 가뿐히 가슴을 노리고 들어오는 검을 위로 쳐내고 민혁의 왼쪽 가슴에 검을 틀어박았다. 가슴에 틀어박힌 검이 붉은빛으로 넘실거리며 그립에서 뻗어 나간 모든 걸 찢어발길 듯한 힘이 발산되었다.

하지만 그 와중에 민혁은 검날을 부여잡았다. 그에 따라 찢어발기는 힘이 민혁의 가슴을 찢고, 더 나아가 온몸을 도륙해 냈다.

피피피피피피피피핏-

몸 곳곳에서 피를 흘리면서도 민혁은 검을 놓지 않았다. 아니, 오히려 팔을 뻗어 엘레의 천 옷 한 자락을 부여잡았다.

"……너."

"누나, 이가 아니면 잇몸이래요!"

그리고 그 순간.

째각째각 째각…….

째…… 각.

콰콰콰콰콰콰콰콰콰쾅!

거대한 폭발이 일며 주변을 집어삼켰다.

그 폭발 안에서 엘레의 주변으로 오망성이 생성되었다.

[이필립스의 방패]
[거대한 보호막이 자신을 방어합니다.]

이필립스의 방패는 거대한 배리어를 생성한다. 더 놀라운 점은 그 안에서도 공격이 가능하다는 점.

미친 듯이 폭발하는 주변에서 그녀가 검을 사용, 민혁의 몸을 또 한 번 베어냈다.

푸직-

하지만 그 순간.

[군주의 갑옷]
[군주의 갑옷의 특수 능력을 사용합니다.]

[모든 HP와 MP가 빠른 속도로 차오릅니다.]

민혁의 모든 HP와 MP가 차올랐다.

엘레는 볼 수 있었다.

콰콰콰콰콰콰쾅! 쩌저적-

이필립스의 방패는 사용자의 방어력을 300% 극대화 시켜 발현된다. 그런데, 그 배리어에 실금이 생겼다.

이어서.

와장장창-

거대한 소리를 내며 깨져 나갔다. 그리고 그 폭발이 엘레를 집어삼키며 뒤로 팅겨 날아갔다. 엘레의 새하얀 옷이 곳곳이 찢어지고 피가 옷을 붉게 물들였다.

뒤로 날아가면서도 엘레는 '엘레의 검술'을 사용했다.

엘레의 검술은 민혁도 보유한 자체 버프 스킬. 하지만 민혁의 것과 근본이 달랐다. 애초에 민혁은 엘레의 검술의 반쪽짜리를 익혔으니까.

[엘레의 검술]

[HP가 초당 0.5씩 차오르며 방어력이 1.5배 상승, 모든 스텟 25%를 상승시킵니다.]

쿠화아아아아아악-

그와 함께 엘레의 주위로 황금빛 오러가 넘실거리기 시작했다.

'엘레의 검술까지 사용하게 만들 줄은 몰랐어⋯⋯.'

그녀는 진심으로 감탄하고 있었다. 그리고 부활한 민혁 역시 번쩍 날아오르고 있었다.

자신을 뒤쫓아 날아오르는 그를 향해 엘레는 빠른 속도로 스킬을 발현. 그녀는 민혁과 다르게, 엘레의 검술 버프를 발현하면 순간적으로 융합시킬 수 있는 패시브 스킬 '융합의 검'이 나타난다.

그녀는 두 개의 스킬을 융합의 검으로 합쳤다.

갈라내는 검, 그리고 비산하는 검. 둘은 융합되었을 시, 새로운 스킬이 되어 나타났다.

[포효하는 검]
[수십 개의 검기가 적과 직격하는 순간, 연속으로 15회의 공격을 가합니다.]

비산하는 검은 상대방에게 방금 한 공격을 연속으로 타격하는 능력, 그리고 갈라내는 검은 강력한 검기를 쏘아 보내는 힘. 그 두 개가 융합되어 나타나는 '포효하는 검'.

엘레의 검에서 발현된 수십여 개의 검기 가닥이 매서운 기세로 날아오른 민혁을 향해 날아갔다. 민혁의 검기보다 족히 3배는 길고 날카로운 검기들이었다.

그 순간.

푸화아아아아아악!

민혁이 폭주를 발현, 검은 기류가 넘실거리다가 민혁의 몸속으로 빨려 들어왔다.

[모든 능력치가 15%, 스킬 레벨이 2 상승합니다.]
[HP가 3%씩 하락하고 스킬이 끝났을 시 HP가 10% 미만으로, 방어력이 20% 미만으로 하락합니다.]

폭주는 첫 스킬 발현 때, 압도적인 강함을 나타내고 두 번째부터는 조금 더 약해진다. 하지만 그마저도 상상을 초월하는 힘을 발현하는 스킬이었다.

[엘레의 검술의 스킬이 일시적으로 극의에 도달합니다.]
[진화된 엘레의 검술을 일시적으로 사용할 수 있습니다.]
[9장. 벼락같은 검]

저번과 전혀 다른 스킬이었다. 또한, 이 벼락같은 검은 그때의 스킬보다도 약했다.

민혁은 자신을 향해 날아오는 수십 개의 거대한 검기들, 그리고 엘레를 향해 벼락같은 검을 사용했다.

"벼락같은 검."

[벼락같은 검]
[수십 개의 검기의 벼락이 하늘에서 내리치며 직격 시 400%의

추가 대미지를 입힙니다.]

　번쩍하면서 허공에서 나타난 수십여 개의 검기 가닥이 매섭게 엘레가 펼친 검기들과 충돌하기 시작했다.

　콰콰콰콰콰콰콰콰콰쾅!

　거대한 폭발이 일어나며 밀고 당기는 싸움이 벌어진다. 그 와중에, 두 개의 스킬이 모두 서로에게 닿았다.

　피피피피피피피핏-

　"크흐읍!"

　피피피피피핏-

　"꺄악!"

　엘레 또한, 민혁이 발현한 벼락같은 검에 어마어마한 타격을 받았다.

　그녀가 뒤로 물러나고 허공 위에 있던 민혁은 바닥에 추락했다.

　그리고 민혁은 HP가 모두 떨어진 것을 알 수 있었다. 하지만 딛고 일어서는 자 스킬이 발현되며 다시 회생하였다. 그가 서둘러 품속에서 빵을 꺼내어 먹었다. 그러자 스킬 '흡수 전환'이 발현되며 HP 25%가 순식간에 차올랐다.

　엘레는 워낙에 HP량이 많았기 때문에 죽지 않았다. 아니, 사실 민혁은 그녀가 죽지 않으리란 걸 알았기에 혼신의 힘을 다했던 것. 그 모습을 보던 루스는 경악했다.

　"마, 말도 안 돼……."

엘레를 저 정도로 밀어붙일 줄은 꿈에도 몰랐다.

바로 그때. 민혁이 입을 열었다.

"누나, 이 정도면 비겼······."

그리고 그 순간, 그대로 앞으로 고꾸라져 버렸다.

[모든 스태미나를 소진하여 일시적으로 기절 상태에 빠집니다.]

아테네도 스태미나의 개념이 존재했다. 체력 스텟이 높을수록, 스태미나 스텟의 보유량도 절로 높아진다. 하지만 엘레와의 싸움에서 극한의 긴장감과 쉬지 않는 싸움으로 스태미나가 빠르게 하락하며 일시적 기절 상태에 빠진 것.

그 모습을 보며 엘레가 작은 미소를 짓고 있었다.

"아니, 내가 이겼어."

하지만 곧 놀라운 일이 벌어졌다.

풀썩, 하고 엘레 또한 정신을 잃고 쓰러져 버렸다.

"폐하!!"

놀란 루스가 황급히 다가가 엘레의 상태를 살폈다. 그녀 역시 상당히 지쳐 있었기에 기절한 것으로 보였다.

간발의 차.

물론 민혁은 모든 아티팩트 스킬과 자신의 모든 걸 사용했다고는 하나, 검의 대제라 불리는 엘레였다. 그러한 그녀와 몇 초의 차이로 패배한 민혁.

그에게로 무수히 많은 알림이 들려오고 있었다.

[지존 NPC 중 하나인 엘레와의 싸움에서 높은 깨달음을 깨우칩니다.]

[엘레의 검술이 1이 상승합니다.]

[5대 스텟이 10 상승합니다.]

[칭호 지존 NPC와 동등하게 싸운 자 칭호를 획득합니다.]

엘레의 상태를 확인하고 루스는 떨리는 눈으로 민혁을 바라봤다. 어째서 엘레가 그를 불렀는지, 또한 극의(極意)를 깨우치게 하려는지 그는 깨달았다.

'저자는 어쩌면……'

엘레조차도 오르지 못한 완전한 형태의 극의에 오를지도 모른다.

그리고 기절 상태에 빠져 있던 민혁이, 갑자기 입을 쩝쩝거리며 중얼거렸다.

"흠냠…… 엘레 누나, 제 스팸 뺏어 먹으면 누나라도 가만 안 둬, 흠냠흠냠, 스팸 맛있엉!"

루스가 말문을 잃었다.

기절한 상태에서도 먹을 것만 생각하는 자.

'……왜 갑자기 슬퍼지지?'

저자가 대륙 전쟁을 승리로 이끌지도 모른다.

전 레전드 길드의 마스터이자 하이 랭커인 지니.

그녀가 중국에 했던 도발. 그 도발 때문에 중국이란 나라 전체가 뜨거워지기 시작했다.

중국의 랭커 카넥스는 이렇게 글을 올렸다.

[대한민국의 랭커 지니 양의 그 용기에 박수를 보냅니다. 사실상 우리 중국이 대한민국을 찍어 누르겠다며 SNS에서 항상 그들을 조롱하고 비웃어왔습니다. 하지만 바로 며칠 전 보였던 적룡단의 전멸처럼 대한민국이라는 나라는 생각했던 것처럼 호락호락하지 않을지도 모릅니다.]

그리고 이에 덧붙였다.

[또한, 대한민국이라는 작은 아시아 국가에서 그녀는 '금지'를 잃지 않았으며 용맹하게 말했습니다. 덤벼보라고. 이는 우리나라 사람들에게는 아니꼬워 보일지도 모르는 일이지만, 만약 제가 같은 나라의 국민이었다면 그녀에게 엄지를 치켜세웠을 겁니다.]

하지만 애석하게도 이 랭커의 말에 동감하는 이들의 숫자는 현저하게 적은 편이었다.

이와 반대된 의견을 다른 랭커가 제시했다. 그는 바로 만리장성 길드 마스터인 남궁호였다.

[오만하기 짝이 없습니다. 중앙에 위치해 있는 공격 기지인 베르드크를 함락당하고 꽁무니가 빠지게 도망쳤던 사람들이 할 말이 아닌 것 같네요. 사실상 베르드크를 두고 벌였던 전쟁은 거의 핵심적인 전력 싸움이라고 볼 수 있습니다.]

그 말에 많은 중국인들이 동감했다.
사람들은 댓글로 이리 말하였다.

[한국 속담에 지렁이도 밟으면 꿈틀거린다는 말이 있던데, 그저 꿈틀거리기만 한 것 같군요.]

말 그대로 꿈틀 한 것이다. 자신의 나라가 처참하게 밀릴 것을 생각한 대한민국이 한번, 꿈틀만 해본 거라고 생각한 것.
남궁호는 언행을 그치지 않았다.

[그리고 적룡단이 전부 죽었던 영상의 모습을 생각해 본다면 그곳엔 우리가 생각하지 못하는 특별한 영지가 있는 것 같습니다. 그것을 믿고 전부 쳐들어와 보라고 말하는 것 같은데…….]

여기까지. 딱 여기까지가 남궁호가 대한민국 지니의 도발에 대한 답이었다.
그 나머지 답은 중국의 국민이 대신하였다.

[저 말은 어딜 감히 대영지를 가진 자신 앞에서 깝치냐는 말 아닌가 욬ㅋㅋㅋㅋㅋ?]

[아 ㅋㅋㅋㅋ 남궁호 님, 그렇게 비수를 찌르시면 대한민국 사람들이 뜨끔하지 않습니까.]

[남궁호 님의 영지는 아테네에서 가장 강력한 두 번째 영지에 꼽혔죠. 엄청난 히든 NPC 숫자 보유, 말도 안 되는 강력한 병력인 진시황의 병사들이 있는 곳이 그의 영지이니까요.]

대부분의 중국 유저들은 남궁호의 말에 동감하고 있었다. 대한민국은 그저 밟으니까, 잠깐 꿈틀했을 뿐이다. 그리고 만리장성 길드가 보유한 길드에 비하면 지니, 아니, 정확히는 식신이라는 유저가 보유한 영지는 초라하기 짝이 없을 터라고.

그리고 호일천 역시 인터뷰에서 말했다.

[식신? 내 앞에 나타난다면 20초 안에 끝내주지.]

그 발언에 눈살을 찌푸리는 이들도 있었지만, 대다수의 중국인들은 환호하였다.

그리고 중국인들이 기대하는 것처럼 그 저력을 보여줄 미션이 대륙운을 강타했다.

[미션! 병사 대전이 시작됩니다.]

[대륙운(大戮雲) 안으로 숨겨져 있는 '전사들의 비밀 창고'의 위치가 아스간 대륙, 카이온 대륙 유저들에게 오픈됩니다.]

[지도상에 표기된 곳으로 병력을 보내 먼저 전사들의 비밀 창고를 개방한 대륙의 유저들에게 특혜가 주어집니다.]

[유저들에겐 병사 대전이 펼쳐지는 이틀이라는 시간 동안 경험치 20% 버프, 아티팩트 드랍률이 20% 상승하게 됩니다.]

[유저들이 NPC들을 공격하게 될 시 페널티를 받을지도 모릅니다.]

[양측 대륙에선 한 사람의 유저만이 병사들을 이끌고 동행할 수 있습니다.]

[두 시간이라는 시간 동안 투표 기회가 주어지며 참가 유저의 경우 더 특별한 보상을 받습니다.]

[참가 유저는 유저들의 투표에 따라 선출되며 자격은 레벨 500 이상, 명성 800 이상이어야만 합니다.]

[병사 대전에 참가한 NPC들은 대륙운(大戮雲) 바깥에서 부활하게 되며 두 번 다시 대륙운에 입장할 수 없게 됩니다.]

[투표가 끝나면 본격적인 병사 대전이 시작됩니다.]

대륙운(大戮雲) 안에 위치해 있는 모든 유저들에게 동시다발적으로 울린 알림이었다.

알림을 들은 남궁호는 호탕하게 웃을 수밖에 없었다.

"크하하하하하하하!"

남궁호가 호탕하게 웃는 이유는 하나였다.

이는 완전히 자신을 위한 이벤트가 아니던가?

만리장성 길드의 마스터. 그리고 그 크기가 현존하는 가장 거대한 영지라는 '베히모스' 영지를 이끌고 있는 이가 바로 그였다. 또한, 그가 보유한 네임드 NPC들의 강함은 상상을 초월한다.

병사들은 어떠한가? 본래 영지에 기본적으로 주어지는 병력의 레벨은 약 200~이다. 그리고 여기에서 강하면 300 정도이다. 한데, 남궁호가 보유한 영지의 병력의 레벨은 약 370을 웃돌고 있다. 그것도 약 3천 명이라는 병력이 말이다.

'이거 하늘이 지나라는 여인의 코를 납작하게 해주라는 신의 계시군.'

남궁호가 입술을 비틀어 웃었다.

그러면서 남궁호는 자신이 보유한 NPC 중 가장 강력한 NPC의 정보를 열람해 봤다.

(흑사자)

등급: 전설

종류: 가신

레벨: 483

공격력: 4,921 / 방어력: 2,951

특수 능력:

• 패시브 스킬 사자의 피부

• 엑티브 스킬 사자후

•엑티브 스킬 사자돌진

잠재력: 129

경험치: 18%/100%

혹사자는 자그마치 전설 NPC였다. 자신도 전설 NPC는 고작 둘밖에 보유하지 못하고 있었다.

하나! 영지에 단 한 명의 전설 NPC라도 있는 영지는 정말이지 어마어마한 힘을 발휘한다.

심지어 저 놀라운 공격력과 방어력을 보라! 그뿐만이 아니다. 잠재력이 130에 가까우니, 혹사자는 가히 최고의 NPC라고 할 수 있었던 것.

혹사자와 비견되는 백사자가 영지에 한 명이 더 있었다. 두 NPC는 형제였다.

그리고 중국 내에서 많은 유저들이 남궁호를 부러워했다.

세상에!! 전설 클래스 전직도 아닌, 가신으로 전설을 부리는 이라니! 이게 말이 되는가?

남궁호는 자신만만했다. 혹사자뿐만 아니라, 레벨 350이 넘는 자신의 병사들! 그 병사들이면 대한민국 측 NPC들 따위 가뿐히 전멸시키리라고 말이다.

'내 영지는 최강이다!'

남궁호는 자신만만했다.

한편, 지니 또한 대륙운(大戮雲)에 떠오른 미션 발발을 들었다.

그녀가 한 행동은 간단했다. 현재 영지의 핵심 병력이라고 할 수 있는 이들 중 전설 클래스의 NPC들의 전력을 살피는 것이었다.

쭉 살피던 지니는 마지막에 가장 약한 전설에게까지 도달했다. 영지에 머무는 전설 NPC 중 가장 약한 이는 바로 코루였다. 물론 이는 비전투직인 '헤이즈'는 제외된 것이다.

(코루)

등급: 전설

종류: 가신

레벨: 504

공격력: 5,321 / 방어력: 3,151

특수 능력:

- 패시브 스킬 아테네의 기도
- 엑티브 스킬 아테네 검술
- 엑티브 스킬 아테네의 방패

잠재력: 139

경험치: 18%/100%

아테네 영지에 거주하고 있는 전설들.

귀신창 밴, 탈모르의 코루, 대현자 아르벨, 전설이 될 이름을 가진 전술 전략의 헤이즈, 검성 코니르. 그리고 그 외에 교관들이 훈련 도중에 탄생한 다섯 명의 히든 NPC들.

이 히든 NPC들은 모두 '에픽' 등급에 속했다. 이들은 전설에는 속하지 못했지만, 최소한 일반적인 랭커들의 힘을 발휘할 수 있었다. 레벨이 약 460을 넘어서는 수준이었다.

'남궁호의 영지의 전력은 어떠려나.'

지니는 그래도 대륙에서 가장 강력한 두 번째 영지에 해당하는 곳의 병력도 만만치 않을 것이라고 생각하고 있었다.

그리고 중국의 유저들은 분명히 딱 한 명만 참여할 수 있는 지휘관을 남궁호로 선택할 것이다.

지니 역시도 지휘관 참가를 신청했고, 현재 아틀라스 영지 내에서 칼을 갈고 있는 랭커들의 입김에 의해 다행스럽게도 지니가 참가하게 되었다.

[아스간 대륙에서 '지니'가 2,413,711표를 획득하여 병사 대전에 참전할 수 있게 됩니다.]

[선발된 유저는 NPC들을 공격하여도 페널티를 받지 않습니다.]

[카이온 대륙에서 '남궁호'가 41,133,624표를 획득하여 병사 대전에 참전할 수 있게 됩니다.]

지니가 예상했던 대로의 결과가 나타났다.

민혁은 엘레와의 대결을 통해서 얻은 게 많았다.

자신의 한계를 깨달았고 그녀와의 전투의 깨달음에 의해서 스텟 개수 50개와 엘레의 검술 1레벨을 얻어냈기 때문이다.

그뿐만이 아니었다. 엘레가 말하였던 소원의 돌도 얻을 수 있었다. 이 소원의 돌은 사용자가 '요리 재료'를 입력하며 그 시련을 깰 때마다 요리 재료가 나온다고 하니, 신통방통한 물건이 아닐 수 없었다.

그리고 민혁은 엘레로부터 이야기를 들었었다.

'이 지도에 적힌 곳을 따라가거라, 이 지도를 따라간다면 내가 아닌, 다른 이의 극의를 얻을 수 있을 것이다.'

엘레는 자신의 극의가, 지금의 민혁조차도 익히기 힘들 거라고 하였다. 하지만 그 이전에, 다른 이의 극의를 가진다면 얻을 수 있을 거라고 하였다.

그에 대한 엘레의 설명은 이러했다.

'나조차도 그곳에 가면 무엇이 있는지 모른다. 하지만 한 가지 확실한 것은 존재한다. 검신 다음가던 세상 제일의 검사가 그곳에 있을 거다.'

민혁은 그녀가 준 낡고 허름한 지도를 들고 걸음을 옮겼다.

'지니가 잘해주겠지?'

자신의 강함이 곧 먹자교 길드의 강함이 되는 것과 같다. 또한, 어찌 보면 민혁은 다른 유저들이 밟는 '하이 클래스'에 오를 수 없다.

이유는 간단하다. 신 클래스이기 때문에.

신 클래스들에겐 하이 클래스의 혜택이 주어지지 않는다. 확실한 밸런스 조정이라고 할 수 있었다.

민혁은 최대한 빠르게 이동했다.

하나의 산을 넘고 강을 건넜다. 그리고 또다시 하나의 거대한 산과 마주하게 되었다.

그 산의 봉우리. 그 산의 봉우리에서 뜨거운 용암과 수증기를 쉴 새 없이 피워내는 곳이 있었다.

"……나보고 여길 들어가라고?"

이곳은 용암 분출구 같았지만 조금은 다른 곳으로 추정되었다.

민혁은 순간 고개를 갸웃했지만, 번쩍 뛰어올랐다.

그가 양발에 힘을 주어 힘껏 뛰어들자.

풍덩!

"윽!"

자신도 모르게 신음 소리를 뱉어내게 되었다.

분명히 온몸이 녹을지도 모른다고 생각할 정도였으나, 뜨거움 하나도 없이, 민혁의 몸은 용암 안으로 빨려 들어가기 시작했다.

그리고 어느덧, 민혁은 땅에 발을 내디딜 수 있었다.

민혁이 위를 올려다보자 방금 전 내려온 용암의 천장이 있었다.

'신기한데?'

새삼 다시 한번 아테네의 구현 능력에 감탄하고 있을 때였다.

[순수한 영웅의 시련에 입장하셨습니다.]
[명성 100을 획득합니다.]

민혁의 시선은 알림에도 불구하고 앞에 고정되어 있었다.

그의 시선 끝엔 한 동상이 세워져 있었다.

동상은 풀 플레이트 아머를 두르고 있었으며 검은 머리를 짧게 친 젊은 청년의 모습을 하고 있었다.

그리고 그 옆에 글귀가 적혀 있었다.

[세상에서 가장 순수했던 영웅.]
[후손을 기다리며 그가 이곳에 잠들다.]
[검성 코니르. Lv796]

민혁은 경악했다.

계속 익숙한 얼굴이라는 생각이 들었다. 소년의 얼굴, 검을 쥐고 검술을 펼치려는 자세까지.

결국 자신도 모르게 중얼거렸다.

"코니르가 왜 여기서 나와……?"

ATV의 김대국 PD는 심각한 표정으로 모니터를 바라봤다.
그곳에 지니가 있었다. 그뿐만이 아니었다. 수십 대가 넘는
카메라가 움직이고 있었다.

그와 함께 방송국 모니터에 알림이 떠올랐다.

[투표가 완료됨에 따라 전사들의 비밀 창고 위치가 공개됩니다.]
**[두 대륙의 지휘관은 NPC들을 지휘하여 전사들의 비밀 창고
에 도달하시기 바랍니다.]**

시작되었다. 대한민국과 중국의 승부가.

하지만 김대국 PD의 표정, 그리고 ATV 국장의 표정은 굉장
히 좋지 않았다.

현재 이 방송은 게임 방송 채널의 모든 곳에서 방영 중인 상
황이었다. 하지만 대부분의 방송사, 그리고 이를 지켜보는 유
저들도 비슷한 생각을 가지고 있을 것이다.

'승산이 적다.'

중국 측에서 지휘를 하게 된 남궁호는 대륙에서 두 번째로 강
하다는 영지 베히모스의 주인이었다. 또한, 중국 측 NPC들의 병
력은 대한민국 측 NPC보다 훨씬 강한 편이었다.

입장권 1장에 입장할 수 있는 인원은 단 한 명. 입장권은 중국과 우리나라에 동등한 개수가 주어진다. 그리고 NPC들의 경우 유저 입장권과 다르게, 레벨 제한이 없었다. 그 때문에 중국 측에선 당연히 최대한 레벨 높은 이들로만 꽉꽉 채워 넣었을 터. 반대로 중국에 비례해, 유저들의 숫자부터가 압도적으로 적은 우리나라의 병력의 레벨은 한없이 낮을 수밖에 없었다. 현재 우리나라에서 이끌 수 있는 병력은 3천, 그리고 중국 측도 마찬가지였다.

"김 PD님!!"

그런데, 그때. 갑자기 한 직원이 다급하게 소리쳤다.

지니가 집결한 NPC 중에서 최상위권에 속하는 NPC들만을 선출했다. 그리고 말했다.

[나머지는 이곳에서 대기한다.]

김대국 PD와 국장이 당황했다. 이는 지금 이 방송을 촬영하는 게임 채널뿐만이 아니라, 국민도 의아해할 발언이었다.

"아, 아니…… 숫자를 어떻게든 더 채워가도 모자랄 판에……!"

"미친 거야?"

얼핏 보면 선출된 NPC들은 약 400명 정도였다. 그리고 지니 개인이 보유한 영지의 병력은 700명. 고작 1,100명으로 3천. 그것도 엄선되어 키워진 적 NPC들과 싸우겠다는 건가?

"……설마."

김대국 PD가 씁쓸한 표정을 지어 보였다.

국장도 이해했다는 표정을 지었다.

"패배를 확신했군."

"이번 전투에서 패배할 것을 알고 최소한의 병력 피해만을 입으려는 것 같습니다."

굉장히 씁쓸한 이야기였지만 어쩌면 지니의 선택은 '현실'이다. 이곳에서 많은 병력을 잃는데, 심지어 패배까지 한다면 대한민국이 가져갈 피해는 큰 편이었다.

실시간으로 빠르게 올라오는 댓글들! 그 댓글들도 지니의 마음을(?) 이해했다.

[아…… 만약 전 병력이 갔는데, 전멸하면 타격이 크니까, 저런 선택을 한 것 같습니다.]

[너무 서글픈 선택 아니냐?]

[아니, 그래도 해보기도 전에 패배한다는 생각은 좀 아니지 않아요?]

[지니, 얼마 전에 중국에 선전 포고했을 때, 걸크러쉬였는데, 실망감이 크네요…….]

[어쩌면 지니의 선택이 맞는 걸지도 모릅니다. 2,000명의 병력을 잔존시켜, 후일을 도모하는 게 나을지도 모르죠.]

그러한 댓글들을 보며 김대국 PD는 힘없이 자리에 털썩 주저앉았다.

그는 멍한 표정으로 모니터를 보았다.

예전에 세계적인 공식 홈페이지에 자신만만하게 '기다려라, 세계. 우리 대한민국이 간다'라는 댓글을 남겼었다. 우리나라 국민이라면 지금 한마음 한뜻이겠지만, 김대국 PD는 더했다.

그러던 때. 모니터에서 지니의 당당함 어린 미소가 스쳐 지나갔다.

"……뭐야?"

어떻게 패배할 것을 알면서 저렇게 당당하게 웃을 수 있는 걸까.

김대국 PD가 중얼거렸다.

"국장님."

"응?"

"2018년 때 월드컵 보셨습니까?"

그 질문에 국장은 흥분 어린 미소를 지었다.

"당연하지!"

그때의 월드컵을 모르는 사람이 있겠는가? 대한민국은 2연속 패배하였으며 세 번째 상대로 16강전을 두고 피파 랭킹 1위라는 독일과 맞붙었었다.

그때의 국민 반응은 어떠했던가?

'4:0으로 안 지면 다행이지.'

'오늘 월드컵 볼 거야?'

'그걸 왜 봐, 어차피 질 건데!'

'나 토토 걸었음.'

'어디? 우리나라?'

'당연히 독일이지!!'

모두가 기대하지 않았다. 그저 무승부라도 나길 바랐다.

하지만 그때의 결과는 어떠했던가? 비록 16강 진출에 실패했다지만 우리나라가 세계 피파 랭킹 1위의 독일을 2:0으로 꺾어냈다.

"자네도 그때 그 월드컵 봤나?"

"예, 그때 제가 어리긴 했지만⋯⋯."

김대국 PD가 작은 미소를 지었다.

그때 아버지의 말씀이 떠오른다.

"아버지는 그때 환호하며 말씀하셨죠."

국장이 관심을 가지고 그를 보았다.

"우리나라는 항상 기적을 만들어내던 나라다."

그에 국장의 가슴이 뜨거워지기 시작했다. 자신도 모르게 주먹을 꽉 쥐고 모니터를 보았다.

김대국 PD도 모니터를 바라보며 마지막 아버지 말을 읊조렸다.

"그러니 끝날 때까지 희망을 버리지 말아라."

남궁호와 그가 이끄는 3천 명의 병력이 출정을 시작했다. 그와 함께 중국 해설자들이 해설을 시작했다.

[남궁호가 드디어 '전사들의 비밀' 창고가 있는 곳을 향해 진격을 시작합니다.]

[남궁호는 중국의 거대 길드 중 하나인 만리장성 길드를 이끄는 인물입니다. 또한, 그는 레벨 504의 검사 유저로서도 개인으로서도 중국 내에서 어마어마한 힘을 발휘하는 랭커이죠.]

[지금 보시면 흑사자와 백사자가 약 1천 명씩의 병력을 지휘하며 행군합니다. 또한, 만리장성 길드가 보유하고 있는 진시황 전사들의 숫자는 총 200명. 그들 하나하나가 레벨 450을 웃돈다고 합니다.]

[휘하로 부리고 있는 병력에서 높은 레벨의 자들이 자그마치 450입니다.]

[그뿐만이 아닙니다. 남궁호가 보유한 진시황의 일곱 기사는 에픽 등급이라고 하는데요, 잠재력이 약 100에 달한다고 합니다. 그만큼 성장할 수 있기에 각기 레벨이 480~490을 웃돌고 있다고 합니다. 심지어 처음 그들의 레벨은 에픽 등급에 맞게 420 정도였다고 합니다. 그런데 자그마치 남궁호는 그들의 레벨을 60~70 상승시킨 겁니다.]

[와, 믿기지 않는 전력입니다. 감탄밖에 나오지 않는군요. 아무리 잠재력이 높은 수준이라고 한들, 저 정도까지 병력을 육성시킬 수 있는 인물은 남궁호가 유일할 겁니다.]

[하지만 아스간 대륙 유저들도 만만치는 않을 겁니다. 주요 인물은 얼마 전 모습을 드러낸 정체 모를 꼬마 소년과 마족입니다. 그 둘이 한국 측의 핵심 전력이라 판단됩니다.]

[하지만 그들도 흑사자와 백사자에겐 무용지물 아닐까요?]

[그럴 확률이 높습니다. 흑사자와 백사자는 형제로서 함께 있으면 서로의 모든 능력치 7%의 버프를 받습니다. 자그마치 레벨이 530까지 상승하게 되는 셈입니다.]

[그때의 소년과 마족은 강했지만 겨우 500을 웃돌 수준으로 보였지요.]

그렇게 해설진들이 빠르게 말을 이어나갈 때, 한 해설진이 말했다.

[어? 지금 막 속보가 들어왔습니다. 아스간 대륙에서 약 1,100명의 병력만을 대동한 채 전사들의 비밀 창고로 향하고 있다고 하는군요.]

[그렇다는 건 아스간 대륙은 이미 이번 전투를 포기했다는 게 기정사실 같군요.]

그리고 진격하는 남궁호에게도 그 이야기가 들려왔다.

[JTV 방송국: 남궁호 님, 지금 한국 측이 1,100명의 병력으로 진격 중이라고 합니다. 지니가 대부분의 병력을 빼고 오고 있다고 하는군요.]

그 말을 들은 남궁호.

"크흐흐흐흐흐!"

그는 입이 찢어져라 웃을 수밖에 없었다.

지니의 그 당당함은 어딜 간 건가? 다 쳐들어와 보라며 욕을 했던 모습은? 지금은 피해를 최소한으로 줄이기 위해 아등바등하고 있지 않은가?

'가소로운 여인이다.'

그 당당함은 어디 가고 꽁무니만 빠지게 도망치는 것 같은 모습이었다.

그런데 바로 그때, 남궁호의 앞으로 그 여인이 나타났다. 그녀는 약 200명 정도의 병력과 함께였다.

[아, 말씀드리는 그 순간 아스간 대륙 지휘관인 지니가 모습을 드러냅니다!!]

[200명의 병력을 대동한 채 모습을 드러냈습니다.]

[도대체 그녀는 무슨 생각인 겁니까!]

[한데, 얼마 전 적룡단을 사냥하면서 활약을 펼쳤던 정체 모를 꼬마 소년과 마족의 모습은 보이지 않습니다.]

[어쩌면 그들은 일시적 NPC였을지도 모릅니다.]

일시적 NPC란, 간단히 말하면 유저와 NPC의 퀘스트를 진행하고 그의 도움을 받을 수 있는 것을 말한다. 일시적 NPC들은 그 도움을 주고 용무가 없으면 그들과 함께할 이유가 없다. 가신과는 다른 개념.

사실상 중국 측은 계속 그렇게 추측해 왔다. 저런 강력한

NPC들이 사실상 유저의 휘하에 있다는 것 자체가 말이 안 되는 이야기였으니까.

"지니 양, 어찌하여 고작 200의 병력으로 제 앞에 오셨습니까. 지휘관을 잃은 병력은 바람 앞의 등불이 된다는 사실 모르십니까?"

아테네는 '통역 시스템'이 좋았기에 둘이 의사소통을 하는 데 문제가 전혀 없었다.

남궁호는 자신만만했다. 만약 저기에 있는 병력이 최정예라고 할지라도 고작 200명에 불과했다. 반면, 자신은 지금 3천 명의 인원을 뒤로하고 있었다. 아마도 900명의 이들은 무언가 전략 전술을 펼칠 준비를 하고 있을 것이다. 마지막 발버둥일 것이다.

그때, 검은 복면을 쓰고 양 허리춤에 이도류를 두른 흑사자가 양 팔짱을 끼고 웃었다.

"크흐흐흐, 남궁호. 보이는가?"

흑사자는 길드 마스터인 남궁호에게 존대를 하지 않았다. 남궁호가 컨트롤하기에는 흑사자와 백사자는 너무도 자유분방한 인물들이었기 때문이다.

"저 노인 꼴이 말일세. 마치 인원수를 맞추려고 데려온 노병 같군."

그 말에 남궁호는 낄낄거리며 웃었다. 딱 그런 모습이었다. 아마도 저 노인은 에픽 등급 정도 되지 않을까? 그러니, 노인이어도 전장에 참여시켰겠지.

그런데…….

"헤어스타일이 독특한 노인이군……."

검은색의 기다란 머리카락을 질끈 묶은 노인! 그를 보며 남궁호는 짙은 웃음을 머금었다.

바로 그때, 지니가 한팔을 들어 올렸다. 그녀의 한 손은 쫙 펼쳐져 있었다. 그녀가 들어 올린 손을 주먹을 쥐는 순간.

타타타타타타타타탓!

갑작스러운 일이 발발했다.

지니가 이야기를 시도하기 위해 왔다고 생각했건만, 고작 200의 병력으로 갑자기 그녀가 진격을 시작했기 때문이었다.

"뭐, 뭣이!"

이런 등신 같은 ×을 보았나? 승산이 있다고 보는가?

아니면…….

"시선을 끌고 주변에 병력이 숨어 있을 수도 있다. 모두 경계를 늦추지 마라."

시선 유도일지도 모른다.

그에 흑사자와 백사자가 앞으로 나섰다.

"기선 제압은 우리가 하도록 하지."

"일단은 저 계집부터."

흑사자와 백사자가 자신만만하게 몰려오는 적들의 바로 앞에 섰다. 그리고 두 사람이 함께 자세를 잡았다.

흑사자, 백사자는 격투가였으며 연격기와 빠른 단일 공격과 발차기가 주특기였다. 그들의 주먹과 발차기는 어지간한 하이 클래스로 전직한 랭커들도 버티기 힘들 지경이었다.

이에 따라 해설이 시작되었다.

[아아아아, 바로 지금 200명의 병력이 카이온 대륙 유저들을 향해 돌진합니다!!]

[도대체가 무슨 생각인지 이해할 수가 없는 전략입니다!]

[승산이 있다고 보는 걸까요?]

이어서 곧바로 200의 병력과 3천의 병력이 충돌했다. 정확히는 카이온 대륙 쪽의 앞쪽에 위치해 있던 병력이었다.

[예상외로 치열한 접전이 벌어집니다!]

[백사자와 흑사자가 앞으로 나서며 적장의 지휘관인 지니와 다른 병력을 막아냅니다.]

[이제 곧 그들의 장기인 천의 주먹과 천의 발차기라는 광역 스킬을 볼 수 있을 것 같습니다!!]

백사자는 주먹이 장기, 흑사자는 발차기가 장기였다. 둘이 동시에 발현하는 광역 스킬은 반경 20m 내를 초토화시킨다. 아마 200명의 병력이 범위 안에 들어오면 스킬을 전개, 모두를 한 번에 잡아낼지도 모른다.

그때, 검은 머리카락을 질끈 묶은 노인이 백사자에게 달려들었다.

[아아아아, 노병이 하필이면 상대를 잘못 잡았습니다. 백사자에게 덤벼들다니요.]

[세 번의 합도 겨루지 못하고 죽을 것으로 추정됩……]

그렇게 해설자들이 말을 잇다가, 갑자기 그들은 이해할 수 없는 일을 보게 되었다.

노인이 창을 힘껏 찌르고 들어갔다. 당연히 백사자는 가뿐히 막아내겠지 하고 생각했다. 그런데.

푹!

백사자의 목이 꿰뚫렸다. 그리고 단 2초 만에 재로 변화하며 사라졌다.

이것이 바로 말로만 듣던 한 방 컷!

[쿵!!]

해설자들에게서 이해할 수 없는 소리가 흘러나왔다. 그것은 바로 한 해설자가 깜짝 놀라 의자를 박차며 일어서는 소리였다.

그리고 방송 시청 댓글, 해설자들을 정적이 휘어 감았다.

바로 그때.

[저, 저기 한 여인이 서 있습니다!!]

중국 측의 드론 카메라 수십여 대가 작은 언덕 위에 서 있는 한 여인을 비추기 시작했다. 하얀색 사제복을 입고 있는 여인, 그녀가 200명의 병력을 향해 손을 뻗고 있었다.

그녀는 가히 천상에서 내려왔다고 해도 될 정도로 아름다운 미모를 가지고 있었다. 아테네, 그리고 실제로 현실의 여인들을 포함해서도 가장 아름답기로 소문난 여인이며 아테네 신이 세상에 보낸 대행자.

해설자가 벌벌 떨리는 목소리로 말했다.

[서, 서서서서서, 성녀 로이나입니다. 그런데 어째서……]
[성녀 로이나가 아스간 대륙의 병력이 되어 있는 겁니까……?]

중국, 아니, 더 나아가 대한민국과 중국의 대륙 전쟁을 지켜보고 있는 세계가 놀랐다.

3장
압도

민혁은 전설의 영지인 아틀라스에 있는 시련을 완수하고 전설의 사제 루이스를 통해서 아테네교에 있는 세 명의 사제들을 데려올 수 있는 권한을 부여받았다. 이는 아테네 신과 영지 아틀라스의 신이었던 식신의 약속이었기 때문에, 아테네교는 순순히 세 사람을 아틀라스 영지로 보내줘야 했다.

민혁은 한 사람은 케네를 비롯해 로이드라는 자를 사제로 받았다.

그리고 나머지 한 사람. 그는 바로 성녀 로이나에게 부탁했다.

하지만 성녀 로이나는 엄연히 아테네교의 상징과 같은 인물이었다. 또한, 그녀는 세계 곳곳에 있는 전 서버의 아테네교 신전에 나타나는 여인이었다.

모두가 선망하며, 모두가 아름답다 칭하고, 그녀는 어떠한 능력을 가졌을까 하는 의문도 많이 가지고 있다. 그러한 그녀의 능력은 어쩌면 당연한 것이지만 버프 능력이었다.

아테네교의 성녀 로이나! 그녀는 뛰어난 버프 능력자였지만 한 가지 단점이 존재했다.

바로 '광역 버프'가 큰 위력을 발휘하지 못한다. 물론 성녀 로이나라는 이름값에 대비했을 때, 큰 힘을 발휘 못 하는 편이지만 메이웨이보다 조금 못한 편의 광역 버프를 가졌다.

그리고 반대로 한 사람을 위한 버프. 그 버프만큼은 그녀는 가히 발군이라 불릴 만한 이였다. 단일 버프만큼은 메이웨이가 발끝도 따라가지 못한다.

성녀 로이나에 대한 이주 요청, 그리고 로이나 또한 길드 마스터인 민혁과의 두터운 친분을 쌓고 있었다.

그에 결정을 내린 것이 바로 '일시적 NPC'였다.

그녀는 민혁과 이야기를 나눴다. 자신을 필요로 할 때, 딱 한 번 민혁이나 혹은 먹자교 길드를 위해 온 힘을 다해 움직이겠다고 말이다. 그에 바로 지금, 대륙 전쟁에서 그녀는 아스간 대륙의 편에 서게 되었다.

그리고 200명의 병력이 카이온 대륙 유저들과 충돌하기 전, 그녀는 작전 회의에 참여했다.

중심은 바로 '헤이즈'라는 소녀였다.

'적들은 현재 우리를 얕보고 있습니다. 즉, 방심하고 있는 겁니다.

그에 따라 우리는 2천 명 정도의 병력을 잔존시키고 1천 명의 최정예 병력으로 나아갈 겁니다.'

'어째서지?'

지니의 물음에 헤이즈는 간단하다는 듯 대답했다.

'걸림돌만 됩니다.'

'아……'

2천 명의 병력은 아틀라스 영지의 이들이 아니었다. 사실상 지금 아틀라스 영지의 병력은 짧은 시간 동안 엄청나게 강해졌다. 때문에 다른 타 영지의 병력, 혹은 다른 유저들의 병력은 도움이 되지 않을 확률이 매우 크다. 오히려 걸림돌만 된다.

'그리고 방심한 그들에겐 흑사자와 백사자라는 카드가 있지요. 그뿐만이 아닙니다. 병력 중, 냉혈의 마법사나, 살수의 탑의 부마탑장 등이 있지요.'

흑사자와 백사자는 워낙 유명한 인물들.

그 외의 이들의 정보는 어떻게 알았을까? 바로 코니르의 '라면 고문'에 의해서 적룡단의 부단장 루멜이 다 불었다. 적룡단의 정보력은 뛰어나다. 그는 하루에 라면 서른 그릇씩을 먹고 '라면 고문(?)'을 견디지 못하고 모두 불었다.

'로이나 성녀님의 한 사람을 위한 버프는 가히 최강이니, 먼저 기선 제압으로 흑사자나, 백사자 중 한 명을 사냥하는 겁니다.'

적들이 방심했을 때, 가장 강력한 자를 잡는다. 괜찮은 방법이었다. 그에 성녀 로이나와 이야기를 나누었다.

노인 밴은 얼핏 본다면 창을 휘두르기조차 힘들어 보이는 노병이었다. 모두가 무시할 것이고 비웃을 것이다. 또한, 흑사자나 백사자가 그런 노인 밴을 보면 얼마나 어처구니가 없겠는가? 그런 노인 밴에게 로이나가 버프를 걸어주었다.

노인 밴은 매섭게 달려 나갔다. 달려 나가는 순간, 언덕에서 몸을 숨기고 있는 로이나가 아테네의 기도를 올렸다.

[아테네교의 기도]
[약 3초 동안 적의 방어력 80%를 무시하고 추가 대미지 400%의 대미지를 입힙니다.]

성녀 로이나는 절대적으로 어떠한 유저도 소유할 수 없는 인물이다.

그 이유가 왜일까? 바로 밸런스 붕괴 때문이었다. 그녀가 누군가의 소유가 된다면, 말 그대로 ktx를 타는 격이기 때문이다.

또한, 그 강함. 방어력 80%를 무시하는 힘!

달려 나가는 노인 밴의 창에 힘이 깃든다.

그리고 백사자는 여유롭게 앞으로 한 걸음 나서며 주먹을 뻗을 자세를 취하고 있다.

노인 밴이 민혁의 가신이 된 지는 벌써 오래되었다.

처음 그의 상태창은 이러했었다.

(밴)

등급: 과거의 극강팔인

종류: 가신

레벨: 509

공격력: 4,959 / 방어력: 2,683

특수 능력:

- 패시브 스킬 민혁 바라기
- 엑티브 스킬 귀신 창술
- 엑티브 스킬 귀신 방어술

잠재력: 137

경험치: 13%/100%

이만 비교해도 흑사자와 거의 동등하다.

하지만 거의 1년 가까이 된 밴은 지금 완전히 달라져 있었다.

(밴)

등급: 과거의 극강팔인

종류: 가신

레벨: 569

공격력: 5,949 / 방어력: 3,613

특수 능력:

- 패시브 스킬 민혁 바라기
- 엑티브 스킬 귀신 창술
- 엑티브 스킬 귀신 방어술

잠재력: 137

경험치: 62%/100%

뛰어난 잠재력이라는 수치가 밴을 계속 성장시켰다. 그뿐만이 아니다. 그는 부영주로서 고양이 똥에서 루왁 커피나 추출하는 것 같았지만 개인 훈련을 멈추지 않았다.

또한, 민혁의 영지엔 항상 강자들이 왔다. 카이스트라나 혹은 코루 등, 그들과 항상 대련을 펼쳤으며 그를 통해 높은 레벨업을 해냈다.

그리고 그러한 상황에서 백사자는 여유롭게 창을 막을 준비를 한다.

'놈의 찔러오는 창대를 잡고 단숨에 목을 주먹으로 쳐 목뼈를 꺾어 제압한다.'

또한, 노인 밴은 이렇다 할 스킬도 사용하지 않고 있었다.

하지만 주먹의 대가인 백사자도 인지하지 못하는 게 있었다. 백사자가 전설의 주먹을 가진 남자라면, 밴은 아스간 대륙에서만큼은 모든 창술사들의 아버지이요, 스승이었다.

노인 밴의 귀신창술 중엔 순간적으로 발동시키는 '극창'이 존재한다. 극창은 순간적인 대미지를 약 900%까지 끌어올리며 방어력 무시 30%, 그리고 순간적인 공격 속도를 4배 상승시킨다.

백사자의 목을 향해 노인 밴이 힘껏 창을 찌르는 순간, 백사자의 손이 창대를 잡기 위해 움직였다.

하지만 그는 창대를 잡지 못했다. 자신보다 레벨이 높은 상대의 4배 빠른 창술에 단숨에 목이 꿰뚫렸다. 그 급소 공격이 방어력 무시가 80% 이상이며, 추가 대미지가 1천 이상. 심지어 급소 공격에 따라 치명타 대미지가 붙는다.

"크헉!"

목을 부여잡은 백사자가 비명 한 번 지르고 그대로 절명했다.

기세등등했던 카이온 대륙의 병사들이 주춤거렸다.

"젊은것들이 그렇게 겁을 집어먹으면 쓰나."

노인 밴이 뒷짐을 지고 걸어가자 그들이 주춤주춤 뒤로 물러났다. 백사자를 단 한 번에 잡은 인물이었기에.

공황 상태에 빠져 있기는 남궁호도 마찬가지였다.

'이, 이런 말도 안 되는……'

적을 한 수에 잡아내려면 최소한 100레벨의 차이는 나야 한다. 100레벨 차이는 하늘과 땅의 차이가 되니.

'저 노인이 600레벨 이상이라는 거야?'

정확히는 성녀 로이나의 버프 효과로 인해 순간이나마 귀신창 밴은 그 정도 레벨 이상에 도달했었다.

그리고 귀신창 밴이 광역 스킬을 발현하자.

[귀신의 쾌창]
[수십 개의 창이 단숨에 적들의 급소를 찌릅니다.]

푹- 푸북-

수십 명의 병력의 급소가 꿰뚫리며 그대로 절명했다.

앞쪽의 병력이 우르르 무너져 버리니, 순간 또 한 번 남궁호가 뒷걸음질 쳤다.

하지만 서둘러 정신을 차렸다.

"적 중, 강한 이는 저 노인뿐이다!! 노인을 쳐라!!"

아무리 강한 노인네라고 할지라도 다구리에 장사 없다. 혼자서 수천의 병력은 당해낼 수 없는 법.

수천의 병력이 오로지 밴을 향해 달려든다. 그리고 남궁호와 흑사자도 마찬가지였다.

그들이 밀집되었을 때, 귀신창 밴은 귀신 방어술을 펼쳤다. 그가 창끝을 땅에 박는 순간, 주변으로 퍼진 강력한 파동이 주변의 적들을 밀어내며 붉은빛 오오라를 뿜으며 그를 보호했다.

그리고 그때, 하늘로 한 여인이 높게 날아올랐다. 그녀의 채찍이 길게, 커다래지며 단숨에 땅을 내리쩍었다.

콰자아악-

"끄아아악!"

"으, 으아아아악!"

땅을 내려치기 전, 그 위를 막고 있던 병력은 그대로 칼에 썰린 듯 양단되었다. 그리고 땅과 충돌한 채찍이 강력한 스파크를 일으키며 거미줄처럼 번져 나갔다.

파지지지지지직!

[채찍 여전사의 격노]
[채찍이 땅에 내려치지는 순간, 거대한 용암 폭발이 발생하며 적들을 집어삼켜 추가 대미지 600%를 입힙니다.]

땅이 뒤틀리며 그곳에서 시뻘건 용암들이 튀어나와 병력을 집어삼켰다.

"으, 으아아아아아악!"

"사, 살려줘!!"

병력의 몸이 녹아내리기 시작한다.

남궁호는 믿을 수 없었다.

'단숨에 50명이 넘는 병력을⋯⋯.'

이 정도의 힘이라면 한 가지밖에 없다.

"하, 하이 클래스?"

지니가 채찍을 회수했다. 그리고 적들이 혼비백산한 그 틈. 갑자기 땅속에서 정체 모를 병장기들이 튀어 올랐다. 검, 창 등이 주를 이루었으며 그대로 카이온 대륙 병력의 몸을 꿰뚫었다.

"으, 으아아아아악!"

발목을 잡고 쓰러지거나, 그대로 몸이 꿰뚫린 병사들이 속출했다.

땅속에서 기어 나온 정체 모를 병사들은 바로 아틀라스의 병사들이었다.

그들은 귀신창 밴으로부터 희한한 훈련 중 하나인 '땅굴파기'를 거듭해 왔고, 자그마치 땅굴파기 Lv7에 이르렀다.

귀신창 밴은 적들과의 싸움에서 땅을 이용하는 것이 얼마나 강력한 힘을 발하는지 알고 있던 것.

단숨에 땅에서 비집고 나온 병력에 의해 수백 명의 이들이 죽어 나간다.

'마, 말도 안 돼……!'

남궁호는 혼란 상태에 빠졌다.

아무리 땅속에서 공격할지라도 일반적인 영지의 병사들은 진시황의 전사들이나, 병사들의 몸에 흠집조차 내기 힘들다.

병력의 레벨은 약 350 이상이다. 심지어 전사들은 440레벨을 넘어선다. 그런데, 공격에 성공한다고? 레벨 격차에 따라 공격 회피가 발생해야 한다. 하지만 지금 현재, 아틀라스의 병력의 기본 레벨은 약 450을 넘어선 상황.

그뿐이 아니다. 뛰어난 창술교관 밴에 의해 창술 Lv6 달성, 코루와 코니르에 의해 검술 Lv7 달성, 전 양궁 금메달리스트 루트에 의해 궁술 레벨 Lv5 달성한 상황이라는 것.

그리고 바로 그 시각.

TV 앞에 앉아 패배를 직감하고 있던 대한민국 국민들!

"우, 우와아아아아아아아!"

"가라아라아아아아!"

"와아아아아아아아아!"

집 안에서, 소리를 지르며 뛰거나.

"저 새끼들 표정 좀 보라고!! 우리 대한민국이 이기고 있다고!!"

혹은 치킨집에서 치킨과 맥주를 먹으며 소리를 지르고 모르는 사람과 얼싸안고 춤을 추거나.

또는, 지하철 안.

"와아아아! 걔 멋있잖아, 지니!!"

지하철에서 스마트폰으로 방송을 지켜보다가 소리를 질러, 자신에게 집중된 시선에 서둘러 입을 틀어막거나.

대한민국 모든 국민이 한마음 한뜻으로 환호하고 있었다.

그리고 이 모습을 보던 김대국 PD는 주먹을 꽉 쥐었다.

그가 놀란 목소리를 토해냈다.

"저 모든 병력, 그리고 지니. 그 외의 길드원과 가신들이 전부 먹자교 길드의 마스터 민혁의 사람들이라고?"

지금 이 순간, 민혁은 많은 유저들, 그리고 중국 유저들에게도 닿지 않을 높은 하늘 위의 유저처럼 보이고 있었다.

'천외천(天外天)'처럼 말이다.

남궁호는 입술을 질끈 깨물었다.

땅속에서 나타난 병사들이 진시황의 전사들을 무참히 도륙하고 있었다. 잠시 자신이 이끌고 온 3천의 군대가 혼비백산에 빠졌다.

남궁호는 눈앞이 캄캄해졌다.

'국민들이 얼마나 야유할지……'

이는 두 국가가 겨루는 대륙 전쟁이었다. 그리고 남궁호는 자신만만했으며 한 언론과의 인터뷰에서 승리를 장담했다.

그런데, 가장 중요하다고 할 수 있는 병사 대전에서 패배한다? 더군다나, 3천의 병력으로 고작 1천 정도밖에 되지 않는 적들에게 패배한다는 것은 우스운 일이었다.

곧이어 남궁호의 머리가 차가워지고 호흡이 차분해지기 시작했다.

'지긴 누가 져?'

순간, 막강한 병력에 의해 자각하지 못했었다. 숫자도 자신들이 우세하다. 그리고 지금 적의 병력이 선전하지만, 자신의 병력은 압도적인 레벨을 갖추고 있다.

또한, 자신에겐 '흑기사단'이 있었다.

흑기사단이 무엇인가? 병사 대전을 앞두고 급하게 결성된 엄선된 최정예의 NPC들이었다.

이는 중국 내의 다른 유저들이 남궁호를 믿고 함께 출전시킨 이들. 그들의 평균 레벨은 480~490을 웃도는 편으로써 자그마치 다섯 사람이나 되었다.

또한, 남궁호의 직업은 '소드 마스터'.

심지어 하이 클래스 전직까지 끝마쳤다. 잠시 사기가 꺾이고 있다지만 금방 이겨낼 수 있다.

"방어진을 펼쳐라!"

남궁호가 재빠르게 명령을 내리며 앞으로 달려 나갔다.

소드 마스터인 남궁호의 주특기는 말 그대로 검을 사용하는 것. 또한, 그의 검은 일반 검사들의 검과 차원을 달리했다.

[오러]

[물리 방어력, 마법 방어력을 50% 무시하는 검기를 난무합니다.]

그의 검이 파랗게 물들기 시작하더니, 이윽고, 수십여 개의 검기 가닥을 뽑아내기 시작했다.

피피피피피피피피핏-

수십여 개의 검기 줄기들이 적들을 도륙해 냈다.

그 틈에 서둘러 진시황의 전사들이 앞으로 나섰다. 그들의 손에는 거대한 사각 방패가 들려 있었다.

척! 척! 척! 척! 척! 척!

거대한 사각 방패로 그들은 벽을 형성시켰다. 그리고 그 틈으로 화살을 쏘기 시작했다.

퓨퓨퓨퓨퓨퓻!

"으아아아아악!"

"끄아아아아아악!"

적들에게서 드디어 비명이 터져 나오기 시작했다.

[아, 남궁호 유저 침착하게 대응하고 있습니다.]

[예상치 못한 적들의 선전에 당혹한 듯 보였으나 빠르게 정신을 차린 모습입니다.]

[과연 베히모스 영지의 소유자답습니다.]

중국 해설자들도 서둘러 정신을 차리고 발 빠르게 남궁호를 대변하기 시작했다.

이 방어진을 펼치면 순간적인 방패의 방어력이 40% 증가하게 된다. 이것이 바로 다수일 때만 사용할 수 있는 '진시황의 방패'였다. 이 진시황의 방패 사이로, 활, 총, 창 등을 사용하여 적들에게 피해받지 않고 죽일 수 있다.

또한, 다른 방법도 있었다.

주르르르르르륵-

방패의 틈이 열리며 그 안에서 밧줄로 된 올가미가 튀어나와 병사 한 명의 목을 잡아채 질질 끌고 왔다.

"으, 으아아아악. 살려줘!!"

병사가 안으로 빨려 들어가면 방패는 다시 닫힌다. 그리고 빨려 들어온 병사들은 창으로 찔러 죽인다. 그런 식으로 방패의 틈이 열리며 계속해서 올가미가 된 밧줄들이 병사들을 질질 끌고 왔다.

"크하하하하하, 이 방패는 못 뚫는다."

남궁호가 쩌렁쩌렁 웃었다.

지니가 단일 공격 스킬인 '날뛰는 채찍'을 사용했다. 날뛰는 채찍은 순간적으로 채찍의 절삭력을 300% 상승시키고 추가 대미지 700%를 상승시킨다.

촤아아아아아아악-

하지만 방패와 충돌하는 순간, 진시황의 전사들은 일사불란하게 '방패의 벽'을 사용했다. 방패의 벽은 10초 동안 방패 방어력을 3배 가까이 올려주니, 거의 철옹성을 연상케 할 정도였다.

그 방패 뒤에 선 남궁호는 낄낄 웃어댔다.

처음에는 기세등등했으나, 적들은 벌써 70명이 넘는 피해를 입었다. 가뜩이나 적은 숫자의 병력의 수가 더 적어지면 그들의 완패가 확실시해진다.

또한, 남궁호는 뒤쪽에 빠져 있던 강한 NPC들을 앞쪽으로 빼냈으며 다소 약한 이들은 활을 쏘게 했다.

'크흐흐흐, 우리 영지는 병력이 궁술, 창술, 기마술까지 모두 익혔지!'

한 가지에 집중하기도 힘든 게 보통의 영지! 하지만 남궁호의 영지의 병력은 두루두루 익혀왔다.

심지어 그의 병력의 방어구와 병장기는 보통 레어 정도는 되었다. 천 명이 넘는 인원들이 레어 아티팩트를 착용하다! 이만큼 놀라운 효과는 없을 터.

자신의 병력은 순간 주춤했으나, 적들은 약한 병력이었고 본군이 앞으로 나서니, 자신만만함 그 자체였다.

"모조리 죽여 버려라!"

"예!"

남궁호가 낄낄 웃어대며 다시 한번 명령을 내렸다.

"이제 슬슬, 저놈들이 후퇴할지도 모르겠군."

방패를 못 뚫으면 답이 안 나올 테니, 말이다.

바로 그때, 좌측에 서 있던 갑옷을 입은 한 병사가 물어왔다.

"지휘관님!"

"뭐냐?"

그가 슬쩍 고개를 돌렸다. 병사는 턱 끝까지 투구를 내려쓰고 있었다.

"라면에 면부터 넣습니까, 수프부터 넣습니까?"

"그야 당연히 수프……."

잠깐, 너무 뜬금없지 않은가? 심지어 그 목소리는 어린 소년의 목소리였다.

그리고 우측에서 또 다른 목소리가 들려왔다.

"빨리 끝내고 왕자님은 왜 오늘 밤 외출했는가, 2권을 집필해야 하는데 말이야, 흠."

'뭘, 집필해?'

그 요사한 제목은 도대체 무어란 말인가.

이어서 두 존재가 투구를 벗었다.

"나는 코니르!! 틀렸다, 냄비부터 올리는 거다!!"

"나는 아르벨!! 오늘 밤 왕자님은 왜 외출했는가 구매해라!! 50% 할인 중이라 1만 5천 골드만 받는다!"

너무도 황당하고 당황하여 남궁호는 2초 동안 정지 상태에 빠졌다.

그러다 마족인 아르벨을 돌아봤다.

"아, 나도 코니르 따라 해보고 싶었다네."

그제야 정신을 차린 남궁호의 얼굴이 다급해졌다.

"서둘러 이 안에 숨어든 쥐새……!"

푹!

그 순간, 코니르의 검이 남궁호의 옆구리를 꿰뚫었다.

"크헉!"

남궁호가 빠른 반사 신경으로 몸을 비틀었다.

그러나 아르벨이 방패의 벽을 형성하고 있는 병사들에게 자신의 창을 겨누며 땅에 창극을 힘껏 박았다.

[마룡창술]
[폭주창]

콰콰콰콰콰콰콰콰콰콰쾅!

방패를 형성했던 이들은 말 그대로 밀집되어 있었다. 그 상황에서 레벨 600이 넘는 아르벨의 폭주창이 발현되자, 순식간에 이백 명이 넘는 이들이 죽거나 혹은 중상을 당했다.

방패가 무너져 내리고, 코니르가 또 한 번 남궁호에게 덤벼들었다.

"쉽게 당할쏘냐!"

"응, 쉽게 당한다!"

남궁호가 발 빠르게 코니르에게 거리를 좁히고 들어갔다.

남궁호는 현실에서도 검에 일가견이 있는 사내였다. 정확히는 어려서부터 각종 무술을 섭렵해 왔던 그였다. 자신과 비슷한 레벨의 상대는 자신이 컨트롤로 압도할 수 있다.

아니, 그렇다고 믿었다. 그런데, 푸른빛이 일렁이는 남궁호의 검이 찔려져 들어오자, 소년은 가뿐히 검 끝을 내려쳤다. 그러자 검에 맺혀 있던 오러가 그대로 상쇄되어 사라졌고, 코니르가 허벅지를 찌르고 뒤이어 바람처럼 움직여 두 아킬레스건을 공격했다.

[급소를 공격당하셨습니다.]
[움직임에 제한받습니다.]

"누나가 죽이진 말라고 했다!"

"크하악!"

남궁호는 황당했다. 적을 죽이기보다 어려운 게 살려두는 거다. 그 이유는 죽고 죽이는 싸움에서, 남을 배려한다는 것은 그만큼 치명적으로 작용하기 때문이었다. 그 말은 사람들이 예상했던 것보다 소년이 강하다는 것.

남궁호는 아킬레스건을 부여잡고 주저앉아 전장 상황을 지켜봤다. 아르벨이 병사들 틈으로 뛰어들고 있었다.

"왕자님은 왜 오늘 밤 외출했는가의 내용에 대해 알려주마!!"

"뭔 개소리야!!"

"죽여라!!"

푸직! 푹푹푹푹!

하지만 달려드는 병사들은 맥없이 쓰러졌고 아르벨이 말했다.

"자유분방한 왕자님은 며칠 전, 황궁을 몰래 빠져나와 도시에 갔다네, 그는 거지꼴로 나가 돌아다녔는데, 우연치 않은 인연으로 어떠한 여인이 식사를 대접했지, 그녀는 가난한 평민 벤자민! 그녀를 사랑해 버린 왕자님은 매일 밤 외출을 했지, 그리고 침대가 뜨거워지고…… 삐걱삐걱!!"

"으, 으아아아아아악!"

"끄아아아아악!"

"미, 미친놈이다!!"

아르벨이 자신이 쓴 책을 스포했다! 이는 바로 궁금증을 유발하게 하여 구매하게 하려는 속셈이었던 것.

한데, 더 놀라운 일은 병사들이 전투 도중에 아르벨의 말에 귀 기울이고 있었다는 것이다. 아아아, 가난한 평민과 왕자님의 사랑 이야기! MSG가 꽉꽉 쳐진 이야기이지만 참으로 궁금하지 아니한가!

그리고 아르벨이 말했다.

"지금 50% 할인 중이라, 1만 5천 골드에 모신다네!! 두 권 사면 4만 골드만 받는다지!"

푹! 푹!

"커헉, 왜 두 권 샀는데, 더 비싼 거냐!!"

"내 마음일세!!"

'이, 이 미친놈은 또 뭐야!'

야설을 집필하는 마족이라니! 심지어 그 마족이 강하기까지 했다.

하지만 곧 남궁호는 다시 침착하게 주변 상황을 둘러봤다.

'이젠 병력 싸움이다. 방패가 뚫렸으니. 아무리 이놈들이 강해도 수천의 병사들을 어쩔 수 없을 터.'

그리고 곧이어 양측 병사들이 충돌하기 시작했다.

그런데, 곧 놀라운 이변이 발생했다.

푹! 푹! 푸직!

적들의 병사들이 너무도 막강하였던 것이다.

그들은 곧바로 뛰어들어 진시황의 전사들을 무차별적으로 도륙하기 시작했다.

'이, 이런 말도 안 되는 일이⋯⋯!'

믿기지 않았다. 그들은 완전히 압도하고 있었다.

심지어 그들이 쏜 화살은.

푹 푹 푹!

거의 백발백중 정확하게 그들의 가슴을 꿰뚫고 있었다. 또한, 엄청난 치명타 대미지를 터뜨려 아군을 쓰러뜨리고 있다.

이는 훌륭한 교관들에게 훈련받은 아틀라스 영지 병사들의 힘이었다. 게다가 헤파스의 후예 헤민아빠와 황금망치 드워프 란트의 합작에 의해 탄생한 어마어마한 아티팩트들! 이 아티팩트들은, 베히모스 영지의 병력이 가진 아티팩트보다 훨씬 더 뛰어났다. 심지어 방어력 무시 20%가 기본적 옵션으로 붙어 있는 지경이었다.

'도, 도대체 이자들은 뭐야……!'

남궁호는 이해할 수가 없었다. 자신의 영지는 세계에서 꼽힌 두 번째로 강력한 영지였지 않은가?

'설마 이 영지가 1위의 영지……?'

정확히 1위의 영지가 어딘지는 밝혀지지 않았다. 남궁호는 경악하며 그 사실을 예측할 뿐.

사실 아틀라스 영지의 통합 순위는 거의 최하위권에 머물고 있었다. 이 순위의 경우 영지 활동과 더불어, 영지 경험치 등 다양한 요소가 적용되는데, 아틀라스는 이번에 처음 출격했기 때문이다. 즉, 세계 최고의 영지 중 두 번째에 속하는 영지가 거의 최하위 영지에 탈탈 털리고 있는 격이다.

남궁호가 이끌고 온 병력의 숫자 중 아직 생존한 병사들은 약 1,500명. 아직도 턱없이 많은 숫자였다.

"궁수들!"

아틀라스의 병사들이 활시위를 당겼다.

당기고 놓는 순간.

퓨퓨퓨퓨퓨퓨퓨퓽-

"끄아아아아악!"

"커헉!"

정확하게 급소들을 공격했다.

또한, 이러한 알림도 들렸다.

[치명타!]

궁수들의 활은 거의 백발백중에 가까웠다.

몰려드는 적들이 궁수들을 처리하려 했다. 하지만 그들은 검을 뽑아 들고 싸웠다. 단순히 궁수가 아니었다. 그들은 그저 활을 잘 쏘는 병사들일 뿐, 궁술, 창술, 검술. 모든 것이 능통한 이들이었다.

창을 든 기마대가 출격했다.

투두두두두두두두두!

100명으로 구축된 아틀라스의 기마대! 이들은 재능 있는 이들을 알아본 카이스트라가 100명을 선출하여 집중적인 훈련을 시킨 이들!

푹! 푹!

말 위에 올라탄 병사들이 지나가는 자리마다 마치 모세의 기적처럼 길이 열리고 있었다.

"히히히히히힝!"

"히히히히힝!"

또한, 그들이 올라탄 말들은 어떠한가! 단순히 달리는 것뿐만이 아니라 마치 병사들과 일심동체가 된 듯 움직였다.

그들은 카이스트라의 말을 잊지 않았다.

'말은 우리의 전우이다. 그들이 위험할 때 네가 돕고, 네가 위험

할 때 그들이 도울 것이다.'

병사들은 개개인에게 배정된 말을 아끼고 사랑했으며 극도의 친밀도를 끌어올렸다.

뒤에서 달려드는 적군들을 말이 뒷발을 들어 날려 버렸다.

퍼억!

"커허어억!"

말들이 매섭게 앞발을 치켜 올려 그들을 내려찍으니, 주인을 지키고자 함이요, 함께 싸우고자 함이었다.

그리고 모든 전쟁 상황을 지켜보는 이. 파크. 그는 전율하고 있었다.

'전대 식신님, 보고 계십니까?'

파크 또한 믿지 않는 일이었다.

아틀라스의 병사들은 말도 안 되게 강해졌다. 고작 한 달이 조금 넘는 시간이었다. 하지만 그들의 성장은 상상을 초월하고 있었다. 어쩌면 민혁의 영지는 과거의 아틀라스를 뛰어넘을지도 모른다. 전부 위대한 민혁에 의해서 나타난 일이로다.

"출격하라!!"

200명의 죽음의 부대가 출격을 시작했다. 그들은 전장을 누비며 무차별적으로 도륙하고 있었다.

적들에게서 상당히 레벨 높은 흑기사단이 출격했다. 하지만 뛰어난 전략 전술을 펼치며 압박하는 아틀라스의 병사들을 그들이 당해내지 못하며 밀리고 있었다.

또한, 죽음의 부대는 아틀라스 내에서도 정예 중의 최정예들. 그들이 귀신창 밴, 탈모르의 코루, 검성 코니르, 대현자 아르벨을 선두로 함께 나아가고 있었다.

끝내, 남궁호는 최후의 수단을 결정했다.

'자폭단. 자폭해라!!'

자폭단은 만약의 상황에 만들어진 특수한 병사들이었다. 그들은 몸에 말 그대로 특별한 폭탄을 지니고 있었다. 그 폭탄이 터지면 상상을 초월하는 힘을 발휘한다, 대신에 그 병사들은 목숨을 잃는다.

자폭단의 숫자는 약 50명이었다.

하지만 남궁호도 이 자폭탄의 사용은 되도록 자제하려 한다. 일단 자폭탄이 죽음으로써 얻는 병력 손실과 더불어, 대중이 보면 비난할지도 모른다.

하지만 어차피 모두 죽을 것이 기정화된 상황. 또한, 병사 대전 도중 죽은 NPC들은 다시 자신들의 영지 안에서 부활하기에 대중도 조금 누그러들 터였다.

그의 명령에 50명의 병력이 일사불란하게 움직이기 시작했다.

[아아아! 갑자기 50명의 병력이 선두에 선 200명 정도로 추정되는 병사들을 향해 돌진하기 시작합니다!!]

[이게 어떻게 된 일입니까? 그들은 적들의 빗발치는 공격에도 아랑곳하지 않고 있습니다.]

방송을 보고 있는 중국인들은 패닉 상태에 빠져 있었다.

승리를 확신했던 남궁호와 베히모스 영지의 병력! 하지만 지금 대한민국의 NPC들에게, 정확히는 아틀라스라는 민혁의 영지의 이들에게 중국 NPC들이 처참히 밀리고 있었기 때문이다.

빌딩 위에 세워진 전광판, 컴퓨터 판매점에서 틀어놓은 게임 채널, 그리고 버스 터미널에 있는 TV 등, 다양한 사람들이 가던 길을 멈추고 그 영상을 보고 있었다.

"대, 대한민국엔 저런 괴물들이 많다고⋯⋯?"

"말도 안 돼⋯⋯ 우리 중국은 아테네 세계 강대국 중 하나인데."

그렇다. 중국은 아테네 세계 강대국 중 하나이다. 반대로 대한민국은 정작 아테네를 제작한 나라임에도 불구하고 약소국에 속했다. 세계의 그 어떤 이도, 아테네 전문가들조차도 대한민국이 대륙운(大戮雲) 안에서 활약한 것이라고는 눈곱만큼도 생각지 못했다. 그런데, 지금 그들이 고작 1천 남짓으로 3천을 압도하고 있다.

그리고 남궁호가 보유한 50의 병력이 갑자기 내달린다.

중국 유저들은 침을 삼키며 바라봤다. 그 50명의 병사는 약 200명 정도의 선발대에 선 가장 강력해 보이는 병사들 틈으로 뛰어들었다.

이내 병사 한 명을 꽉 껴안더니.

콰아아아아아아아앙!

반경 5m를 집어삼키는 폭발이 일어났다.

"……자, 자폭?"

"엄청난데?"

자폭이니만큼 그 폭발력만큼은 어마어마한 수준. 그 폭발 한 번에, 주변에 있던 병사들을 집어삼켰다.

콰콰콰콰콰콰콰콰콰쾅!

적들이 쉴 새 없이 죽음을 맞이한다. 그래, 아직 중국에도 희망이 있는 걸지도 모른다.

[베히모스의 병사들이 자폭합니다!!]

[다행스러운 점은 병사 대전 도중 사망한 NPC들의 경우 본 인들의 영지에서 부활하게 되지요. 폭발력이 어마어마하군요.]

[적들의 가장 강력한 병력을 잡아낸다면 다시 승기를 가져 오는 것도 무리는 아닙니다.]

그에 현재 방송을 지켜보고 있는 몇억 명의 중국인들은 작은 안도를 했다. 그래, 중국이 이렇게 쉽게 질 리가 없지 않은가?

하지만 바로 그때.

[어어어어어? 저, 저게 뭔가요?]

[귀, 귀신? 귀신입니까? 저게 뭡니까!!]

해설자들의 당혹스러운 목소리가 강타했다. 그에 따라 카 메라들이 폭발이 일고 지나간 그곳을 클로즈업한다.

그리고 작은 먼지 바람이 걷히고 그 안에서 모습을 드러낸 자들. 반영체화의 모습의 방금 전 죽은 아틀라스의 병사들이었다.

그리고 곧 놀라운 일이 벌어졌다.

그들이 귀신처럼 방금 전보다 훨씬 더 빠르고 신출귀몰하게 움직이며 적들을 공격하기 시작했다.

"저, 저게 도대체 뭐야!!"

"대한민국엔 저런 것들만 득실거리는 거야?"

중국 측에선 그 누구도 몰랐지만, 이는 죽음의 부대의 부대원들이 전부 익히고 있는 특별한 스킬인 '지옥에서 돌아온 자'였다.

지옥에서 돌아온 자 스킬은 사망할 시에 40%의 HP를 회복시키고 반영체화로 다시 회생시킨다. 또한, 모든 스텟이 20%가량 상승하며 물리 방어력 40%, 마법 방어력 40%가 상승한다. 즉, 그들은 지금 어지간한 500레벨 못지않은 병력이 되었다는 의미였다.

그들이 더욱더 박차를 가하며 적들을 쓰러뜨린다.

[히이이이이익!]

[으, 으아아아아악!]

두려움에 떠는 베히모스 영지 병사들의 모습이 보인다.

그리고 결국 베히모스의 병력이 단 한 사람, 남궁호를 제외하고 전멸하고야 말았다. 흑사자까지도.

지니는 뚜벅뚜벅 걸음을 옮겼다. 베히모스의 병력이 전부 전멸했으며 그곳의 수장인 남궁호는 급소를 공격당해 쓰러져 있었다.

"한 번 이겼다고 계속 승리할 거라 생각하지 마라!"

남궁호는 치아를 뿌드득 갈았다.

지니가 그를 살려둔 이유는 마지막에 벌하기 위함이었다. 남궁호는 중국 내에서 SNS, 인터뷰 등을 통해 우리나라를 조롱하곤 했었다. 그 때문에 지니는 망설이지 않았다.

푸확!

그녀가 쥔 검이 움직이며 남궁호의 목을 베어냈다. 그 모습이 적장의 목을 베어내는 한 편의 영화 같았다.

곧 그녀가 적장의 목을 벤 검을 하늘 높이 치켜세웠다.

"와아아아아아아아아!"

함성이 터져 나온다.

이 모습을 지켜보고 있던 전 국민의 가슴 또한 뜨거워지고 있었다.

그리고 지니에게 알림이 울린다.

[먹자교 길드의 길드 레벨이 상승합니다.]

[먹자교 길드의 길드 레벨이 상승합니다.]

[먹자교 길드의 길드 레벨이…… .]

끊임없이 울리는 알림.

대류운(大戮雲) 안에서의 싸움이라고 할지라도 최하위에 랭크되어 있는 먹자교 길드가 최상위에 있는 길드의 병력을 압도하였으니, 당연한 결과였다.

이날, 먹자교 길드는 단숨에 대한민국 길드 랭킹 9위까지 올라왔다. 민혁의 길드가 최강의 길드로 나아가고 있었다.

순수한 영웅의 시련에 입장한 민혁.

민혁은 그곳에서 어른 모습의 코니르의 동상을 보았다.

이곳이 극의를 깨우치는 곳이라는 것을 생각했을 때, 코니르가 또 다른 극의를 가진 존재라는 반증인 셈이다.

'코니르는 기사의 탑의 파라밀 검술의 시초와 같은 인물.'

민혁 또한 그 사실을 알고 있었다. 하지만 그가 극의를 가졌을 줄은 꿈에도 몰랐다. 본래 코니르가 성인의 모습이었다는 것도.

더 놀라운 것은 코니르의 레벨이었다.

796. 민혁은 이처럼 높은 레벨을 가진 NPC를 본 적이 없었다. 지존 NPC인 엘레 누나도 과연 이 정도의 레벨은 될까? 아니, 아니다. 불가능할 것이다.

민혁은 의아함을 뒤로하고 계속 걸음을 옮기기 시작했다. 순수한 영웅의 시련에 도전하기 위해 계속 안쪽으로 들어가는 것이다.

그리고 민혁은 볼 수 있었다. 하늘로 올라가는 듯한 계단을 말이다. 민혁은 계단의 개수를 세어봤다.

'총 25개.'

계단은 특이하게도 한 칸 한 칸 올라가는 높이가 일반 계단보다 훨씬 더 높은 편에 속했다.

계단 앞에 선 순간 알림이 울렸다.

[순수한 영웅의 시련에 도전하실 수 있습니다.]
[순수한 영웅의 시련은 총 스물다섯 개의 관문으로 이루어져 있습니다.]
[높은 점수를 클리어할 시, 얻게 되는 보상이 더 커집니다.]
[시련은 매번 달라집니다.]

민혁은 엘레 누나로부터 받은 소원의 돌을 적용시켰다.

[소원의 돌을 적용시킵니다.]
[각종 시련에 입장할 때마다, 시련을 완수할 시 얻을 수 있는 아티팩트 재료, 포션, 양피지, 그 외의 것들을 선택할 수 있습니다.]

소원의 돌은 말 그대로 시련을 깰 때마다 부수적인 재료가 나오게 도와주는 놀라운 물건.

민혁은 망설이지 않고 요리 재료를 선택했다.

[소원의 돌을 요리 재료로 적용시킵니다.]
[시련을 깰 때마다 다양한 요리 재료들을 얻을 수 있습니다.]

민혁은 다시 한번 계단을 올려다봤다. 계단의 개수는 총 스물다섯 개. 관문의 개수도 스물다섯 개다.

첫 번째 계단에 양발을 완전히 올린 순간.

파아아앗-

민혁이 사라지며 그의 시야가 변화했다.

키가 185㎝만큼 훤칠한 사내가 그를 수정구를 이용해 들여다보고 있었다. 사내는 깎아 만든 듯 무척이나 잘생긴 사내였다.

그는 수정구를 통해서 지켜보고 있는 민혁을 보았다.

민혁은 자신의 동상 앞에 서서 경악하고 있었다.

[코니르가 왜 여기서 나와……?]

사내 또한 놀라기는 매한가지였다.

그가 놀란 이유는 간단했다. 현재 자신의 시련에 들어온 그가 자신을 알고 있다는 것. 즉, 그 훤칠하고 깎아 만든 듯 잘생긴 사내. 그가 바로 코니르였기 때문이었다.

'도대체 당신은 누구지?'

그는 질문했다. 나를 알고 있는 인물.

그리고 그가 첫 번째 시련에 들어왔을 때, 생각했다.

'첫 번째 시련에선 지옥의 존재가 나타나지.'

아직 그 어떤 유저도 보지 못한 지옥의 몬스터! 그 녀석이 그 안에 있었다.

그러던 중, 코니르는 자신의 몸을 내려다봤다. 반투명해진 그는 당장 사라질 것처럼 깜빡거리고 있었다.

'힘이 미약해진다……'

그는 손을 내려다보다가 어딘가로 걸음을 옮겼다.

코니르가 수정구를 흘끗 돌아봤다.

'지옥의 마수를 사냥하는 것은 결코 쉽지 않은 일. 어쩌면 첫 번째의 시련은 열 번째 시련보다 더 어려울지도 몰라.'

그 강한 녀석을 상대해야 하니까.

그리고 그는 정체 모를 강으로 들어가 머리끝까지 집어넣었다. 과거에 죽은 그가 아직 숨 쉴 수 있게 도와주는 '영생의 강'이었다. 그는 그곳에서 2시간 동안 휴식을 취했다.

2시간이 지난 후.

촤아아악-

강에서 나온 그는 자신의 몸이 투명해지지 않는 것을 볼 수 있었다. 그리고 다시 수정구로 걸어갔다.

'죽었나?'

그 인간은 죽었을까?

수정구로 다가간, 코니르, 그는 경악했다.

'뭐, 뭐야?'

눈앞에서 놀라운 광경이 펼쳐지고 있었다.

지옥의 마수는 다름 아닌, 세 개의 머리를 가진 지옥의 문지기라 불리는 켈베로스. 그런 켈베로스가 지금 그 정체 모를 이방인 앞에 앉아서 꼬리를 흔들고 있었다.

그리고 이방인은.

[앉아! 기다려!!]

켈베로스에게 애완견처럼 말하고 있었다. 더 놀라운 건, 켈베로스가 빠르게 앉았다는 것!

사내의 손에는 큼지막한 고기가 들려 있었다.

사내가 손을 총 모양으로 만들었다. 그리곤 짧고 굵게 말했다.

[빵!!]

그러자 켈베로스가 총 맞은 흉내를 내며 배를 뒤집었다. 사내가 그 배를 만져주자 녀석들이 헥헥거리며 기분이 좋은지 웃는다.

"커헉!!"

코니르의 입에서 터져 나온 경악이다.

켈베로스의 레벨은 650. 그리고 흉포하기로 소문났다.

그리고 더 웃긴 것은 세 개의 머리 중 하나가 고기를 냅따 낚아채기 위해 머리를 움직일 때, 그 정체 모를 사내가 손바닥으로 바닥을 두들겼다.

[행복이 너! 이거 사랑이 형아 거라고 했지? 그렇게 식탐 부리면 형아가 때찌 한다고 했어요, 안 했어요!]

[끼이이잉, 끼잉…….]

[네 몫은 방금 먹었잖아!]

[끼잉, 낑…….]

그 모습이 흡사 주인에게 혼나는 애완견 같았다.

놀라운 건. 좌측 머리의 이름이 행복이, 중앙 머리의 이름이 사랑이, 그리고 마지막 우측 머리의 이름은 소망이었다.

그렇다. 지옥의 문지기 켈베로스. 그들에게 정체 모를 사내는 지금, 행복이, 사랑이, 소망이라는 이름을 지어준 것이다.

코니르는 말문을 잃었다.

4장
순수한 영웅의 시련

민혁이 계단에 발을 올리고 워프되었을 때, 그는 알림을 들을 수 있었다.

[순수한 영웅의 시련 첫 번째가 시작됩니다.]
[지옥의 수문장 켈베로스를 사냥하거나 혹은 다른 방법을 이용하여 두 번째 계단으로 올라가는 길을 개방하시기 바랍니다.]

말 그대로 사냥하거나, 혹은 변칙을 일으킬 수 있는 다른 수를 생각해 내서 이동하는 것이었다.
그리고 추가적인 알림이 떠올랐다.

[훌륭한 성과로 시련을 완수해 낼 시 소원의 돌의 영향에 따라

케프리의 메밀을 획득할 수 있습니다.]

"오……?"

민혁은 그에 이채를 띨 수밖에 없었다.

케프리의 메밀의 상세 정보를 확인해 봤다. 메밀은 계절에 따라서 맛이 달라지는 독특한 녀석이었다.

하지만 케프리는 이러한 메밀을 사계절 모두 맛있게 먹는 방법을 연구해 냈고 그를 만들어내는 데 성공시켰다고 한다. 또한, 그 맛은 세상 어떤 메밀보다도 맛있다고 자부할 수 있다고 하며, 심지어 특수 능력 효과로 인해, 아티팩트에 붙어 있는 특수 능력 중 하나가 랜덤으로 레벨업 된다고 한다.

'히야…… 메밀이라…….'

민혁은 메밀로 먹을 수 있는 음식을 떠올려 봤다. 그러다 이 주변이 후끈후끈 덥다는 것을 깨달았다.

'여긴 왜 이렇게 더워?'

옆을 돌아보니, 놀랍게도 용암이 강처럼 흐르고 있었다. 한 번씩은 뜨거운 수증기가 피어오른다.

'이렇게 더울 땐 역시…….'

한 가지 음식이 떠오르게 마련이다.

바로 '냉면'이었다.

민혁은 결정하였다. 이번 시련을 완수하고 '물냉면과 비빔냉면'을 먹을 것이다. 그뿐만이 아니었다. 물냉면과 비빔냉면엔 최고의 조합이 있지 않은가? 바로 숯불 고기와 만두 조합!

생각만 해도 침이 꿀꺽 넘어갈 때, 민혁은 자신의 앞에 있는 거대한 문을 볼 수 있었다. 그 거대한 문은 약 9m 크기로 커다랬다.

'켈베로스라…….'

켈베로스는 흔하게 접해 들을 수 있는 몬스터였다. 세 개의 머리를 가진, 지옥의 문지기였다.

끼이이이익-

그리고 거대한 문이 저절로 열리며 그 안에서 자그마치 3m는 될법한 켈베로스가 걸어 나왔다.

"크르르르르르!"

"크르으으으!"

"크라아아아아!"

켈베로스들은 흉흉한 기세를 풍기고 있었다. 그런 녀석의 머리 위로 레벨이 떠올랐다.

[지옥의 수문장 켈베로스. Lv650]

아스간 대륙에서 거의 등장한 적이 없다고 할 수 있을 정도의 고레벨 몬스터였다.

그러한 켈베로스가 맹렬한 기세로 질주하기 시작했다.

타타타타타탓-

"크라아아아아아!"

켈베로스가 높이 도약해 올랐다.

그 순간을 기다렸던 민혁이 난무하는 검을 사용했다. 아니, 정확히는 사용하려 했다.

그때, 가운데 머리에 있는 녀석의 입이 크게 벌려지며 하얀 빛이 일렁거리더니 민혁의 몸에 쏘아졌다.

피할 겨를도 없었다. 그리고 놀라운 알림이 들려왔다.

[스킬이 무효화됩니다.]

켈베로스의 오른쪽 머리에서 거대한 화염이 뿜어져 나왔다. 문제는 그 화염이 알리가 소환한 헬파이어만큼 강력하고 뜨겁다는 것이었다.

푸화아아아아아악-

민혁이 순간적으로 콩이를 소환, 펫 스킬인 절대 방어를 사용했다. 콩이와 민혁의 몸이 2초간 무적 상태가 되었다.

"꾸울!"

민혁의 어깨 위로 내려앉은 콩이가 켈베로스들을 바라봤다. 켈베로스들은 그 커다란 입에서 침을 뚝뚝 흘리며 흉포성을 낱낱이 드러내고 있다.

곧바로 놈은 민혁에게 달려들었다. 세 개의 머리가 민혁을 물어뜯기 위해 안간힘을 쓴다.

'빠르고 강하다.'

놈들의 치악력은 가히 상상을 초월하는 것 같았다. 한 번만 물린다면 온몸이 뜯겨 나갈 확률이 높았다.

그때 이번엔 왼쪽 머리가 입을 열려 그 입에서 냉기가 뿜어져 나왔다. 민혁은 그 냉기에 서둘러 몸을 빼내야 한다는 걸 직감했다.

놈들의 거대한 입들을 막아내다가 민혁이 바람 같은을 사용, 뒤로 빠졌다. 그 순간.

쏴아아아아아아악-

냉기 브레스가 뿜어지며 땅을 얼려 버렸다. 그뿐만이 아니었다. 그 냉기는 바람 같은을 사용해, 뒤로 물러난 민혁의 팔에까지 충격을 주었다.

[팔이 일시적으로 얼어붙어 제한이 생깁니다.]
[HP가 80% 미만으로 하락합니다.]

'강하다.'

한 개의 머리를 상대하는 것도 힘들어 보인다, 한데, 세 개의 머리가 동시에 그 커다란 입을 벌리고 공격해 온다.

심지어 세 개의 머리는 각 특성을 가진 듯 보였다. 좌측의 머리는 냉기를, 우측의 머리는 화염을, 중앙의 머리는 적의 공격을 무효화시킨다. 또, 중앙의 머리는 민혁이 공격을 가하려 할 때면 몸 전체를 단단하게 만드는 스킬을 사용하는 것 같았다.

'레벨은 600이 안 되지만, 그 이상이야.'

능력이 까다로운 녀석들의 경우 그러한 경우가 있었다.

민혁은 서둘러 품에서 빵을 하나 꺼내 들었다. '흡수 전환'을 통해 체력을 회복시키기 위함이었다.

그런데, 그때.

"크르?"

"크르?"

"크르?"

세 개의 머리가 갑자기 관심을 보이기 시작했다. 그러더니, 갑자기 꼬리를 흔든다.

꼬리를 흔들다가 좌측 머리가 뭔가 말하는 것 같다.

"크르르르르(야, 꼬리 흔들지 마. 켈베로스가 자존심이 있지.)"

"크르르르(내가 안 흔들고 싶다고 안 흔들어지는 게 아냐.)"

그리고 관심을 보이는 세 개의 머리의 켈베로스의 시선은 오로지 빵에 집중되어 있다.

민혁이 스리슬쩍 빵을 왼쪽으로 가져가자, 세 개의 머리의 고개가 함께 돌아가며 바라본다. 우측으로 가져가자 역시나 눈과 고개가 따라온다.

'호오?'

그리고 보면 개들의 경우 식탐이 매우 강하다. 사람의 몇 배의 식탐을 가졌다고 한다.

민혁은 곰곰이 생각해 봤다. 이대로라면 시련을 기존보다 훌륭히 완수하는 건 힘들지도 모른다.

그렇게 되면?

'메밀도 먹을 수 없게 되지.'

요리 재료는 그 시련에서 더 뛰어나게 완수해야지만 얻을 수 있었다. 이대로라면 얻지 못할 수도 있었다.

민혁은 빵에 시선이 집중되어 멈춘 녀석들을 보며 슬그머니 빵을 땅에 내려놨다.

"기다려!!"

"크르르르르!(뭐라는 거야?)"

"크르르르르르!(몰라!)"

켈베로스들은 그를 무시하고 다가가려 했다. 그러자 민혁이 그 빵을 집어 들고 날름 먹어버렸다. 그것도 아주아주 맛있게 약 올리듯 먹었다.

"키햐! 이 단팥빵 너무너무 맛있다!!"

켈베로스의 세 머리가 동시에 세상 다 잃은 듯한 표정이 되었다. 그에 민혁이 빵 하나를 더 꺼내었다.

개는 반복 훈련이 중요하다!

"기다려!!"

"크르르르르!(뭐지?)"

"크르르르르르(다가가면 저 빵을 먹을 수 없나 봐!!)"

켈베로스들이 주춤주춤한다, 그러다 걸어오려고 하면 민혁이 빵을 날름 먹어버리고 그를 반복했다. 그러자 켈베로스들이 드디어 가만히 있게 되었다.

그 틈에 민혁은 레시피 창조 스킬을 사용했다. 녀석들이 지금 먹고 싶은 음식은 다름 아닌, 북엇국이었다.

개들의 보양식인 북엇국!! 무더운 여름날이나 혹은 수술을 한 개들의 경우 북엇국으로 몸보신을 한다.

민혁은 빵 하나를 앞에 놓고 요리를 시작했다. 그러다 스리슬쩍 켈베로스들이 다가오려 하면 근엄한 목소리로 말했다.

"어허~ 안 돼!"

북엇국의 염분은 모조리 빼내었으며 두부도 썰어 넣고, 계란도 한껏 풀었다. 그리고 북엇국을 어느 정도 식혀준 후에, 그들의 앞에 놔주었다.

허겁지겁-

세 개의 밥그릇에 머리를 박고 북엇국을 먹는 켈베로스들!

켈베로스들이 지옥에서 주로 먹었던 것들은 이러하다. 썩은 지네, 문드러진 지옥 인간, 악취 강의 강물 등이다. 한데, 그러한 것들을 먹어오다가 손재주 3천이 넘는 민혁의 음식을 먹고 있었다. 그것도 신의 경지에 이른 민혁의 음식을!

그것들을 먹다가 켈베로스들의 머리에 한 가지 목소리가 들려왔다. 데스티니~~ 운명, 그 자체!

순식간에 세 그릇을 싹싹 비워낸 켈베로스들. 그들이 갑자기 척하고 앉았다. 그러더니, 꼬리를 살랑살랑 흔들었다.

민혁은 녀석들과 함께하고 싶은 마음이 추호도 없었다.

'개들의 식탐은 사람의 몇 배라던데, 그러면 얼마나 많이 먹겠어?'

그렇기에 그저 그들을 잘 타일러서 다음 시련으로 넘어가는 길을 원했다. 그런데⋯⋯.

"헥헥헥헥!"

녀석들이 히죽히죽 웃고 있었다. 자신을 보며 입꼬리를 올려 웃으며 꼬리를 살랑살랑 흔든다.

그러더니, 갑자기.

"끼이이이잉……."

"끼잉, 끼이잉……."

"낑낑!"

그들의 표정은 이러했다.

'너, 내 주인이 되어라!'

민혁은 순간 불길한 예감이 들었다.

"아, 아니지. 얘들아?"

하지만 켈베로스들은 이미 결정했다.

"크르르르(네놈을 주인으로 하겠다. 어서 우리를 받아들여라, 주인 놈아!)"

"크르르르!(밥 좀 더 주세요. 주인님.)"

"크르르르르르(응아 마렵다, 주인.)"

민혁의 얼굴이 일그러졌다. 거의 울 것 같은 모습이었다.

그때, 충격적인 알림이 들려왔다.

[지옥의 수문장 켈베로스가 영원한 충성을 맹세합니다.]

민혁이 생각했던 시나리오는 켈베로스들을 잘 타이르고 꼬드겨서 다음 시련으로 넘어가게 해달라고 하는 거였다. 이렇게 자신의 반려견(?)이 되는 게 아니란 말이다!

하지만 이렇게 된 이상, 놈들을 받아들여 이 시련을 통과하는 게 나으리라.

민혁이 눈물을 머금고 고개를 끄덕였다.

[켈베로스는 히든 NPC와는 다른 개념입니다.]
[이름을 지어주세요.]

켈베로스는 NPC가 아니었다. 몬스터였지. 때문에, 룬이나 콩이처럼 이름이 필요했다.

민혁은 고심하고 또 고심한 끝에 이름을 지어줬다.

"너는 사랑이, 너는 행복이, 너는 소망이."

흐뭇-

민혁은 감탄했다.

'와, 내 작명 센스……'

쩐다.

지옥의 수문장 켈베로스에게 사랑이, 행복이, 소망이 삼총사를 해놓고 민혁은 밝게 웃고 있었다.

[첫 번째 시련을 기상천외한 방법으로 완료하셨습니다.]
[경험치 100,000,000을 획득합니다.]
[레벨업 하셨습니다.]
[레벨업…….]

민혁의 레벨은 어느덧 481이 되었다. 자신의 길드원들 대부분이 500을 넘었다는 걸 생각하면 아직도 낮은 정도였다.

[아티팩트 스킬 중 하나를 레벨업시킬 수 있게 됩니다.]

[놀라운 시련 성과로 인해, 본래 강화할 수 없었던 아티팩트 스킬도 강화 가능해집니다.]

[케프리의 메밀을 획득합니다.]

드디어 냉면을 먹을 수 있게 되었다.

민혁은 곧바로 두 번째 시련으로 올라가지 않고 메밀을 이용해 냉면을 만들었다.

세상에! 인벤토리에 냉면 뽑는 기계를 가지고 다닌다면 믿겠는가? 민혁은 그런 사람이었다.

민혁의 앞으로 살얼음이 동동 뜬 물냉면과 비빔냉면이 함께 놓여 있었다. 그리고 요즘 주변에서 심심치 않게 찾아볼 수 있는 쌈육냉면의 숯불 불고기와 만두도 함께 놓여 있었다.

먼저는 냉면을 십자가 모양으로 잘라줬다. 그 상태에서 물냉면 육수 맛을 보고 식초를 한 바퀴 휘리릭, 겨자를 한 바퀴 휘리릭 돌려줬다. 물냉면 위에는 계란과 아삭거리는 배, 무절임, 고기 한 점이 올라가 있다.

민혁은 젓가락으로 휘휘 풀어준 후에 그대로 물냉면을 후루루룹 먹어봤다. 차가운 냉면이 입에 들어오자 흐뭇한 미소가 감돈다. 시큼새콤한 맛에 배와 무절임을 함께 입에 넣었기에 달콤한 아삭함도 있다. 그렇게 먹어주다가, 이번엔 숯불 불고기를 면에 싸서 입에 넣는다.

"후루루루루룹!"

달짝지근한 숯불 불고기가 감칠맛을 더해준다.

그 상태에서 철로 이루어진 냉면 그릇을 그대로 집어 든다. 그리고 그 시원한 국물을 마셔준다.

"으으으! 머리 띵!"

머리가 띵할 정도로 마셔준 후에, 이번엔 만두를 집어 든다. 뜨뜻한 만두 하나를 베어 물자, 입안에서 육즙이 가득 퍼져 나가며 여러 가지의 재료가 함께 씹힌다. 흐뭇하게 웃어주며 반절이 남은 만두를 입에 넣어준다.

그렇게 물냉면을 끝내준 후엔 비빔냉면이다. 비빔냉면의 계란 노른자를 꾹꾹 으깨어 비빔냉면에 풀어준다.

"그래, 이게 진정한 비냉이지."

쓱쓱 비비는데, 비벼지는 것만으로도 입안에 침이 가득 고인다. 그리고 그 매콤한 비빔냉면을 후루루룹! 입에 넣는다.

그러다가 만두 하나를 쏙 넣어준다. 비빔냉면에 먹는 만두는 매운맛을 잡아주는 역할을 한다. 그리고 숯불 고기도 비빔냉면에 싸 먹으면 더 맛있는 법.

"후루루루루룹!"

차가운 비빔냉면까지 모두 먹어준 후에, 민혁은 스리슬쩍 고개를 돌렸다.

"끼이이이잉……."

"낑낑낑……."

"끼이이잉."

켈베로스가 배와 얼굴을 바닥에 붙이고 마치 한 마리의 골든 리트리버처럼 민혁을 바라본다.

민혁은 귀여운 한편으로는 앞으로 이 녀석들이 얼마나 먹어 댈지를 생각하며 눈물을 흘렸다.

그리고 그 시각. 코니르는 어떻게 켈베로스가 사랑이, 행복이, 소망이가 되었을까를 확인하기 위해 수정구를 되감기해서 보았다가 자신도 모르게 침을 삼켰다.

꿀꺽-

"마, 맛있겠군……."

그가 자신도 모르게 뱉어낸 말이었다.

코니르는 입가에 묻어 있던 침을 서둘러 닦아냈다.

'저, 정신 차려야지.'

세상에나, 한때 대륙의 검성이라 불렸던 자신이었다. 그때 당시의 흑마법사 중 최고라 불렸던 루도르의 정신 세뇌 마법조차도 단단한 코니르의 정신력을 깨진 못했다.

그런데, 지금!

'내가 남 먹는 걸 보면서 넋이 나가다니!'

참으로 희한한 사내였다.

코니르는 두 번째, 시련을 확인해 봤다.

'두 번째 시련…… 욕망의 시련.'

두 번째 시련은 말 그대로 욕망의 시련이었다. 이 욕망의 시련은 그 사람이 가장 원하는 걸 준다.

'아름다운 여인, 돈, 명예, 권력.'

남자들이 가장 원하는 것은 이러한 것들이 아닐까?

두 번째 시련의 진행 방향은 쉽게 표현하면 간단하다. 제한 시간 내에 자신에게 드리워진 욕망들을 보며 그곳을 벗어나는 것이다.

'강인한 정신력을 가졌다면 이겨내겠지.'

코니르는 모니터에 집중했다.

특별 유저 관리팀. 박 팀장이 심각한 표정으로 모니터를 바라보고 있었다.

민혁 유저가 순수한 영웅의 시련에 입장했다. 첫 번째 시련에서 그는 켈베로스를 자신의 수하로 만드는 놀라운 일을 해냈다.

"왠지 이제 아틀라스 영지 입구 앞에 '사랑이, 소망이, 행복이' 집이 생겨날 거 같지 않아요?"

박민규 팀장이 말문을 잃었다.

세상에! 지옥 수문장 켈베로스의 집에 쓰여 있는 그러한 이름들이라니!! 심지어 주인인 민혁에겐 꼬리를 살랑살랑 흔들며, 배를 뒤집어 까니, 이 얼마나 놀랍고 황당한 일인가!

"크흠!"

박민규 팀장은 낮은 신음을 흘렸다. 그리고 두 번째 시련이 진행되려 하는 걸 본다.

"두 번째 시련은 욕망의 시련인데…… 민혁 유저의 욕망은……."

박민규 팀장이 모니터를 바라보며 중얼거렸다. 그와 이민화
는 어림짐작했다.

이 두 번째 시련의 경우 아테네 제작팀에서 심혈을 기울여
만들어낸 시련으로써 이제까지와의 시련과는 굉장히 달랐다.
이는 그 사람의 욕망을 말 그대로 게임 시스템이 읽어내며 구
현한다. 말 그대로 그 사람이 꾸고 싶어 하는 가장 황홀한 꿈
을 꾸게 해주는 셈이다.

보통의 사람들은 자신들이 정말 원해하는 행복한 꿈에서
깨고 싶지 않게 마련이다. 순간적으로 두 번째 시련에 도전자
가 입장하면, 그는 자신이 시련 중이라는 사실을 인지하지 못
한다. 마치 황홀하고 깨고 싶지 않은 꿈처럼 느껴질 테니까.

하나, 자신의 앞에 이러한 유혹이 있어도 이겨낼 수 있는 유
저! 그러한 유저라면 정신을 차리고 그 달콤한 꿈에서 스스로
벗어나리라.

하지만 박 팀장은 고개를 저었다.

"민혁 유저만큼 먹을 걸 사랑하는 사람은 없지, 그는 이제까
지 항상 먹을 것에 누구보다 큰 욕심을 보여왔어."

그 모습을 보면 '탐욕' 그 자체로 보이고는 했다. 사람이 저렇
게 식탐이 많을 수나 있을까 싶었던 것이다.

또한, 그는 놀라운 아티팩트, 그 어떠한 보상보다도 누구보
다도 더 탐욕스러운 모습이었다. 이 시련은 결코 쉽지 않다.

곧이어 민혁의 모니터가 눈앞에 들어왔다.

이민화가 감탄했다.

"와, 심지어 시련이…… 애슐리 뷔페에서 진행되네요?"

심지어 가성비가 괜찮기로 소문난 애슐리 뷔페였다. 맛있는 음식들의 향연!

"저기 가면 순살치킨은 꼭 먹어야 하는데 말이죠. 꿀꺽-"

이민화의 침 삼키는 소리.

박 팀장이 고개를 돌렸다.

이민화는 순간, 자신이 너무 긴장감이 없었나 싶어 눈치를 보았다.

그리고 박 팀장이 말하기를.

"……인정하는 각."

그렇다. 애슐리 치킨은 진리였던 것이다!

민혁은 탄성을 터뜨렸다.

"우, 우와……!"

감탄한 그는 주변의 진풍경을 둘러보았다. 바로 자신이 그 토록 가고 싶었던 뷔페인 애슐리였기 때문이었다.

아버지의 친구이신 카랜드 기업 사장님의 계열 뷔페! 어렸을 적에 친구들과 함께 한 번씩, 비장한 마음으로 가고는 했다.

'야, 오늘 애슐리 가면 본전 뽑기 각?'

'후후후, 본전 따위야 어렵지 않지, 뽕을 뽑아주리라!!'

친구들과 함께 그렇게 말하고 가면 항상 민혁은 본전을 뽑았지만, 친구들은 두 접시, 세 접시에서 멈추고는 했다.

"어서 오세요~"

종업원이 민혁을 안내했다.

"매장 이용해 보신 적 있으신가요?"

"네, 네, 네!"

놀랍게도 아테네는 두 번째 시련을 실제 현실의 애술리와 거의 동일하게 구현시켜 놓았다.

'이곳이 곧 천국이로다!!'

민혁의 걸음은 빨랐다. 그는 접시 하나를 꺼내서 음식을 담기 시작했다. 애술리의 꽃이라 할 수 있는 순살치킨! 그뿐만이 아니었다. 까르보나라스파게티와 토마토스파게티, 그리고 피자 코너에 놓여 있는 피자들도 담아주었다.

그리고 민혁은 애술리에 오면 가장 먼저 먹는 메뉴가 있었다. 바로 콘크림수프였다.

콘크림수프에, 접시 한가득 음식, 거기에 더해져 얼음이 담긴 사이다까지 준비되었다. 민혁은 자신의 접시를 보며 밝게 웃었다.

"잘 먹겠습니다!!"

뷔페의 가장 좋은 점은 여러 가지 다채로운 음식들을 맛볼 수 있다는 것이다. 어떠한 이들은 차라리 한 가지 음식에 집중하는 게 낫지 않냐고도 하지만, 때론 이렇게 음식 여러 가지를 한 접시 안에서 먹고 싶을 때도 있는 법이다.

민혁은 먼저 수저로 콘크림수프를 한가득 떠먹어 봤다. 뜨뜻하고 달짝지근한 크림수프가 입안에 들어오자 입맛을 돋워주는 것 같다.

'뷔페에서 가장 먼저 수프를 먹어주면 위벽을 보호해 주어서 더 많이 먹을 수 있다고 하지. 후후후.'

크림수프로 입맛을 돋우고 있는 민혁.

그의 좌측 상단엔 타이머가 움직이고 있었다.

[57분 56초, 57분 55초, 57분 54초…….]

가장 먼저 앞에 놓여 있는 뜨끈뜨끈한 순살치킨을 포크로 쿡 찍었다.

"크흐~ 예술, 그 자체."

감탄한 민혁이 순살치킨을 입에 넣어봤다. 바삭거리는 식감 뒤에 이어지는 보들보들한 식감, 그리고 베어 무는 순간에 퍼지는 육즙에 절로 미소가 감돈다.

순살치킨을 공략해 주다가 이번엔 스파게티다. 까르보나라스파게티와 토마토스파게티를 가져온 민혁은 먼저 까르보나라스파게티를 젓가락으로 돌돌 말아 입안에 넣어줬다.

부드럽고 담백한 까르보나라가 적당히 익었다. 그리고 토마토스파게티는 달짝지근하면서도 시큼한 맛이 났다.

"으하하하하!"

민혁은 쾌재를 질렀다. 그리고 자리에서 일어났다. 또 다른 음식을 가져오려고 하기 위함이었다.

그 모습을 지켜보던 직원 애딜리.

이곳은 가상의 세상으로 임시적으로 만들어졌지만, 임시적인 세상에 있는 그들도 생각과 소통 모든 것이 가능하다. 그가 다급하게 점장에게 다가갔다.

"저, 점장님."

"무슨 일이야?"

사색이 된 애딜리에 점장 바로드는 의아한 표정을 지었다.

"어떠한 손님이 22초 만에 한 그릇을 비워냈습니다."

한 그릇을 비워내는데 22초? 그게 사람의 속도란 말인가?

"자네, 지금 나랑 장난하나?"

무섭기로 소문난 바로드 점장이 화를 내었다. 그에 애딜리가 양손을 모으고 고개를 푹 숙였다.

"아니, 사람이 어떻게 한 접시 비워내는 데 22초가 걸려? 무슨 치킨 두 조각 갖다 놓고 먹은 걸 한 접시라고 하는 거 아니야?"

"아, 아닙니다!!"

"하! 바빠 죽겠는데, 자네 정말……."

바로드는 화가 잔뜩 난 기색이었다. 지금은 저녁 시간. 가장 핫할 때였다. 그런데 직원이 장난을 치니 화가 안 나고 배기는가? 바로드가 확인하러 걸어가면서 말했다.

"자네 말이 사실이라면 이번 달 내 월급을 다 자네에게 주지, 하지만 아니라면 각오해야 할 거야!"

그렇게 호언장담한 점장은 걸음을 옮기다가 멈췄다.

그는 고개를 갸웃했다.

저건 뭐지? 접시가 일곱 개 쌓여 있었다.

"혹시 운동선수들 단체로 왔나?"

"아, 아닙니다."

애슐리 뷔페는 빈 접시가 생기면 곧바로 치운다. 자신들의 직원이 치우지 않았을 리 없다. 그 말은 찰나의 시간에 먹어치웠다는 말이 된다.

점장은 서둘러서 빌지에 있는 손님이 들어온 시간을 확인했다. 빌지를 확인한 점장은 경악했다.

'4분 38초 만에 일곱 접시를……?'

저거 사람 새끼인가……?

그리고 그때, 헛기침이 들려왔다.

"약속하셨으니 이번 달 점장님 월급은 제 겁니다."

그러면서 스리슬쩍 엄지로 검지와 중지를 비비는 애딜리!

"아, 아니, 그게 아니……."

"점장님께서 설마 한 입으로 두말하진 않으시겠죠? 호호, 에이 설마요~ 남아일언 중천금이라 했잖아요. 설마 젠틀한 점장님이, 에이~ 설. 마. 요? 호호호호!!"

애딜리. 그녀는 그가 말하기도 전에 입을 원천 봉쇄했다. 그녀는 사회생활을 할 줄 알았던 것이다!

한편, 민혁은 계속 먹어치우고 있었다. 그의 접시 위로는 이번엔 육류들이 한가득이었다. 폭립과 훈제 연어, 그리고 오리고기!

폭립은 그대로 들고 뜯기 시작했다. 폭립을 뜯는데, 부드럽고 달짝지근한 그 맛이 입안에 가득 퍼진다. 더군다나, 살점 하나 양념 한 방울조차 남지 않으니, 거의 신의 경지에 가까웠다.

오리고기는 머스터드소스에 찍어서 먹었으며 훈제 연어는 사과 드레싱과 양파를 얹어 먹어준다.

"크하하. 뷔페 맛있엉!"

직원들이 접시 치우기를 포기했다. 그저 기록을 확인하기 위해 두자, 민혁의 접시가 47접시가 쌓여 있다.

그다음 과일류. 민혁은 하와이안 망고 샐러드와 수박 등을 공략했다.

"으, 이 시려."

하와이안 망고 샐러드는 꽁꽁 얼린 망고 샐러드로써 입에 넣고 씹으면 이가 시릴 정도다. 하지만 달콤한 맛에 미소가 감돌며, 수박은 아삭거리는 식감과 그 과즙에 달았다.

거기서 그치지 않는다. 직원에게 쌀국수 한 그릇을 만들어 달라고 한 후, 차가워진 배를 따뜻하게 해준다.

"후루루루룹!"

쌀국수를 입에 넣자 숙주나물이 함께 아삭거리며 씹혀준다. 거기에 김치 한 점을 얹으니 금상첨화였다.

그리고 타이머는.

[11분 15초, 11분 14초, 11분 13초……]

계속 흘러가고 있었다.

민혁은 어느덧 접시를 들고 콧노래를 흥얼거리며 다시 디저트 코너로 향하기 시작했다.

코니르는 민혁이 음식을 먹는 모습을 보며 황당했다.

"아, 아니, 가장 큰 욕망이 먹는 거라고?"

물론 식욕이란 사람이 가진 흔한 본능이었다. 아무리 그렇다고 한들 식욕이 나올 줄은 꿈에도 몰랐다.

'나약한 정신력이군.'

사내는 자신이 시련을 진행 중이라는 것을 욕망에 의해 자각조차 하지 못하고 있는 것 같았다. 흘러가는 타이머를 말이다.

'나의 극의를 이을 자는 없는 건가?'

코니르는 한숨을 쉬었다. 그리고 접시를 들고 몸을 일으킨 사내. 사내는 커다란 팥빙수를 제조하기 시작했다.

모니터를 보는 특별 유저 관리팀은 고개를 저었다.

"역시 민혁 유저라고 할지라도 가장 달콤한 시련은 이겨내지 못하는군."

"그러게요……."

시간이 2분 남짓 남았다. 그런데 민혁은 여직원에게 부탁해, 커다란 대야를 받아 들고 팥빙수 제조에 들어갔다.

곱게 갈린 얼음을 커다란 철 대야에 수북하게 쌓는다. 족히 40인분은 될 양이다. 거기에 작은 떡과 시리얼, 팥 등을 놓고 그 위로 빼빼로 같은 과자를 올린다.

끝나지 않았다. 과일 코너로 가서 과일들도 한 움큼 올렸으며 그 위로 바닐라 아이스크림도 세 번 퍼서 얹어 만드니, 빙수 만들기의 달인 그 자체였다.

그에 시간이 벌써 20초 남짓밖에 남지 않았다.

"……민혁 유저도 불가능한 게 있었네요."

박 팀장이 고개를 끄덕였다.

그때 이변이 발생했다.

[룰루랄라~ 밥 다 먹었으니, 가야지~]

민혁이 걸음을 옮기는 곳은 다름 아닌, 다음 시련으로 올라가는 계단이 있는 곳이었다.

그리고 2초가 남았을 때, 그는 행복한 미소로 팥빙수를 입에 넣으면서 계단에 발을 올렸다.

[민혁 유저가 욕망의 시련을 완수합니다.]

박 팀장이 자리에서 벌떡 일어섰다.

'뭐, 뭐야……?'

그는 지금 상황을 이해할 수가 없었다.

"처음부터 알고 있었던 거야?"

박 팀장은 경악했다. 그는 정신 나간 사람처럼 먹기만 했다. 하지만 그는 들어가는 순간 자각하고 있었던 거다.

"사람이 가진 가장 큰 욕망 앞에서도 자신이 해야 할 일을 자각하고 있다고?"

실제로 사람들은 가장 달콤한 꿈에서 스스로가 부정하는 법이었다. 더 없어서.

"마지막 가는 길에 후식으로 팥빙수 40인분도 챙겨가는 클라스라니. 정말 존경스러워요!"

먹보 꿈나무 이민화는 감탄하기까지 했다.

이민화의 말에 박 팀장은 말문을 잃었다.

그러다 생각했다.

'폭식 결여증에 걸린 민혁 유저가 어떻게…….'

이민화는 몰랐지만 박 팀장은 알고 있었다. 끊임없이 먹어야만 하는 질병. 그 때문에 박 팀장은 그 욕망을 이겨낼 수 없을 거라 생각했다.

희귀병인데, 사람의 힘으로 어찌하겠는가? 심지어 몇 년 전엔 한 명이 사망한 말도 안 되는 질병이다.

그런데, 생각해 보니 민혁은 어떻게 아직 살아 있을 수 있었을까?

'말도 안 되는 정신력으로 식욕을 억제해 온 거야…….'

실제로 병 자체가 먹어야만 하는 병이다. 그런데, 민혁은 그것을 어느 정도 조절하고 있었다. 그의 정신력은 발군이라는 이야기였다. 병과의 싸움에서조차도 강인한 정신력으로 싸워서 이겨내는 사내.

"진짜 멋지잖아⋯⋯?"

병을 이겨내는 정신력이라니? 감탄할 때였다.

모니터에서 임시적으로 만들어진 애슐리 직원들의 목소리가 들린다.

[호, 혼자서 1시간 동안 131그릇을 먹고 갔어⋯⋯!]

[사, 사람이야?]

그리고 이민화가 말했다.

"이번 시련은 민혁 유저에게 일거양득이네요. 맛있는 뷔페도 먹고 시련도 깨고."

그렇다.

제작팀은 사실 이 욕망의 시련에 호언장담했다. 하지만 그들이 호언장담했던 시련! 그 시련은 오히려 민혁을 배부르게 만들었으며 심지어 강해지게까지 만들었다는 거다.

하지만 박 팀장은 모니터 속의 민혁을 보며 피식 웃어버렸다.

'그였기에 두 가지 토끼를 잡을 수 있었던 거다.'

5장
숲속의 지배자

[순수한 영웅의 시련 두 번째가 시작됩니다.]

[욕망의 시련에서 현재의 상황을 깨우치고 세 번째 계단으로 향하시기 바랍니다.]

[시련을 완수할 시 물리 방어력이 1%, 마법 방어력이 1% 상승합니다.]

민혁이 두 번째 시련인 욕망의 시련을 시작할 때 들었던 알림이었다. 한데, 이 알림은 민혁이 넓게 깔린 음식들을 보며 황홀함에 취해 있을 때 들려왔다.

민혁은 음식을 먹으면서도 계속 자각하고 있었다.

'계단을 밟고 올라가야 한다.'

그것이 이 시련을 완수하는 것이다.

매번 민혁은 꿈과 현실 사이에서 싸워왔었다. 당장 지갑만 들고 뛰쳐나가듯이 저택을 벗어난다면 지독한 배고픔에서 어느 정도 해소될 수 있었다. 한때는 배가 고파 집안에서 소리도 질렀고 화도 냈다.

하지만 먹지 않고 참아내 왔다.

그의 인생은 매번 '환상'과 '현실' 사이에서의 저울질이었다. 민혁은 항상 현실을 택했다. 더 살아야 한다. 나의 아버지와 나를 소중히 생각해 주는 사람들, 그리고 나를 위해서. 민혁은 환상을 누구보다도 이겨낼 힘을 가진 사람이었다.

그 때문에 이왕 들어온 거 생각했다.

'제한 시간 내로 나가면 되는 거 아니겠어?'

환상과 현실 사이에서 항상 해오던 저울질!

하지만 이번에는 조금 달랐다. 그는 자각하고 있었고 음식도 맛있게 먹을 수 있었으며 보상도 얻을 수 있었다. 맛있게 애슐리 뷔페를 먹어치운 후에, 커다란 철 대야에 팥빙수 40인분을 만들어놓고 품에 안고 룰루랄라 콧노래를 부르며 걸어갔다. 그러면서도 수저를 팥빙수에 가져가 입안에 넣으니, 달콤하기 그지없다.

"크~ 머리 띵!!"

그가 세 번째 계단에 발을 올렸다.

[두 번째 시련을 완료하셨습니다.]
[경험치 5,000,000을 획득합니다.]

[물리 방어력이 1%, 마법 방어력이 1% 상승합니다.]

아쉽게도 두 번째 시련에선 애초에 '재료'를 얻을 수 있다는 알림이 없었다.

하지만 사실 그랬기 때문에 민혁이 두 번째 시련을 빨리 완수하지 않고 여유롭게 음식들을 즐긴 것이기도 하다.

물리 방어력과 마법 방어력 1%씩의 상승. 랭커들의 경우, 마법 방어력과 물리 방어력이 수백씩의 수치는 되는 편이었다. 그러한 상태에서 1%씩의 상승은 최소한 4~5 정도씩의 상승으로 결코 적은 수치가 아니라 할 수 있었다.

심지어 이 시련은 아직 스물세 개의 계단이 남아 있다.

이 계단을 전부 정복한다면?

'완전히 달라지겠는데?'

그리고 민혁이 첫 번째에서 얻었던 보상인 아티팩트 특수 능력 강화 보상. 이는 민혁이 군주의 갑옷에 있는 특수 능력인 'HP와 MP 100% 회복능력'을 강화시켰다.

그러자 이렇게 변화하게 되었다.

HP 및 MP 100% 회복 후 10초 동안 물리 방어력 및 마법 방어력 50%씩 증가. 특수 능력이 상당히 뛰어나진 셈이다.

"캬~"

민혁은 여전히 세 번째 시련에서 40인분의 팥빙수를 먹고 있었다. 하와이안 망고나, 과일들을 듬뿍 넣었다. 심지어 자신이 가지고 다니는 연유도 직접 뿌려주었다.

그렇게 먹고 있을 때.

뚜벅뚜벅.

인기척이 들려왔다.

아스간 대륙에는 무수히도 많은 탑이 존재한다.

비전투직 직업들을 위한 요리사의 탑이나 혹은 대장장이의
탑, 화가의 탑 등이 있으며 전투직 직업들을 위한 탑으로는 기
사의 탑, 마법사의 탑, 궁수의 탑, 전사의 탑, 암살자의 탑 등 다
양하다.

이 탑들은 아테네 초보 유저들이 처음 직업을 가지고 있지
않을 때, 직업 퀘스트를 주기도 하며 강함의 원천이기도 하다.
실제로 탑의 장들의 경우 한 왕국의 왕과 필적한 힘을 가졌다
전해지니까.

또한, 전투의 탑에서 가장 강력한 곳은 당연히 두 곳으로 뽑
을 수 있다.

'기사의 탑'과 '마법사의 탑'이었다.

기사의 탑을 세운 초대 탑장은 바로 대륙 전체를 휘어잡았
던 알라칸이라는 기사였다. 그는 파라밀 검술이라는 놀라운
검술을 기사의 탑의 탑원들에게 가르쳤다.

한데, 그는 파격적인 발언을 했다.

'나의 검술은 내가 아닌, 다른 이가 만들어 냈다. 바로 어린 소년이었다.'

온 대륙이 충격에 빠졌었다. 하지만 그때 당시에 모두가 그 말을 믿지 않았다. 그저 '겸손함'이라고 생각했다. 또한, 그가 어떠한 전설을 만들고 싶어 유언비어를 만들어낸다 생각했다.

하지만 이는 사실이었다. 파라밀 검술의 창시자 알라칸은 단지 그에게 검술을 배워 모두가 쉽게 익힐 수 있게 재창조한 후, 세상에 알렸을 뿐이다.

그리고 대륙 최고의 기사라 불렸던 그는 패배했다. 그를 패배하게 한 이의 이름이 바로 '코니르'.

알라칸이 뚜벅뚜벅 걸음을 옮기고 있었다.

'극의(極意)는 선택된 자만이 깨우쳐야 한다.'

알라칸은 이 순수한 영웅의 시련에서 일시적으로 깨어난 것뿐이었다.

코니르가 도움을 달라는 말에 흔쾌히 응했다. 그는 코니르를 순수하게 동경하는 이였기 때문이었다.

'과연 두 번째 시련까지 딛고 올라선 자는 얼마나 대단한 후손일까?'

그렇게 생각하며 걷던 알라칸.

그가 우뚝 걸음을 멈췄다.

"크~ 팥빙수는 깡깡 얼었을 때보다 이렇게 살살 녹아서 물기가 촤르르 흐를 때 맛있는 법이라니까?"

알라칸은 걸음을 우뚝 멈추어 섰다. 그리고 앞에 선 사내를 보았다.

"앗, 안녕하세요!"

"어, 어? 아, 안녕하신가?"

사내는 예의 바르게 인사를 하더니 말했다.

"잠시 빙수 좀 먹고요!"

예의 바른 그 언행에, 알라칸은 엉겁결에 고개를 끄덕이며 기다렸다.

사내가 아주 맛있게 팥빙수를 먹는다.

'어? 근데 나 왜 기다리고 있지?'

알라칸은 순간 이해할 수 없었다.

이내, 사내가 마지막 남은 팥빙수를 게 눈 감추듯이 다 먹더니, 세상 다 잃은 듯한 표정이 되었다.

그는 눈물을 글썽이며 철 대야를 바라봤다.

"흑…… 다 먹어버렸어…… 어떻게…… 이제 널 볼 수가 없다는 것에 눈물이 날 것 같아."

마치 형제 잃은 듯한 슬픈 눈망울!! 당장 눈물이 쏟아질 것 같은 표정이었다.

"내가 너무 안일했어…… 하…… 저 좀 위로해 줘요."

"아, 어…… 그, 그래……."

알라칸은 너무도 슬퍼 보이는 그 모습에 자신도 모르게 임무를 망각하고 뒤로 다가가 등을 토닥여 주었다.

"괘, 괜찮네, 빙수는 좋은 곳으로 갔다네…… 자네 배 속으로……."

"흑, 그렇겠죠? 또 먹을 수 있겠죠?"

알라칸은 그렇게 두들겨 주다가 또 한 번 이해할 수 없었다.

'아니, 내가 왜 여기서 위로해 주고 있는 거지?'

사내의 순수함! 그리고 예의 바름에 순간 자신의 경건한 임무를 망각해 버렸던 거다.

알라칸이 서둘러 거리를 벌렸다. 그러다 사내를 보았다.

'왜 느낌이 익숙하지……?'

익숙한 느낌이다.

이내 알라칸은 알 수 있었다.

'코니르와 닮았군…….'

순수함, 예의 바름. 과거 자신을 무릎 꿇린 그 검성 코니르와 닮은 사내였다. 우스운 이야기이긴 했지만 말이다.

그리고 사내. 민혁에게 알림이 울렸다.

[순수한 영웅의 시련 세 번째가 시작됩니다.]

[과거 아스간 대륙 검의 전설 알라칸이 시련 도우미로 입장하였습니다.]

[시련 도전자 민혁 유저의 상태창이 일시적으로 변화합니다.]

[모든 스텟이 현실에 반영하여 맞춰집니다.]

[착용한 모든 아티팩트의 사용이 제한됩니다.]

[수단과 방법을 가리지 말고 앞에서 나타나는 몬스터를 사냥하시기 바랍니다.]

[몬스터를 사냥할 때마다 보상이 주어지며 다섯 마리의 몬스터를 모두 사냥하면 더 좋은 보상이 주어집니다.]

[몬스터 한 마리를 사냥할 때마다 소원의 돌의 영향에 따라 요리 재료가 주어질지도 모릅니다.]

"흐음."

민혁은 상태창을 열람해 봤다.

(민혁)

레벨: 1

직업: 식신(食神), 괴짜 미식가

HP: 213 MP: 50

힘: 13 민첩: 10 체력: 14

지혜: 표기되지 않음. 지력: 표기되지 않음

포만도: 100%

민혁은 고개를 끄덕였다. 현실이 반영된다. 즉, 현실에서의 육체가 스텟 수치로 표기되는 것이다.

'심상치 않은 시련인데?'

과거 검신 발렌에게 했던 시련과 비슷하지만 미묘하게 다른 느낌이었다. 일단 그 이유는 알림에 '수단과 방법을 가리지 말고'라고 쓰여 있기 때문이다.

일반 유저들은 이 문구를 그냥 지나칠지도 모른다. 당연히 몬스터를 사냥할 때 수단과 방법을 가리지 않지 않느냐?

하지만 다르다. 알림으로의 설명은 말 그대로 주변의 모든 것을 능력껏 이용하라는 걸 유추할 수 있었다.

민혁의 눈이 주변을 살피기 시작했다.

병사들 훈련장 같은 느낌이었다. 검과 창, 활 등이 나열되어 있었으며 말도 보인다. 말 그대로 훈련장의 흔한 모습.

'보통이라면 저기 있는 검 한 자루 중 하나를 사용할 거다.'

자신이 착용한 모든 아티팩트 사용이 제한되었으니 당연하다. 맨몸으로 싸울 순 없지 않은가?

하지만 여기서 생각을 조금 비틀어본다면?

"오, 그런데 알라칸 경의 검은 무척이나 멋져 보이는군요!"

"자네 눈썰미가 아주 좋군?"

"아하하, 그러한 명검을 차고 있는데 알아보지 못할 자가 세상에 어디 있겠습니까?"

"하하하하하, 아주 예쁜 말만 골라서 하는군!"

민혁의 보이지 않는 입꼬리가 쭈욱 올라갔다.

'계획을 시작하지, 후후!'

특별 유저 관리팀. 제작팀과 스토리팀이 함께 있었다. 이 세 번째 시련은 매우 중요한 항목에 속했기 때문이었다.

제작팀 팀장 이석훈이 감탄했다.

"와, 저걸 한눈에 알아챈다고?"

민혁의 눈썰미에 절로 감탄이 나올 지경이었다. 하지만 곧 이석훈은 걱정 없이 웃어젖혔다.

"그래도 알라칸이 바보도 아니고 자신의 검을 빌려주겠나?"

애초에 알라칸의 검도 이 시련에서 이용할 수 있다. 하지만 거의 불가능에 가깝다.

자유도가 높은 아테네의 NPC들! 검은 그들의 목숨과도 같다. 특히나 과거의 인물인 알라칸은 더 한 편이었다. 지금도 자신의 검에 대한 애증을 드러내지 않는가?

심지어 제작팀은 일부러 알라칸의 검의 '제한'을 이 시련에서만큼은 없앴다. 그 이유는 자신감이 있기 때문이다. 그 누가 과거의 전설 알라칸의 검을 빌릴 수 있겠는가?

하지만 그때. 불길한 목소리가 들려왔다.

[식사는 하셨어요?]

모니터 속 민혁이 웃고 있었다.

그리고 이민화가 멍하니 입을 벌렸다.

'시, 시작됐어. 민혁 유저의 악마의 속삭임이……!'

알라칸이 말한다.

[수백 년 동안 식사를 못 했으니, 안 했다는 표현이 맞겠지?]

[아아닛!! 이런! 수백 년 동안이나 식사를 못 하셨다니……?

제 마음이 찢어집니다!!]

그때, 모두의 눈에 보였다. 민혁의 입꼬리가 비열하게 올라가는 것을!

"저, 저 웃음⋯⋯!"

박민규 팀장은 싸한 느낌을 받았다.

반대로 이석훈은 피식 웃었다.

"뭐, 민혁 유저가 흔히 했던 방식대로 음식을 이용해서 유혹하는 거? 알라칸은 전설의 인물일세. 또한, 검은 곧 기사의 목숨! 알라칸은 이제까지의 이들과 다르지."

이석훈은 호언장담하며 말하고 있었다.

그에 박민규 팀장은 고개를 끄덕였다. 이석훈의 말처럼 알라칸은 검의 전설과도 같은 인물이었다. 다름 아닌, 기사의 탑의 초대 탑장이지 않은가? 그런 그가 민혁에게 검을 빌려준다는 건 말이 안 된다.

그러다 박 팀장은 무언가 생각났다.

"내 기억으로는 이 시련은 총 다섯 개의 시련이 존재하지만, 불가능의 점수를 기록해 내면 숨겨진 시스템이 발동되는 걸로 아는데, 사실이야?"

"사실이야, 하지만 우리는 이를 불가능한 영역이라고 보고 있어, 사실상 민혁 유저의 스텟은 지금 일반적인 인간이지, 아니, 상태창을 확인해 보니, 거의 국가대표 운동선수급이긴 하군. 하지만 그렇다고 해도 일반 사람이 몬스터를 사냥하는 건 어려우니까."

"흠……."

확실히 그렇다. 이 세 번째 시련은 일반 사람이 몬스터를 사냥하는 격과 같다. 심지어 그 몬스터들이 가히 예사롭지 않은 녀석들이라는 게 문제였다.

"그럼 추가적인 시스템이 발동되면 어떻게 되는데?"

"더 강력한 몬스터가 나타나고, 더 놀라운 보상이 주어지지."

박 팀장이 고개를 끄덕였다. 이제까지와 크게 다를 게 없는 숨겨져 있는 시스템. 오로지 불가능의 영역에 오른 유저만이 얻을 수 있는 특혜.

'그래, 이석훈 팀장의 말처럼…….'

아무리 민혁 유저가 잔머리를 굴려도 설마 알라칸이 그에 혹하겠는가?

"안심해도 되겠어."

흠칫!

박 팀장의 그 말. 그 말에 이민화가 눈을 크게 뜨며 그를 돌아봤다.

'그, 금기어가 또……!'

그녀 혼자서만 안심하지 못하고 있었다.

자신을 민혁이라고 소개한 사내! 그 사내가 눈물까지 글썽이며 말한다.

"정말이지 가슴이 너무 아픕니다. 수백 년 동안 식사를 하시지 못하다니, 크흐흐흑!!"

"그, 그런가?"

그 말에 알라칸은 듣고 보니 그런 것 같기도 했다. 수백 년 동안 이곳에서 코니르를 돕기 위해 후손을 기다려 왔다.

민혁이 양손으로 알라칸의 손을 붙잡았다.

"제가 아주 맛있는 음식을 대접해 드리도록 하겠습니다."

"아, 아니, 그전에 시련을……"

"쉿."

그 말에 민혁은 검지를 알라칸의 입에 가져다 댔다.

"다 알고 있습니다. 그저 먹고 싶은 것만 말씀해 주세요. 저는 맛있는 요리를 할 수 있는 요리사! 알라칸 님과의 만남이 너무 기쁘니, 제가 사력을 다해 요리해 드리겠습니다."

이렇게까지 들으니 알라칸은 작게 감동했다.

'남을 이렇게 배려하다니, 심지어 사력을 다하겠다니?'

[알라칸과의 친밀도가 상승합니다.]

민혁에게 들려온 알림이었다.

심지어 민혁의 얼굴엔 진심이 엿보이고 있지 않은가?

이 모든 게 민혁의 계략이며 몬스터 한 마리씩을 쓰러뜨릴 때마다 재료가 추가될지도 모른다는 걸 생각하는 민혁에겐 진심일 수밖에 없었다. 가슴에서 우러나오는 진심! 그가 자신의 요리를 먹고 홀려주는 것!

곧 알라칸이 말했다.

"토스트. 토스트가 먹고 싶군. 딸기 생과일주스와 함께 말이네."

"그렇군요."

민혁은 고개를 끄덕였다. 이미 레시피 창조 스킬을 이용해 알고 있던 그였다.

토스트는 시중에서 흔히 찾아볼 수 있는 '아삭 토스트 햄야채 스페셜'이었다. 민혁이 가장 좋아하는 맛이기도 하였다.

민혁은 커다란 버터를 불판 위에 두르고 식빵을 굽고, 그 위로 잘 푼 달걀과 햄까지 노릇노릇 구워줬다. 그 후엔 잘 구워진 토스트 빵 위로 잼을 발랐다.

그리고 잼을 바르면서 스리슬쩍 '바다의 꿀'을 함께 발라주었다.

'흐흐흐흐.'

그렇게 음침하게 웃은 민혁은 토스트가 완성되자 곧바로 딸기 생과일주스를 제조하기 시작했다. 물론 딸기 생과일주스에는 설탕 대신, 중독성이 강한 바다 꿀이 들어가 있다.

모두 완성되었을 때, 민혁은 포장지에 싸져 있는 아삭 토스트와 딸기 생과일주스를 그에게 내밀었다. 그러자 민혁의 앞으로도 똑같은 아삭 토스트와 딸기 생과일주스가 생겨났다. '함께 먹는 즐거움' 스킬의 영향이었다.

'토스트라······.'

알라칸이 토스트를 먹고 싶은 이유는 과거에 살아생전. 그의 아내가 자주 해주었기 때문이었다. 아내는 정말이지 요리를 잘했었다. 그중에서도 이 토스트는 정말이지 으뜸이었다.

민혁이란 사내가 자신은 정말 요리를 잘한다고 말하였지만 그를 충족시키지 못할 거라고 알라칸은 생각하고 있었다. 하지만, 그때의 그 맛. 환상적인 맛을 조금이라도 느낄 수 있다면 괜찮았다.

천천히 포장지를 반쯤 벗겨내어 토스트를 베어 물었다. 빵의 따뜻하고 보들보들한 식감과 달콤한 사과잼의 맛, 그리고 아삭거리는 양배추의 식감과 조화를 이루는 햄과 치즈, 그리고 계란까지. 그 형용할 수 없는 맛! 그 맛에 알라칸은 무슨 말을 해야 할지 알 수 없었다.

순간 머리가 하얘져서 이상한 말을 내뱉고야 말았다.

"여, 여보!"

흠칫!

토스트를 맛있게 먹던 민혁이 덜덜 떨리는 눈으로 그를 바라봤다.

"취, 취향이······."

"아, 아닐세. 흠흠!"

실제로 자신의 아내가 해주었던 것보다 훨씬 더 맛이 좋았다.

'어떻게 이런 맛이······.'

그는 경악하며 딸기 생과일주스에 손을 뻗었다.

쭈우우우우웁-

빨대를 빨아들이자 입안으로 달콤한 딸기 생과일주스가 들어왔다. 딸기 씨앗이 오돌토돌 씹히는데, 달콤함과 시원함에 감탄이 절로 나왔다.

'와……'

알라칸은 허겁지겁 아삭 토스트와 딸기 생과일주스를 먹어치우기 시작했다.

"이 토스트 정말 최고였네, 정말 고맙네."

"수백 년 만의 식사라는 알라칸 님의 말에 최선을 다했습니다."

그에 또다시 민혁에게 알림이 들려왔다.

[알라칸과의 친밀도가 상승합니다.]

그에 따라 민혁이 말했다.

"저어…… 혹시……."

민혁이 조심스레 운을 뗐다.

"검을 빌려주실 수 있나요?"

"음? 내 검 말인가?"

알라칸은 자신의 검을 내려다봤다.

살아생전 거의 수십 년을 자신과 함께해 온 검이다. 이 검으로 인해 무수히도 많은 적으로부터 목숨을 구할 수 있었다.

알라칸은 작은 화가 치밀었다.

"자네도 검을 쓰는 걸 보면 기사에게 검이라는 게 얼마나 중요한 건지 알 텐데, 검을 빌려달라니, 자네 그렇게 안 봤는데……실망이군."

[알라칸과의 친밀도가 하락합니다.]

민혁은 이를 통해서 기사들에게 '검'이라는 게 거의 목숨과도 같다는 걸 알 수 있었다.

'생각보다 쉽지 않군, 그렇다면 방법을 바꿔봐야겠어.'

시련에는 시간제한이 없었다.

'아직 약발이 나타나려면 시간이 좀 걸리겠지.'

민혁이 말했다.

"정말 죄송합니다. 제가 감히 알라칸 님의 검을, 과거 전설의 검을 부렸던 알라칸 님의 검이 너무 궁금하여 그만. 다음부턴 조심하도록 하겠습니다."

"그래, 알면 됐네."

알라칸은 마음이 꽤 상했지만, 민혁이 요리를 해준 것을 생각하며 그나마 풀었다.

"알라칸 님께서 화가 나셔서 너무 마음이 아픕니다. 잠시 저의 세계로 돌아가서 저를 돌아보고 오겠습니다."

"흐음."

알라칸 또한 이방인들에 대한 정보가 주입되어 있었다.

민혁이 사라지고 나서 알라칸은 피식 웃었다.

"말실수를 했지만 정말 순수하고 착한 청년이야, 암."

알라칸은 그렇게 생각하고 있었다.

그리고 그를 기다리며 1시간이 지났을 때였다.

'그 토스트, 정말 맛있었지, 딸기 생과일주스는 또 어떠했고.'

생각만 해도 입에 침이 고인다. 그 뜨뜻한 토스트를 입에 넣고 씹으면, 달콤한 사과잼과 다양한 재료들이 입안에서 함께 어우러지지 않았는가.

또한, 그 딸기 생과일주스는 어떠한가! 목이 멜 때쯤 한 모금 쭉 빨아서 마셔주면 몸의 모든 갈증이 해소되는 것만 같았다.

그리고 두 시간쯤 지났을 때.

'왜 몸에서 힘이 빠지고 식은땀이 나지?'

이해할 수 없는 일이 벌어졌다. 몸에서 힘이 빠지는 것 같았다. 입이 벌벌 떨려오며 오른손이 부들부들 떨렸다.

그가 왼손으로 그 오른손을 잡으며 생각했다.

'그 토스트를 한 입 베어 물면 조금 괜찮아질 것 같기도 해. 아니, 한 입은 조금 부족하군, 세 입 정도만…….'

그렇게 반나절이라는 시간이 훅하고 지나갔다.

'토, 토스트…… 토스트가 먹고 싶어……!'

알라칸은 그 토스트가 다시 먹고 싶었다. 한데, 민혁이 자신의 세계에 가서 돌아오지 않고 있지 않은가?

그는 차라리 잠이나 자자고 생각하며 잠에 빠져들었다.

그런데…….

"우물우물."

꿈속에서 그 토스트를 먹는 상상을 하기 시작했다. 그런데 웬 개가 나타나 자신의 토스트를 물고 도망치는 것 아니겠는가?

"이 자식아 내 토스트 내놔!! 파라밀 검술 3장!!"

그는 꿈속에서 도망치는 개에게 파라밀 검술까지 사용하고 있었다.

"허억허억!"

악몽에서 깨어난 알라칸이 식은땀에 젖어 몸을 일으켰다.

'이제 왔겠지?'

하지만 민혁은 여전히 돌아오지 않고 있었다.

'어, 어서 돌아와서 토스트를 만들어주게…… 제발……!'

알라칸은 망연자실한 표정이 되었다.

민혁은 첫 번째 방법이 먹히지 않자 생각보다 검과 검의 주인의 끈끈함이 녹록지 않음을 느꼈다.

그에 플랜 B로 작전을 바꿨다. 음식을 먹였으니 오랫동안 기다리게 하는 것! 즉, 당근과 채찍 전략이었다. 처음 당근 하나를 주었으니 채찍질을 열심히 해주는 것이다.

그리고 민혁은 현실 시간으로 하루 만에 게임에 접속했다. 그가 들어오자 그를 기다리고 있었던 듯 알라칸이 얼굴이 하얘진 채 그를 기다리고 있었다.

"자, 자네!!"

"어이쿠, 제가 너무 오랫동안 밖에 있었죠?"

민혁이 천연덕스럽게 말하자 알라칸이 부들부들 떨고 식은 땀을 흘리며 말했다.

"하, 하하, 괘, 괜찮네. 그, 그것보다 자네 혹시 저번에 만들어주었던 그것 만들어줄 수 있나?"

"그거요? 그거라뇨?"

"그 있지 않나…… 그 따뜻하고 달콤하며……."

전형적인 민혁의 음식 중독의 금단 증상!

초반에는 식은땀이 계속 나고 더 먹고 싶다는 생각이 들며 중반에서는 극도의 배고픔과 욕망을 느낀다.

그리고 마지막에 이르러서는.

"그, 그 요리 한 번만 더 해주게! 공짜를 바라는 건 아니네, 돈이라면 얼마든지 있다네."

"휴, 돈이라면 저도 충분합니다. 알라칸 님 상태가 많이 안 좋으세요. 휴식을 취하시는 게……."

"자네의 요리가 곧 휴식이네!!"

"하지만 알라칸 님은 얼마 전 검을 빌려달라는 제 말에 거절하셨잖아요?"

알라칸은 그 말에 눈을 크게 떴다.

듣고 보니 그랬다.

"그, 그, 그그, 그땐 내가 미안했네."

"저는 마음을 담아 요리를 해드렸는데, 이미 마음이 상했다고요."

민혁의 그 말을 듣는 순간, 알라칸은 지체하지 않고 그에게 검을 내밀었다.

그에 민혁이 말했다.

"이미 마음 다 상했는데, 빌려주신다고 제 마음이 풀릴 것 같아요? 흥!"

민혁의 콧방귀에 알라칸은 안절부절못하고 있었다.

그에 알라칸이 물었다.

"우, 원하는 게 뭔가. 원하는 게 있다면 내 뭐든 해주겠어!"

민혁의 시선이 한 곳에 고정되었다. 그곳에 알라칸이 벗어 둔 그의 갑옷이 놓여 있었다.

'흐흐흐흐흐!!'

민혁이 음침하게 웃었다. 처음 자신을 거절했으니, 다음 요리를 해줄 땐 당연히 두 배로 더 받아야 하는 것 아니겠는가? 먹을 것을 위해 시련을 돌파하기 위해선 영악하기 그지없는 민혁이었다!

그때, 알림이 들려왔다.

[알라칸에게로부터 태양신의 검을 빌려 사용할 수 있게 됩니다.]
[알라칸에게로부터 프라칸의 갑옷을 빌려 사용할 수 있게 됩니다.]

특별 유저 관리팀. 모든 상황을 지켜보던 중 이석훈 팀장이 자신도 모르게 외쳤다.

"야 이 개자식아!! 안 돼!!"

끊임없이 이어졌던 야근! 집에 들어오지 않는다며 화를 내던 여우 같은 마누라, 토끼 같은 자식들! 민혁에 의해서 수차례 야근에 찌들었던 이석훈 팀장이었다. 한데, 이번만큼은 아니라고 믿었다. 아니라고 부정했건만!!

박 팀장이 한술 더 떴다.

"자네, 우리 민혁 유저한테 개자식이라니, 말이 심한 거 아닌가!"

"맞아요! 우리 민혁 유저한테 말이 심하네요. 민혁 유저가 자신의 힘으로 해낸 거잖아요. 그걸 욕하면 안 되는 겁니다!!"

거기에 이민화까지 한술 더 떴다.

이 팀장이 어안이 벙벙한 표정으로 입을 벌렸다.

'특별 유저 관리팀도 홀렸잖아?'

언제부터 '우리' 민혁이가 된 것인가?

사실 이민화와 박 팀장은 오랜 시간 민혁을 모니터하면서 자신들도 모르게 그에 대한 애틋함이 크게 생겨난 상황이었다. 박민규 팀장의 경우 이번 일처럼 민혁 유저가 보여주는 플레이 능력에 감탄하다 보니 어느덧 그에 대한 '팬심'이 싹트고 있었다. 그리고 이민화는 그의 먹방에 의해 그를 존경하게 되었다.

'나도 언젠간 저렇게 먹어야지!'

이 팀장은 그에 생각했다.

'내가 야근하면 너희도 야근한다는 걸 몰라?'

하지만 그것은 소리 없는 메아리일 뿐이었다.

곧 박 팀장이 말했다.

"저 아티팩트들을 얻었다고 한들, 시련을 깰지는 아직 미지수잖아."

듣고 보니 그랬다. 아직 확정된 사항은 아니다. 시련은 정말이지 어렵게 설정되어 있으니까.

허겁지겁! 꿀꺽꿀꺽!

민혁은 알라칸에게 일시적으로 검과 갑옷을 받았을 때, 곧바로 토스트와 생과일주스를 만들어줬다. 그러자 그가 마치 무언가에 홀린 듯 게 눈 감추듯 먹기 시작했다.

그동안 민혁은 두 개의 아티팩트의 정보를 확인해 봤다.

(태양신의 검)

등급: 전설

제한: 없음

내구도: 7,000/7,000

공격력: 691

특수 능력:

- 힘, 민첩, 체력 16% 상승
- 패시브 스킬 태양신의 불꽃
- 패시브 스킬 소드 익스플로전
- 엑티브 스킬 태양신의 권능
- 불속성 방어력 50 상승

설명: 태양신이 거느리고 있는 수석 대장장이가 만들어낸 놀라운 명검이다. 닿기만 해도 뜨거운 화염에 대미지를 입게 될 것이다.

(태양신의 불꽃)

아티팩트 스킬

레벨: 없음

소요 마력: 없음

쿨타임: 없음

효과:

- 타격에 성공할 시 50% 확률로 적의 몸에 불이 붙게 되며 착용자의 공격력에 비례해 2초에 1%의 대미지를 입힙니다.

(소드 익스플로전)

아티팩트 스킬

레벨: 없음

소요 마력: 없음

쿨타임: 없음

효과:

• 타격에 성공할 시 15%의 확률로 기본 공격력 200%에 해당하는 폭발을, 3연속 일으킨다.

그리고 태양신의 권능. 태양신의 권능은 반경 10m를 뜨거운 폭발로 뒤덮으며 폭발이 일어났던 지점에 5분가량 뜨거운 화염이 생성되어 접근을 막아내는 대단한 광역 스킬이었다.

하지만 태양신의 권능의 경우 일시적으로 모든 스텟이 하락한 민혁의 MP에 의해서 사용 불가였다.

그리고 프라칸의 갑옷.

(프라칸의 갑옷)

등급: 에픽

제한: 없음

내구도: 5,000/5,000

방어력: 314

특수 능력:

• 힘, 민첩, 체력 8% 상승

• 엑티브 스킬 철금 갑옷

• 패시브 스킬 흡수

설명: 프라칸은 뱀파이어 자작이다. 그러한 프라칸이 한 마을을 헤집고 다니며 사람들을 무차별적으로 죽일 때, 알라칸이 그의 목을 베어내고 얻어낸 전리품이다.

엑티브 스킬 철금 갑옷 역시 엑티브 스킬이었기 때문에 민혁이 사용할 수 없었다.

반대로 패시브 스킬 흡수는 적의 공격이 적중했을 때 10% 확률로 흡수가 발동되어, 자신이 받은 대미지가 곧바로 회복되며 받은 대미지의 10%만큼 HP량이 회복된다.

'괜찮군.'

민혁은 알라칸으로부터 임시적인 대여를 한 아티팩트들이 꽤 괜찮음을 볼 수 있었다.

그와 함께 알라칸에게 시련을 시작하겠다고 말했다.

그러자 알림이 울렸다.

[세 번째 시련의 몬스터 사냥 시련을 시작합니다.]

[첫 번째 몬스터를 사냥할 시에 알라칸의 소드 마스터리를 획득하며 기존에 존재했던 소드 마스터리는 삭제됩니다.]

[첫 번째 몬스터는 늑대인간입니다.]

[늑대인간을 사냥할 시 소원의 돌에 따라 '토종닭'을 획득할 수 있습니다.]

'토종닭?'

민혁은 사실 다른 보상엔 크게 눈이 가지 않았다. 대신에, 토종닭에서는 눈이 갔다.

보통의 토종닭은 가족들이 계곡을 갔을 때, 흔히 접할 수 있다. 누추하고 정감 가는 분위기의 가게. 이곳의 주메뉴는 토종닭 삼계탕이나, 혹은 파전, 메밀전, 도토리묵과 비슷하다.

침이 절로 넘어갔다.

민혁도 어렸을 때 부모님과 함께 계곡에 자주 놀러 가고는 했다.

허름하지만 좁은 방 안에서 음식을 주문하면 아버지는 닭다리 하나를 큼지막하게 뜯어 자신의 앞에 내려주고는 했다. 거기에 기름지지만 맛이 좋은 국물까지!

민혁은 전율했다. 첫 번째 몬스터를 기필코 사냥하리라.

그와 함께 민혁은 정면을 주시했다. 그런데, 의문스럽게도 민혁의 바로 앞으로 몬스터가 나타나지 않았다.

그때 또 다른 알림이 울렸다.

[늑대인간이 있는 지점인 에데르 대륙의 토르 마을로 일시적으로 워프됩니다.]

코니르. 그는 작게 감탄했다.

'알라칸의 환심을 사 그의 갑옷과 검을 빌렸다.'

아무도 예측하지 못한 상황을 만들어, 시작하기 전 자신에게 유리한 방향을 만들어냈다.

더 놀란 건, 그의 능력치를 평균화하였을 때였다.

'평범한 인간이 가지기에는 매우 비약적인 능력치야.'

아니, 상당히 말도 안 되는 수치였다. 체력, 힘, 민첩. 그 어떠한 것 하나 빠지지 않았다. 평범한 인간의 범주를 넘어선 육체였다.

코니르는 몰랐지만, 현실 속에서 120kg의 거구인 민혁의 힘은 당연히 강할 수밖에 없었다. 또한, 체격 대비한 속도 또한 발군이었으며 하루에 3시간이 넘게 진행되는 운동에 의해 체력은 말할 것도 없었다.

아테네 접속 캡슐엔 그들의 건강 상태 체크를 위해 자체적인 인바디 기능과 비슷한 것이 있었고 그를 통해서 사용자의 몸 상태를 확인해 스텟화된 것이다.

하지만 그렇다고 한들, 이 시련은 쉽지 않을 거다.

그 이유는 간단하다.

민혁은 그래 봤자 스텟이 끽해야 10레벨 미만이다. 보통의 사람들이라면 3~4레벨 정도의 스텟이 나오거나 최악이라면 1~2레벨 정도의 스텟이 나올 거다.

또한, 스텟이 높다고 한들 이 시련이 자신이 가진 개인의 실력을 본다는 사실은 변하지 않는다. 컨트롤, 그리고 현실에서의 뛰어난 운동 신경이 영향을 크게 미친다.

이 시련은 이제까지 본인이 획득한 스텟이 아닌, 본연의 힘으로 싸우는 것.

아테네 제작진의 의도는 이러했다.

만약 사람이 현실에서 실제로 고블린을 만나 싸운다면 이길 수 있을까?

게임 안에서 고블린은 정말 허접하고 약한 최약체에 불가했다. 하지만 실제에선? 두려워서 힘들어진다는 거다.

그것을 이겨내고 실력과 컨트롤, 뛰어난 능력 등으로만 이겨낼 유저! 그러한 유저만이 '극의(極意)'에 계속 도전할 권한을 얻는 것이다.

그리고 이 시련은 코니르가 다소 재밌게 준비했다.

실제로 민혁의 평균화된 능력치와 동등한 레벨의 유저들이 있는 곳에서 늑대인간이 나타나고 민혁도 함께 나타난다.

이는 다양한 변칙을 이용할 수 있다.

주변의 유저들의 협동심을 끌어낼 수도 있으며, 혹은 유저들이 다 사냥한 것을 막타를 칠 수도 있다.

하지만 후자는 거의 불가능에 가깝다.

'초보존에서 늑대인간은 재앙이니까.'

그 재앙 속에서 유저들이 늑대인간의 HP를 깎아내는 건 거의 불가능이었다.

에데르 대륙의 토르 마을!

에데르 대륙은 미국 서버였고, 미국은 명실공히 한 세계 아테네 강대국 1위에 속하는 국가였다.

압도적인 전력과 압도적인 세계 랭커 보유 숫자, 또한 모습을 드러내지 않은 비공식 랭커들까지!

하지만 그러한 미국 서버의 에데르 대륙에도 초보존과 초보 마을이 존재하니, 그중에 하나가 바로 토르 마을이었다.

각 서버의 초보존은 모두가 비슷하지만 미묘하게 다른 편이었는데, 이 토르 마을에서 유저들은 토끼를 사냥해서 레벨업한다.

그리고 그 초보존에 한 남성이 있었다.

'여기서 형이 늑대인간을 사냥했었지.'

에데르 대륙의 초보 마을에선 아주 가끔씩 늑대인간이 나타난다. 정말 '간혹가다'지만, 보통 나타나면 1시간 동안 있다가 리젠되어 저절로 사라진다.

늑대인간은 일종의 이벤트 몬스터였다. 특히나, 초보존의 경우 죽어도 아무런 페널티를 받지 않는다. 반대로 늑대인간을 사냥하면 레어에서 유니크 아티팩트가 드랍된다. 초보들에겐 꿈의 기회와 같았기에 유저들은 아테네 기획자들에게 불평불만을 하지 않았다.

하지만 모두가 늑대인간을 잡은 건 아니다.

이 지점의 유저들의 평균 레벨은 약 4~7 사이였다. 반대로 늑대인간은 레벨 20이었다. 무기는 고작해야 '날이 빠진 검'이나 혹은 '녹이 슬어 삐걱이는 갑옷'밖에 없는 초보 유저들이 사냥하기에 무리가 있다.

그렇지만 이곳에서 혈혈단신으로 늑대인간을 사냥한 사내가 딱 한 명 존재한다. 바로 지금 토끼를 잡고 있는 유저 마르핀의 친형인 '전장의 귀신 알렉산더'였다.

비공식 랭커 알렉산더! 그가 유일무이 늑대인간을 사냥했으며 그는 아테네를 통해 막대한 부를 축적했다. 하지만 그는 비밀리에 활동하고 있는 비공식 랭커였다.

그리고 마르핀도 그처럼 되고 싶었다.

'형은 타고났어.'

알렉산더는 타고난 싸움꾼이었다. 학생 때는 다른 흑인 학생들 다섯 명을 맨손으로 때려눕혔다. 그뿐인가? 그가 각종 무술을 배우기 시작하자, 당해낼 자가 없었다. 하지만 그는 흥미를 오래 느끼지 못했다.

반대로 이 아테네에서는 매일매일 흥미를 느끼고 있었다. 아마도 형이 운동 하나를 꾸준히 했다면 금메달은 따지 않았을까 싶었다.

마르핀은 그와는 조금 달랐다. 소심했으며 운동 신경도 특출나지 않았다.

'하지만 아테네는 컨트롤이 다가 아니지!'

신 클래스와 같은 것! 그런 것을 얻는다면 달라질지도 모른다. 그렇게 꿈을 품고 토끼를 사냥했다.

푹!

"꾸익!"

토끼 한 마리가 죽자 골드를 주운 마르핀이 아이템을 서둘러 챙겼다.

'형의 버스 따윈 필요 없어, 혼자 성장하겠어.'

그런 생각을 하던 때.

"튀, 튀어!!"

"느, 늑대인간이다!!"

"으, 으아아아아아아악!"

"잡아!! 저 늑대인간 잡으면 템 좋은 거 떨어진다고!!"

비명이 들려왔다. 마르핀의 고개가 돌아갔다. 그곳에 늑대인간이 초보자들을 손톱으로 할퀴고 물어뜯으며 죽이고 있었다.

늑대인간은 빠른 발과 강한 치악력, 그리고 날카로운 손톱이 주 무기가 되는 녀석이다.

'느, 늑대인간⋯⋯?'

그리고 마르핀은 보았다. 유저들이 서둘러 대열을 이루어 늑대인간에게 덤벼든다. 하지만 여섯 명으로 이루어진 초보자 무리가 단숨에 로그아웃 당했다. 늑대인간은 몸을 날려 초보자의 목을 뜯고, 할퀴고 짓뭉개며 도륙하고 있다.

"크흑, 저걸 어떻게 잡아!!"

"미, 미친. 튀어!"

심지어 놈은 달리는 속도도 빨랐기에 도망치는 초보자 유저들을 쫓아가 목을 물어뜯었다.

마르핀은 과거 형의 말을 떠올렸다.

'늑대인간을 일반 사람들이 잡을 방법은 하나야, 두려워하지 말 것, 그리고 그들을 이끌 리더가 있어야 해. 수십 명의 유저들이 힘을 합치면 제아무리 늑대인간이라고 할지라도 사냥할 수 있어.'

물론 혼자서 사냥한 형이 할 말은 아니었다. 그렇지만 마르 핀은 도망치는 사람들과 반대로 늑대인간을 향해 달렸다.

"뭉치세요!! 뭉치면 잡을 수 있어요!! 두려워하지 마세요! 기껏해야 게임이지 않습니까!"

하지만 마르핀의 말에도 사람들은 모여들지 않았다. 그들은 초보자들이었다. 초보자들은 현실처럼 생생한 광경에 적응하지 못했다.

늑대인간이 또 다른 여성 유저의 목을 물어뜯을 때. 마르핀이 달려들었다.

'형은 급소를 정확히 노리면 나보다 훨씬 강한 몬스터도 단숨에 잡을 수 있다고 했어.'

마르핀 또한 두렵긴 매한가지였다. 그도 결국 초보자니까. 하지만 형과 자신은 언제나 차별당해 왔다.

'너희 형은 저렇게 뛰어나고 정신력도 강한데, 마르핀 너는 왜 그렇게 소심하니, 휴.'

부모님의 한숨!

'너희 형은 공부도 잘하고, 운동도 잘하는데, 마르핀 너는 대체 잘하는 게 뭐야?'

친구의 비웃음!

여기서 피한다면 자신은 계속 이렇게 살아야 한다는 생각에 마르핀은 용기를 내어 늑대인간의 목을 향해 달려들었다.

"으아아아아아아!"

마르핀의 날이 나간 검이 여성의 목을 뜯는 늑대인간의 목을 타격하는 데 성공했다.

펏-!

하지만 이는 베이는 소리가 아닌, 타격 소리와 가까웠다. 몽둥이와 같이, 베는 효과 따윈 없어 보이는 검.

늑대인간이 입에 피를 한가득 묻히고 마르핀을 향해 달려들었다.

"크르르르르!"

마르핀이 공격을 가하려 했지만 발 빠른 늑대인간에 의해 쓰러졌다.

그리고 늑대인간이 몸을 날릴 때.

'끄, 끝이다……!'

하지만 후회 없었다. 게임 안에서라도 자신은 최선을 다했으니까.

푸쉭!

늑대인간의 가슴팍에서 피가 솟구치며 비명이 터져 나왔다.

"크아아아아아악!"

그리고 한 사내가 그런 늑대인간을 걷어찼다.

늑대인간이 바닥을 구르더니 빠르게 몸을 일으켰다. 그리고 넘어진 상태에서 마르핀은 앞에 선 사내를 보았다.

"혀, 형……?"

순간 자신의 형과 겹쳐 보였다. 185㎝ 정도 되는 다부진 체격에, 서양인들도 갖기 힘든 황금 비율.

하지만 형과 달랐다. 형은 금발의 머리였고 앞의 이는 흑발이었다. 또한, 사내는 태양의 문양이 그려진 검을 들고 있었으며 꽤 수려한 갑옷 또한 착용하고 있었다.

'도, 동양인?'

그는 정체 모를 하얀 가면을 쓰고 있었다. 그런데 가면 안의 사내의 눈동자는 칠흑 같은 검은색이었지만 또렷하게 빛나고 있었다.

이윽고 그 동양인 사내의 입가에 미소가 자리매김했다.

"히야, 대단해요! 제가 초보자였으면 정말 무서웠을 텐데, 전부 도망갈 때, 혼자서 돌진해 오는 모습 멋졌어요!!"

'멋졌다고……?'

마르핀은 자신이 멋졌다는 말에 얼굴에 어색한 미소가 감돌았다.

"그래요, 꼭 사냥해야 멋있는 건 아니니까요. 정말 대단했어요!!"

사내에게선 진심이 엿보였다. 마르핀은 못내 민망해졌다. 하지만 그 민망함 뒤로 기쁘기도 했다. 방금 전 자신의 노력과 용기! 그를 인정해 주는 사내가 있다는 것에 너무도 기뻤다.

"그리고 저 늑대인간의……."

마르핀은 사내의 말에 자신도 모르게 집중했다.

"가슴살이 맛있게 생기지 않았어요?"

"……에?"

마르핀은 순간 자신이 무슨 말을 들었나 싶었다.

하지만 곧, 사내가 어깨를 으쓱였다. 그리고 늑대인간이 사내를 향해 돌진하기 시작했다.

화려한 검의 춤이 이어졌다.

'와…… 미, 미친……!'

마르핀은 감탄하고 또 감탄했다.

'혀, 형하고 견주어도 안 밀려!'

아니, 그것보다 저 화려한 갑옷과 화려한 검은 무엇이란 말인가? 하지만 사내 또한 늑대인간을 사냥하기란 쉽지 않아 보였다.

그리고 바로 그때 사내의 검이 늑대인간의 몸을 베고 지나갔다.

화르르르르르륵-

늑대인간의 몸에서 불길이 치솟아 올랐다.

"크아아아아아!"

놈이 폭주한 듯 보였다.

곧 마르핀과 사내에게 알림이 들려왔다.

[늑대인간의 폭주]

[민첩이 20% 상승합니다.]

늑대인간이 가장 어려운 부분! 형도 말했다. 놈이 폭주했을 때, 자신도 죽을 뻔했다고.

하지만 사내는 한 치도 밀리지 않고 놈에게 쏘아지고 있었다.

'뭐, 뭐야…… 내가 듣기로 늑대인간을 혈혈단신 사냥한 유저는 형이 처음이랬는데……'

심지어 형은 죽을 뻔한 위기를 수차례 겪었다고 들었다. 하지만 사내는 말 그대로 압도하고 있었다.

지금, 최강의 서버라 불리는 미국 서버에서 한 동양인 사내가 두 번째로 늑대인간을 사냥하기 시작한 것이다. 그에 마르핀의 입에서 절로 감탄이 터져 나올 정도였다.

하지만 늑대인간도 호락호락하진 않았다. 빠른 발을 이용해 거리를 좁혔다가 공격을 취한 후, 다시 빠르게 물러나는 행위를 반복하고 있었다.

늑대인간이 까다로운 이유는 어느 정도의 지능이 있었기 때문이다. 지능 없는 몬스터와 있는 몬스터는 하늘과 땅 차이와 가까웠다.

바로 그때, 사내가 다시 한번 거리를 좁혀오는 늑대인간에게 팔을 허용했다.

'아앗, 위, 위험해……!'

마르핀은 자신의 미약한 힘이나마 돕기 위해 벌떡 일어났다.

하지만 아니었다. 팔을 물린 사내의 팔은 검을 잡지 아니한 팔이었다. 물리는 순간, 늑대인간은 후퇴가 아닌 맹공격을 택했다. 그리고 그것은 사내가 원하던 것이었다.

핏-!

사내의 검이 화려한 선을 그리며 단칼에 늑대인간의 가슴
팍을 베어냈다. 그 순간.

[소드 익스플로전]
[기본 공격력 200%에 해당하는 폭발을 3연속 일으킵니다.]

콰콰쾅!

늑대인간의 가슴에서 폭발이 일어났다.

"크하아아악!"

놈이 거친 포효를 터뜨리며 비틀거렸다.

사내가 천천히 검을 갈무리한 후, 자비 없이 늑대인간의 목
을 꿰뚫었다.

푹!

늑대인간이 고꾸라졌다.

마르핀은 흥분감을 감출 수 없었다.

'시, 신컨······?'

아니, 마르핀은 몰랐지만 '신의 컨트롤'이라는 이름은 사실상
게이머 중에서 적절한 스킬의 사용이나 조화 등에 의해 결정
된다. 신의 컨트롤이라고 불리는 유저들은 다른 유저들의 스
킬 쿨타임까지 계산하며, 그 초를 계산하고 공격을 가하기까
지 한다. 그에 반면, 사내는 신컨이라기보단 놀라운 운동 신경
의 힘이다.

'두, 두 번째로 늑대인간을 혈혈단신 사냥한 사내!'

그에 따라 마르핀은 넙죽 고개를 파묻으며 말했다.

"어, 어떻게 하면 당신처럼 강해질 수 있죠? 가, 가르쳐 주세요!"

어찌 보면 사내도 자신과 같은 초보 유저! 하지만 마르핀은 그가 알렉산더인 형과 맞먹을 지존의 자리에 올라갈 것이라고 믿어 의심치 않았다.

그에 사내가 빙긋 웃으며 말했다.

"당신은 이미 다 갖추고 있네요. 노력, 용기, 열정."

마르핀의 눈이 흔들렸다. 자신을 인정해 준 건가?

사내가 웃었다.

"게임은 재밌으면 되는 거잖아요?"

마르핀은 또 한 번 머리를 두들겨 맞은 것 같았다.

그래, 게임은 재밌자고 하는 것이기도 하다.

사내는 참으로 일반 사람들과 달랐다. 랭커를 갈구하며, 지존의 자리만을 쫓는 사람들!

"그리고 밥 잘 먹고 운동 열심히 하고 잠 잘 자면 됩니다."

"……에?"

리얼리?

순간 마르핀은 자신이 잘못 들었나 싶었다. 하지만 사내의 표정은 진지했다.

"참, 늑대인간은 당신이 처음 먹인 일격에 의해 제가 잡을 수 있었어요. 놈이 많이 약해져 있었거든요. 이 검은 선물입니다."

늘대인간이 죽으면서 검이 하나 드랍되었다.

마르핀이 알기로 늘대인간이 아주 희귀하게 드랍하는 유니크 아티팩트인 '늘대의 뼈검'이었다. 저 뼈검이라면 마르핀은 다른 유저들보다 더 빠르게 성장할 수 있을 것이다.

그러한 것도 양보하고 조언 또한 한 사내. 그런 사내가 갑자기 빛에 휩싸였다.

"돌아갈 시간입니다."

"아, 아아앗……! 호, 혹시 당신의 이름이……?"

마르핀은 그의 이름이 궁금했다.

그리고 곧 사내의 입이 여러 차례 열렸다.

"미…… ㅎ…… 영…… 계……백…… 오오…… 오오~"

사라져 버린 사내는 마지막에 아주아주 설레는 표정을 짓고 있었다.

마르핀 그가 고개를 갸웃했다.

"이름이 영계백숙~ 오오오오~라고……?"

늘대인간을 사냥하고 마르핀과 대화를 나누고 있던 민혁에게 이러한 알림이 들렸었다.

[첫 번째 몬스터를 사냥하셨습니다.]
[늘대인간을 압도하셨습니다.]

[순수한 영웅이 당신을 인정합니다.]

[5대 스텟을 1씩 획득합니다.]

[알라칸의 소드 마스터리 스킬이 생성됩니다.]

[경험치 10,000,000을 획득합니다.]

[소원의 돌에 따라 토종닭을 획득합니다.]

[순수한 영웅의 인정에 따라 두 번째 몬스터 사냥이 스킵됩니다.]

[경험치 12,000,000을 획득합니다.]

[알라칸의 소드 마스터리가 1레벨 상승합니다.]

[소원의 돌에 따라 전복을 획득합니다.]

그에 민혁은 감탄했다.

정체 모를 외국인 사내가 자신의 정체를 물어왔다.

"민혁입니다. 크흐~ 저는 이제 전복백숙을 먹으러 갈 거예요 ~ 흐흐흐, 영계백숙~ 오오오오~"

하지만 민혁은 몰랐다.

워프되는 동안이라 앞부분의 말이 삭제되고 다른 부분만이 마르핀에게 들렸다는 사실을 말이다!

민혁이 그에게 검을 양보한 이유는 두 가지가 있었다.

첫 번째는 그의 열정과 총명한 눈동자 때문이었다.

민혁도 오랜 시간 아테네를 하다 보니, 사람을 보면 어느 정도 알아보게 되었다.

'높은 곳에 오를 거야.'

그리고 두 번째.

초보존에서 얻은 유니크 아티팩트는 민혁에게 아무런 도움이 되지 않는다. 또한, 시련이었기 때문에 민혁이 획득할 수 없다고도 되어 있었다.

워프되어 나타난 민혁을 보며 알라칸은 놀라고 있었다.

'믿을 수가 없군.'

첫 번째 몬스터 사냥을 압도적으로 완수했다. 심지어 그에 따라 이 시련에 있는 자체적인 힘이 그가 두 번째 몬스터 사냥을 할 필요도 없다는 것을 인식, 곧바로 스킵시키고 보상을 주었다.

'정말 강해…….'

물론 자신의 아티팩트가 크게 한몫하긴 했을 것이다. 하지만 템빨만으로 지존이 될 수 없는 게 이 세계였다. 그 이유는 과거의 컴퓨터로 하던 RPG 게임과 다르게, 이 아테네 가상현실게임에서는 컨트롤 부분이 더 크게 필요했기 때문이다.

사내 민혁은 뜬금없이 요리를 시작했다.

"히야, 닭이 정말 튼실하네!"

커다란 가마솥! 가마솥 밑으로 불을 지피고 큼지막한 크기의 손질된 토종닭을 풍덩 넣었다.

그리고 그 안으로 통마늘, 인삼, 대추, 그리고 대파에 튼실한 전복까지 넣고 푹 고아주기 시작했다.

어느 정도 푹 고아졌을 때 가마솥 뚜껑을 열어젖히자 수증기가 뜨겁게 피어올랐다.

화아아아아아악-

끓는 물 속에서 춤을 추는 대파와 인삼 등이 보이고 진득한 국물 또한 보인다.

민혁은 젓가락으로 닭을 찔러 익었는지 확인하고 지핀 불을 꺼냈다.

'크~ 닭백숙은 역시 가마솥이지.'

뭔가 이상한 일이다. TV에서 한 번씩 가마솥 밥이나 가마솥으로 백숙을 만드는데, 이상하게 가마솥에 한 음식은 정말 맛있어 보인다는 것!

가마솥 안에 든 닭을 끄집어 올려 접시 위에 놔둔다. 뜨거운 국물이 뚝뚝 떨어지는 백숙!

꿀꺽-

절로 침이 넘어간다. 거기에 전복과 인삼, 대추까지 얹어주니 환상적이었다.

민혁이 철로 이루어진 옛날 밥상을 펼치더니, 그 위로 접시를 올렸다.

이어지는 또 다른 요리! 민혁은 백숙을 끓이는 동안, 다른 요리도 준비했다. 바로 '도토리묵무침'이었다.

"음! 보기만 해도 건강해지는군!"

제대로 된 몸보신!

먼저는 닭 다리를 크게 찢어 올린다. 하얀 김이 피어오르며 손가락의 뜨뜻함을 느끼며 손가락을 쪽쪽 빤다.

그리고 닭 다리를 크게 들어 한 입 베어 문다.

"와아아앙!"

입에 큼지막하게 들어오는 순간 육즙이 확 하고 들어온다. 그리고 일반 닭보다도 훨씬 더 쫄깃한 식감까지!

그다음에는 미리 만들어두었던 소금과 후추를 적절히 배합한 것에 콕콕 찍어서 한 입 베어 문다.

"맛있어, 아주 맛있어."

짭조름한 소금이 다소 느끼할 수 있는 닭백숙의 맛을 잡아주고 있었다.

그 상태에서 인삼을 손으로 잡고 오독오독 씹는다.

'어릴 땐 엄청 싫었는데, 갈수록 맛있어진단 말이지.'

씁쓸한 맛이지만 그 끝에 있는 알싸함! 굉장히 중독적이다.

그렇게 백숙을 먹어주다가, 이번엔 기름이 둥둥 떠다니는 백숙 국물 한 모금을 떠먹어 본다.

"크~ 시원하다."

감탄사를 터뜨리며 이번에는 백숙의 살점 위로 잘 익은 묵은지 김치를 쭈우우욱 찢어서 그 위에 얹어 먹는다.

흐뭇한 맛에 고개를 끄덕이다가 이번엔 도토리묵무침에 젓가락을 뻗는다.

도토리묵무침은 붉은빛과 고소하게 풍겨오는 그 향에 식욕을 자극했다. 또 그 위로 뿌려져 있는 깨는 어떠한가.

민혁이 젓가락으로 깨가 잘 섞이게 비벼준다. 그다음에 도토리묵을 들어 올리는데, 함께 무친 부추와 상추, 깻잎, 양파가 덩달아 딸려왔다.

그 도토리묵무침을 입에 넣는다. 입에 넣는 순간 고소한 맛이 입안을 가득 채우며 각종 야채가 자신들의 본연의 맛을 펼친다. 그리고 씹을수록 확 하고 오는 매콤한 맛에 닭백숙을 먹으며 생겼던 느끼함이 싹 가셨다.

그렇게 전복백숙과 도토리묵을 다 먹어내자 민혁에게 알림이 울렸다.

[식신의 위대함]
[전복백숙을 드셨습니다.]
[체력 70을 획득합니다.]

소원의 돌에 얻는 재료에 특수 능력이 있고 없고는 랜덤인 듯싶었다. 첫 번째 요리에선 특수 능력을 얻을 수 없었으니 말이다.

알렉산더. 아테네 강대국 미국에서조차도 이길 자를 손에 꼽을 정도의 하늘과 같은 유저였다.

그런 알렉산터는 자신의 초호화 저택에서 TV를 통해 대한민국과 중국의 병사 대전을 재방송으로 몇 번이나 보았다.

'대한민국의 NPC들이 정말 뛰어나. 아니, 정확히는 식신 민혁이라는 자의 영지가 뛰어난 건가?'

벌써 많은 정보가 풀리고 있었다. 활약을 펼친 어린 소년과 마족, 노인. 그리고 심지어 성녀 로이나까지. 모두 식신에 의한 NPC들이라고 말이다.

'대단한데?'

관심도 없었던 약소국 대한민국에 대해서 다시 생각해 보게 된 알렉산더였다.

그때, 동생 마르핀이 아테네 캡슐에서 나왔다.

"형, 나 방금 놀라운 일을 봤어."

"놀라운 일?"

동생 마르핀의 말에 알렉산더는 대수롭지 않은 표정이었다.

마르핀은 항상 자신의 관심을 받고 싶은 것인지, 무엇을 말하든 과장되었다. 토끼를 잡았을 때, 웬 '짐승토끼'가 나타났다고 하니까.

하지만 곧 이어진 말에 알렉산더의 관심이 쏠렸다.

"형 다음으로 혈혈단신으로 늑대인간을 사냥한 유저를 봤다고. 심지어 인사도 했어."

"뭐……?"

알렉산더의 눈가가 파르르 떨렸다.

세간에 알려진 알렉산더는 비공식적이지만 몇 가지 전설이 있다. 그중 하나는 바로 늑대인간을 사냥했던 일화다.

하지만 이는 사실이 아니었다.

'다른 유저들이 거의 죽여놓고 로그아웃 당했을 때, 혼자 남은 내가 막타를 친 셈이지.'

실제로 혼자 사냥했다 할 수 없다. 하지만 사람들의 치켜세움에 군이 부정할 필요도 느끼지 못했다. 그런데 마르핀은 지금 혈혈단신 사냥하는 걸 직접 목도했다고 한다.

"그는 동양인 사내였어, 하얀 가면을 쓰고 있어서 눈만 보았지만 확실해. 그리고 그는 한국 유저야."

"……확실한 거냐, 마르핀?"

마르핀이 그에 고개를 세차게 끄덕였다.

'흥미가 더해진다.'

갈수록 대한민국이라는 나라에 흥미가 생기기 시작했다. 정말로 늑대인간을 혼자 사냥했단 말인가?

그러던 중 알렉산더가 물었다.

"그런데 넌 그가 하얀 가면을 쓰고 있었는데, 이름을 어떻게 안 거냐? 아, 그리고 그의 이름이 뭐지?"

마르핀은 접속을 종료하자마자 곧바로 포털 사이트에 사내의 이름을 검색해 봤다. 그리고 그를 통해 그의 나라가 어디인지 알아낸 것.

곧 마르핀의 말에 알렉산더는 숨까지 죽이고 귀를 열고 경청했다.

"영계백숙~ 오오오오~ 가 그의 이름이야."

알렉산더는 이름 한번 특이하다고 생각했다.

쿠-우-웅--

세 번째 몬스터인 '캐릿'이 쓰러지는 소리였다.

캐릿은 쥐과의 몬스터로 레벨이 약 25 정도 될 정도의 초보 몬스터였다. 작은 삼지창을 휘두르며 빠른 발이 주특기다.

하지만 지금 민혁의 스텟을 생각한다면 놈을 사냥했다는 건 정말 놀라운 일이었다. 물론 태양신의 검을 비롯해 프라칸의 갑옷 또한 입었다고 한들, 그는 결코 쉬운 일이 될 수는 없었다.

'허어, 감탄밖에 안 나오는군.'

알라칸은 작은 감탄사를 흘렸다.

그리고 민혁에게 알림이 들려온다.

[세 번째 몬스터를 사냥하셨습니다.]

[캐릿을 압도하셨습니다.]

[순수한 영웅이 당신을 인정합니다.]

[5대 스텟을 1씩 획득합니다.]

[알라칸의 소드 마스터리가 1레벨 상승합니다.]

[경험치 15,000,000을 획득합니다.]

[레벨업 하셨습니다.]

[순수한 영웅의 인정에 따라 네 번째 몬스터 사냥이 스킵됩니다.]

[경험치 20,000,000을 획득합니다.]

[알라칸의 소드 마스터리가 1레벨 상승합니다.]

민혁은 흡족한 미소를 지어 보였다.

이 순수한 영웅의 시련은 정말이지 민혁에게 많은 것을 주고 있었다. 먼저 5대 스텟을 1씩 주었다.

물론 이는 순수한 영웅이 자신을 인정했기 때문이라고 표기되어 있다. 시련자가 아주 높은 수준으로 깨야지만 얻을 수 있는 보너스라는 거였다.

그랬기에 보상이 큰 것이다. 5대 스텟 1씩이라면 자그마치 5개의 스텟 포인트. 적어도 1레벨이 상승한 격과 마찬가지인 셈이다.

또한, 그뿐만이 아니었다. 경험치량이 상당했기에 빠른 레벨 업이 가능했다.

거기에 알라칸의 소드 마스터리.

(알라칸의 소드 마스터리)

패시브 스킬

레벨: 4

효과:

· 검 기본 공격력 8% 상승, 검 기본 공격 속도 8% 상승

· 적을 베어낼 시 기본 공격력 8% 상승, 적을 찌를 시 기본 공격력 8% 상승

· 검술에 관련된 스킬 공격력 4% 상승

실제로 일반 사람들도 소드 마스터리나 혹은 보우 마스터리 등 다양한 패시브 마스터리 스킬을 보유하고 있다.

하지만 알라칸의 소드 마스터리는 그러한 것들과는 격이 달랐다.

소드 마스터리는 하급, 중급, 상급, 최상급으로 나눠진다. 그리고 최상급 소드 마스터리의 경우 기본 공격력을 약 1.5%씩 상승시켜 주며 공격 속도 또한 마찬가지였다.

하지만 알라칸의 소드 마스터리는 기본 공격력을 한 번 레벨업 때마다 2%씩 상승시킨다.

또한, 최상급 소드 마스터리의 9Lv에 도달하면 특별한 스킬을 얻지 않는 이상 레벨업이 불가해, 소드 마스터리 효과를 더욱 크게 하는 것은 불가능했다. 반대로 알라칸의 소드 마스터리는 애초에 더 많은 양을 올려준다.

특히나 더 놀라운 부분은 바로 검술 스킬 관련 부분 공격력 %가 상승한다는 거였다. 최상급 소드 마스터리 스킬에도 없는 특수 기능이었다.

"이 시련은 참 후하네요. 벌써 소드 마스터리가 4가 되었어요."

보상이 후하다는 말에 알라칸은 속으로 부정했다.

분명히 자신의 소드 마스터리는 뛰어나고 대단하지만, 이 영웅의 시련에서 일반적으로 5Lv 정도까지만 올릴 수 있게 되어 있다. 이곳을 벗어난다면 그는 스스로 숙련도를 쌓아서 레벨업 시켜야 한다.

하지만 이는 말 그대로 '일반적'이다. 민혁은 '압도적'인 경우였기에 그는 벌써 4레벨의 자신의 소드 마스터리 스킬을 갖게 된 셈.

거기서 추가적인 알림이 민혁에게 들려왔다.

[지금까지의 몬스터 사냥을 놀라운 기록으로 해내셨습니다.]
[다섯 번째 몬스터는 두 마리가 나타나며 더 특별하게 진행됩니다.]
[다섯 번째 몬스터 사냥 시련에 실패할 시 영웅의 시련에 두 번 다시 입장할 수 없습니다.]
[시련을 도전하지 않고 바로 다음 시련을 진행할 수 있습니다.]

알라칸 또한 그를 인지했다.

'말도 안 돼, 이자가 정말 코니르와 나를 이을 재목이란 것인가?'

알라칸이 경악한 이유는 하나였다.

이 마지막 시련까지 도달할 수 있는 자들은 대륙에 전설로 이름을 올릴 수 있을 정도의 자들일 것이다. 그 대표적인 예가 코니르나 혹은 자신이었다.

하지만 사실, 코니르와 자신은 그를 기대하지는 않았다. 전설이라는 이름이 쉬운 것은 아니었다.

'대단해……!'

사실상 순수한 영웅의 시련은 25단계까지 존재하지만, 코니르나 자신 또한 15번까지가 한계라 생각했다.

15번까지 도달한다면 반쪽짜리 극의(極意)에 도달할 수 있다.

하지만 잘만 하면 25번의 시련에 도달할지도 모른다. 그렇다면 검성이라 불렸던 자의 완전한 극의(極意)에 도달할 수 있게 될지도 모른다.

그러다 이런 생각이 들었다.

'오히려 그는 이번 다섯 번째 시련에서 좌절하겠지.'

아쉽다. 차라리 그가 불가능한 점수를 해내지 않고 다섯 번째 몬스터 사냥 시련을 특별하게 진행하지 않는 게 나았을 거다. 자신과 코니르라고 할지라도 그 시련은 깰 수가 없다.

그리고 시련 실패는, 즉 완전한 실패를 뜻한다. 물론 시련마다 실패해도 다시 도전할 수 있는 시련도 존재하지만 몬스터 사냥 시련은 아니다. 이 시련이 실패하면 곧바로 이곳 바깥으로 튕겨 나가며 다시는 시련에 도전할 수 없다.

때문에 알라칸은 내심 민혁이 도전하지 않을 것을 원했다.

하지만 그는 답했다.

"도전한다."

알라칸은 아쉬웠다. 자신들을 이을 강한 후손이, 더 이상 나아갈 수 없다는 것에.

그리고 알라칸이 설명했다.

"다섯 번째 몬스터 사냥은 이 숲 안에서 진행된다네."

알라칸이 손을 휘젓자 홀로그램이 나타났다. 거대한 숲을 보여주고 있었다.

"이 숲에서 놈들을 사냥해야 한다네, 워낙 놈들과 자네의 레벨 격차가 크기 때문에 지형지물을 이용하는 거지, 또한 이 숲에는 다양한 야생 동물 또한 살고 있으니 주의해야 하네, 만약

주의하지 않으면 몬스터가 아닌 야생 동물들에게 잡아먹혀…… 중얼중얼."

설명을 들은 민혁은 고개를 주억이며 질문했다.

"안에서 나타나는 몬스터는 어떤 종류죠?"

"직접 확인하게."

말해줄 수 없는 부분이었다.

그가 덧붙였다.

"다섯 번째 몬스터 사냥은 총 반나절 동안 진행할 수 있네, 그 안에 사냥에 실패하면 자네는 그대로 패배하게 되지, 즉 사냥하지 않고 숨어 있는 걸 방지하려 함일세."

민혁은 그에 고개를 끄덕였다.

곧이어 민혁이 워프되어 사라졌다.

숲에 나타난 민혁은 주변을 둘러봤다. 모든 것이 수풀로 우거진 곳, 그곳에 혼자 덩그러니 있었다.

"아우우우우우우~"

흠칫!

신경을 곤두세운 민혁은 침착하게 주변을 살폈다. 지형지물을 어떤 것을 이용할 수 있을지 보는 거다.

반나절이라는 시간이 주어진 것은 그만큼 사냥에 실패한다고 하여도 도망만 칠 수 있다면 다시 공격해도 된다는 의미다.

그렇게 숨죽여 기다리던 민혁은 걸음을 옮기다가 한 몬스터를 발견했다.

천천히 놈이 몸을 돌린다. 그리고 외눈박이의 놈과 눈이 마주쳤다.

'미친……?'

민혁은 경악했다. 나타난 몬스터는 다름 아닌 사이클롭스였다. 거대한 몽둥이를 휘두르는 거인형 괴물!

[쇠약해진 사이클롭스 Lv45]

다행히도 일반 사이클롭스는 아니었다.

하지만 레벨이 자그마치 45였다.

'무슨 시련이……?'

아무에게나 극의(極意)를 주지 않겠다는 운영자들의 집념이 엿보인다.

한데, 거기서 그치지 않았다.

쿵쿵쿵!

거대한 발소리가 수풀 쪽에서 들렸다.

민혁의 시선이 돌아갔다. 그곳에 거대한 드레이크가 있었다.

드레이크는 드래곤의 하위 호환이라고 할 수 있다. 그러한 드레이크는 본래 레벨 600이 넘는 존재다.

[퇴화한 드레이크 Lv54]

민혁은 말문을 잃었다. 아마도 사이클롭스가 기존의 사냥 몬스터인 듯 보였다. 그리고 드레이크가 시련에 추가된 몬스터가 분명해 보였다. 드레이크는 하늘을 나는 비행형 몬스터라는 게 믿기지 않을 만큼 빠른 발을 가졌다.

민혁은 두 존재를 빠르게 머릿속으로 분석했다.

'사이클롭스와 드레이크는 둘 다 시력을 제외하고 청각과 후각이 약한 편이다.'

하지만 그것과 다르게 시각은 매우 출중한 편.

민혁은 빠르게 분석하고 한 걸음을 뒤로 떼었다.

"크아아아아아아!"

"키에에에에에에엑!"

그리고 몬스터가 포효를 터뜨리며 달려들기 시작했다.

민혁은 냅다 달리기 시작했다.

타타타타타타타타타탓-

일단 튀는 게 상책으로 보였다.

알라칸. 그는 아주 오래간만에 코니르와 조우하고 있었다.

"수백 년 만이군."

"그렇지."

"자네를 다시 보아 반갑네."

알라칸의 말에 코니르는 작은 미소만을 지어 보였다.

알라칸은 코니르에게 무척이나 호의적이었다.

'자네가 아니었다면 난······.'

평생 깨닫지 못했을지도 모른다.

코니르는 그를 보며 작게 웃음만 짓고 있었다.

"우리를 이을 뛰어난 자가 왔어."

그에 코니르가 고개를 주억였다.

"나도 보고 있네, 정말 대단한 자야. 그리고 나를 알고 있어."

"자네의 분신을 아는 것 아닌가?"

분신. 그들이 뜻하는 분신은 어린 소년 코니르를 뜻한다.

그에 코니르가 답했다.

"분신이지만 나이기도 하지. 아직 완전한 내가 되지 못했겠지만."

알라칸이 고개를 주억였다.

"그보다 아쉽군, 차라리 몬스터 시련을 못 해주었더라면······."

코니르는 그 말에 쓸쓸한 표정을 지었다.

만약 사이클롭스만 나타났다면 민혁은 충분히 사냥 가능했다. 45Lv이라고 하지만 지형지물을 충분히 이용할 수 있다. 사이클롭스를 겨냥해 거대한 바위를 굴릴 수도, 또는 숲 전체에 불을 지펴서 사냥하는 기상천외한 방법도 있다. 물론 자신들이기에 생각해 낼 수 있는 뛰어난 전략 전술이다.

하지만 문제는 드레이크였다.

'드레이크는 화속성 저항력이 뛰어나.'

퇴화했다고는 하나, 놈의 저항력은 산불 안에서도 살아남을 정도라는 거다.

"나도 저 시련에서 같은 입장이라면 어떻게 깨야 할지 답이 안 나올 것 같군."

알라칸의 말이었다. 그에 코니르 또한 동감했다.

눈앞이 깜깜한 말도 안 되는 시련. 하지만 순수한 영웅의 시련을 만들 때, 아테네 신께서 개입하셨다. 그 시련에 추가적인 시련을 넣으라고.

안타깝지만 현실이다. 민혁은 이번 몬스터 사냥에 실패한다.

코니르가 반투명해지기 시작했다.

"영생의 강에 들어가야 하는가?"

"그래, 자네는 죽은 후 영혼 상태가 되어 이곳에 있지만, 나는 산 것도 죽은 것도 아니니."

코니르의 분신이 남아 있기에 그 말처럼 그는 산 것도 죽은 것도 아니다.

그는 걸음을 옮겨 영생의 강 안에 들어가 눈을 감고 호흡을 추슬렀다. 그리고 알라칸도 영생의 강 앞에 가부좌를 틀고 앉았다.

두 사람은 누가 먼저랄 것도 없이 입을 다물고, 눈을 감고 집중하기 시작했다.

그렇게 오랜 시간이 지나가고 코니르가 눈을 떴다. 몸을 일으킨 코니르가 영생의 강에서 나오고 알라칸도 눈을 떴다.

"아직 시련은 끝나지 않았군."

"반나절까지 한 시간 남았어."

두 사람이 함께 수정구를 보기 위해 걸음을 옮겼다.

수정구를 들여다보니 사이클롭스와 드레이크는 아직도 건재했다. 심지어 둘은 함께 붙어 있었기에 더 황당할 노릇이었다.

그런데, 바로 그때.

[아우우우우우우-!]

늑대의 울음소리가 들렸다.

이 시련이 난해한 다른 이유 중 하나는 바로 야생 동물이다. 늑대뿐만이 아니라 곰과 같은 녀석들도 몇 마리쯤 있으니, 레벨이 하향된 민혁으로서는 매우 어려워지는 일. 그리고 그들은 늑대 울음소리에 큰 신경을 쓰지 않았다.

하지만 곧 이어지는 소리에 의아해졌다.

[아우우우우우우우!]
[아우우우우우우-!]
[크아아아아아아!]

늑대와 곰, 그 외의 야생 동물의 울음소리가 들리기 시작했다.

"야생 동물들이 영역 싸움을 하는 건가?"

"그러기에는 소리가 한꺼번에 들리지 않나?"

두 사람이 의아한 표정을 지었다.

바로 그때.

타타타타타타타탓-

수십 마리의 늑대들이 수풀 사이를 뛰어 달리기 시작했다.

그러더니, 이내 사이클롭스와 드레이크를 향해 달려들기 시작했다.

[크르르르르르르!]

[컹컹컹!]

[크와아아아아아!]

[깨개개갱!]

수십 마리의 늑대들의 갑작스러운 공격! 하지만 수십 마리의 늑대들이 드레이크와 사이클롭스를 당해낼 리 없었다.

그러나 추가적으로 늑대들이 모습을 드러낸다.

"이, 이게 도대체 어떻게 된 거야?"

그리고 그때, 또 다른 울음소리가 들려왔다.

[아우우우우우우-!]

그 소리에 코니르와 알라칸의 시선이 허공에서 마주쳤다. 늑대의 소리가 아니었다. 늑대의 소리를 가장한 사람의 목소리였다.

바로 그때.

높디높은 언덕 위로 수백 마리의 늑대와 몇 마리의 곰, 야생 동물들이 모습을 드러냈다. 그리고 그 중앙으로 거대한 늑대 위에 탄 사내가 하늘 높이 검을 치켜들고 있었다.

[아우우우우우우우우!]

사내. 민혁이 또 한 번 하울링했다. 그와 함께 맹수들이 울음을 흘렸다.

민혁이 위로 올렸던 검을 아래로 내리는 순간.

타타타타타타타타탓-

수백 마리의 맹수들이 달리기 시작했다. 그리고 그 가장 선두로, 민혁이 가장 빠르게 나아가고 있었다.

그가 말했다.

[보쌈아, 달려라!!]

코니르와 알라칸은 설마 했다.

[치킨아, 뒤처지지 마!!]
[피자, 너 더 빨리 안 달릴래?]
[카레, 앞서가지 마!]
[삼겹살. 넌 내 옆에서 달려!]
[곰탕! 너 왜 이렇게 느려!]

[곰국이 너! 너도 빨리 달려!]

"……늑대들 이름이 보쌈, 피자, 치킨, 카레, 삼겹살인가 보
군. 심지어 곰들은 곰탕, 곰국이야…… 자기가 먹고 싶은 걸로
이름을 지어놨군."

너무나도 황당한 작명 센스에 순간 두 사람은 말문을 잃
었다.

잠시 후 코니르가 정신을 차렸다.

"그게 중요한 게 아닌 것 같군."

"맞아."

세상에나, 지금 민혁은 수백 마리의 야생 동물들을 이끌고
서 사이클롭스와 드레이크를 공격하고 있었다.

"어떻게 이런 일이……."

지형지물을 이용하라고 했다. 한데, 숲속의 야생 동물들을
이용할 줄은 꿈에도 몰랐다.

알라칸이 아차 해서 말했다.

"그러고 보니 저 사내의 직업은 '요리사'야."

"그랬었지."

코니르와 알라칸이 또 한 번 경악했다. 그가 요리사이기 때
문이었다.

요리사이면서 어떻게 저렇게 강할 수 있는 것일까? 그뿐만
이면 말도 안 한다. 어떻게 요리사가 마치 몬스터 테이머라도
되는 것처럼 저 흉포한 늑대와 곰을 부린다는 건가?

하지만 이미 그 음식을 맛보고 한번 길들여졌던 알라칸은 그 심정을 이해했다.

'정말 대단해, 모든 게……!'

지금 자신들의 후손이라 생각했던 사내. 그의 주 직업은 기사, 혹은 검사, 또는 전사가 아닌 비전투직 직업인 요리사라는 거다.

"이거 어쩌면……."

코니르와 알라칸의 시선이 허공에서 마주쳤다.

"정말 깰지도 모르겠군."

숲에 들어와 사이클롭스와 드레이크를 보고 도망쳤던 민혁. 그는 동굴 하나를 발견하고 최대한 깊숙하고 은밀한 곳에 몸을 숨겼다.

그는 여러 가지 방법을 생각해 봤다.

'숲에 불을 지를까?'

불가능은 아니었다. 태양신의 검은 공격을 성공시키면 확률에 따라 불이 피어난다. 그 불을 이용해 숲에 불을 지르는 것은 어려운 일이 아니었다.

하지만 고개를 저었다.

'드레이크는 말도 안 될 정도로 높은 화속성 저항력을 가졌어, 그 안에서도 살아남을 거야.'

민혁은 맛있게 먹기 위해 누구보다도 더 아테네에 대해서 공부해 왔다. 그 때문에 그는 알고 있었다. 숲에 불을 지른다 한들 드레이크를 사냥하기란 불가능하다. 또한, 오히려 자신이 불에 타 죽는 우스운 일이 벌어질지도 모른다.

'스킬도 사용이 불가능하다.'

MP량이 현저히 적어진 지금 자신이 사용할 수 있는 스킬은 거의 없었다. 스텟도 마찬가지였다.

그렇게 고민 끝에 민혁은 결론에 도달했다.

'내가 가장 잘하는 걸 하면 되는 거잖아?'

민혁이 가장 잘하는 게 무엇일까? 바로 음식이었다. 그의 말도 안 될 정도로 높은 손재주 스텟과 요리 실력! 일시적으로 손재주 스텟이 하락했다고 한들, 요리를 만들던 것을 자신의 몸이 기억하지 못할 리가 만무했다.

평소와는 다르게 레시피 창조 스킬을 사용하지 못했지만 좌절하지 않았다. 그의 머릿속엔 무수히도 많은 레시피가 있었다.

그는 소의 홍두깨살의 핏물을 빼내고 양념을 한 뒤에 평소 가지고 다니는 슈퍼 대용량 '식품 건조기'를 꺼내 들었다.

'후후후, 이게 바로 슈퍼 대용량 식품 건조기이지.'

식품 건조기는 과일 혹은 육류 등을 말리는 데 사용한다. 또는 많은 반려인이 건조기를 통해서 반려견, 혹은 반려묘의 간식을 만들어주기도 한다.

심지어 민혁의 식품 건조기는 어마어마한 대용량이 가능하고 거기에 시간도 단축되는 녀석이었다.

그 안으로 잘 썰린 홍두깨살을 가득 넣고 건조시키기 시작했다.

그러면서 민혁은 바깥으로 나가 주변의 야생 동물들에 대해 살폈다. 늑대들이 주를 이루었으며 곰이나 혹은 뱀과 같은 녀석들도 찾아볼 수 있었다.

건조기는 6시간 만에 육포를 만들어냈다.

민혁은 먼저 육포를 동굴의 인근 쪽으로 하여 잘 뿌려두었다. 그리고 한쪽에 숨어 그 모습을 지켜보기 시작했다. 그러자 냄새를 맡은 늑대들이 슬금슬금 접근했다.

그들은 처음 조심성을 보이며 냄새를 킁킁킁 맡다가 한 입 맛보았다. 그러고는.

허겁지겁 마치 간식을 먹는 강아지처럼 먹어치우기 시작했다. 크르르르 거리는 모습이 마치 이런 대화를 나누는 것 같았다.

"크르르르르-(이, 이거 맛있어!!)"

"크르르?(맛있으면 얼마나 맛있다고 그래?)"

우걱우걱.

"크르르!!(너무 맛있군……!)"

늑대들이 모여들기 시작했다.

육포를 건조시킬 때, 민혁은 일부러 '바다 꿀'을 양념에 첨가했다. 그 때문에 늑대들은 그 황홀한 맛을 다시 느껴보고 싶은 표정들이었다.

민혁은 따로 무리에서 떨어진 늑대 한 마리에게 슬그머니 다가갔다.

"크르르르르!"

바로 공격성을 보이는 늑대! 그 늑대에게 육포를 들어 올려 보였다.

"동작 그만!"

"크, 크르?(저, 저것은?)"

늑대의 입에서 침이 뚝뚝 떨어지기 시작한다. 그리고 놈은 저것을 어떻게 하면 뺏을까 생각했다.

그러다 민혁이 말했다.

"자아, 내가 말 잘 들으면 육포를 하나씩 줄 거야."

"크르?"

민혁은 늑대 조련을 시작했다. 다가오려고 하면, 육포를 감췄고 멈추면 육포 조금을 떼어서 녀석에게 던져주었다.

어느덧 늑대가 꼬리를 흔들기 시작했다.

민혁이 회심의 미소를 지었다.

"자아, 네 이름은 이제부터 치킨이야. 치킨아, 이 육포를 줄 테니, 친구들한테 가서 소문을 내주렴."

그에 치킨이는 강한 거부 반응을 보였다. 마치 자기 혼자만 맛있는 걸 독식하겠다는 듯!

그에 민혁이 말했다.

"친구들 모아오면 스무 마리에 육포 하나씩 준다."

투다다다다다닷!

치킨이가 바람처럼 사라졌다. 세상에! 친구를 팔아먹기 위해 털을 휘날리며 달리는 늑대 한 마리라니!

곧이어 늑대들이 모여들었고 민혁이 육포를 하늘 높이 들어 올리고 말했다.

"곰이랑, 뱀을 생포해서 데려오렴. 먼저 데려오는 늑대 육포 하나 더 주지~"

그에 늑대들이 뱀과 곰, 같은 야생 동물을 생포해 왔다.

녀석들에게도 민혁은 먹이를 먹였다. 그리고 외쳤다.

"저기 보이는 거대한 닭이랑, 키 큰 거인 먼저 잡는 늑대한테 육포 세 개!!"

민혁은 가장 크기가 커다란 늑대의 등에 올랐다.

그리고 사이클롭스와 드레이크 사냥을 시작한 것이다.

"크르르르르르!(육포다아아!!)"

"크아아아아아악!(육포를 먹을 수 있어!!)"

늑대와 곰들이 맹렬히 달리는 그 틈. 가장 커다란 늑대인 보쌈이의 등에 올라탄 민혁이 내달렸다.

수백 마리의 늑대들이 드레이크와 사이클롭스를 압박한다. 단숨에 번쩍 뛰어올라 놈들의 목을 물어뜯으며 발톱으로 할 퀸다.

"크아아아아악!"

"크르으으윽!"

놈들의 몸 곳곳에 생채기가 나기 시작했다.

퍼엇-

"깽, 깨갱!!"

"깽!!"

하지만 사이클롭스와 드레이크, 그리고 늑대들과 곰 등 야생 동물들과의 격차는 매우 큰 편이었다. 사이클롭스가 휘두르는 거대한 몽둥이에 직격당한 늑대들이 날아가 바닥을 굴렀다.

"크르르르르르!!(먹는다, 육포……!)"

"크르르르르!(여기서 쓰러지면 육포를 먹을 수 없어!!)"

"크아아아아아!(육포 내놔!!)"

하지만 늑대들은 불굴의 의지를 보였다. 피를 철철 흘리면서도 육포를 향한 강력한 의지를 드러내고 있는 것이다!

그리고 고생하는 늑대들을 위해, 민혁이 전장에 난입했다.

"늑대들, 사이클롭스의 하단을 공격해라!"

"크르르르르르!"

민혁의 민첩은 현재 매우 낮다. 하지만 늑대는 시속 50㎞ 이상의 속력을 낼 수 있다.

또한, 민혁이 탄 녀석은 일반 늑대들보다 더 특별한 녀석! 때문에 민혁은 자신의 단점을 지금 늑대들로 커버하고 있었다.

사실상 사이클롭스와 드레이크에게 한 번이라도 공격을 허용하면 죽을지도 몰랐다.

"크르르르르!"

"크라아아아아!"

늑대들이 필사적으로 사이클롭스의 하단을 공격. 그 틈에 민혁은 늑대의 배를 걷어차 재빠르게 날아올랐다. 그리고 민혁의 검이 사이클롭스의 외눈을 공격했다.

푸욱! 화르르르르륵!

[태양신의 불꽃]
[50% 확률로 적의 몸에 불이 붙게 되며 착용자의 공격력에 비례해 2초 동안 1%의 대미지를 입힙니다.]

타이밍 좋게 태양신의 불꽃이 일어나며 사이클롭스의 눈을 태워 버렸다. 놈이 한쪽 눈을 부여잡고 비명을 질렀다.

"크아아아아악!"

시력을 잃은 사이클롭스가 발버둥 치며 무차별적으로 몽둥이를 휘둘렀다. 그 틈에 늑대들이 놈의 몸을 문 상태로 달라붙었다. 수십 마리의 늑대가 달라붙자 사이클롭스가 그를 견디지 못하고 쓰러졌다. 그리고 늑대들이 사이클롭스의 몸 곳곳을 물어뜯어 죽음으로 이끌었다.

그틈에 민혁은 드레이크의 공략에 집중했다.

드레이크는 매우 높은 방어력과 HP를 보유하고 있다. 하지만 이제 사이클롭스와 드레이크에게 분산되었던 전력들이 오로지 드레이크만을 향해서 달려들고 있었다.

"키에에에에에엑!"

드레이크의 입에서 쉴 새 없이 비명이 토해졌다. 또한, 늑대들이 쉴 새 없이 놈의 날개를 물어뜯었다. 날개는 그나마 방어력이 낮은 편에 속하는 곳!

끝내, 드레이크도 쓰러져 죽음을 맞이했다.

"아우우우우우우우우(육포다아아아아아아!!)"

"아우우우우우우!(육포를 먹을 수 있다!!)"

"아우아우아우아우우우!!(오오오오오오오오!)"

늑대들이 기쁨의 하울링을 했다. 민혁은 만들어뒀던 육포를 늑대들 사이에 뿌렸다.

늑대들이 허겁지겁 달려들며 육포를 취하기 시작했다.

"보쌈이 고생했어, 그래, 치킨이도!!"

그러면서 시련 완료 알림을 기다렸다.

그때, 지니로부터 귓속말이 왔다.

지니. 그녀는 헤이즈와 함께 멀리 있는 베르드크 공격 기지를 보고 있었다.

병사 대전이 끝난 후, 얼마 전 몇몇의 랭커들이 베르드크 탈환을 위해 공격을 감행했다. 지니는 섣부른 판단이라고 일렀지만, 그들은 지니의 말을 무시했다.

결과는 대패배였다.

베르드크의 뛰어난 카라미스의 병사 800명과 공성 무기들! 심지어 중국 측 유저들도 합세하니, 만만치 않았다.

헤이즈가 말했다.

"이번 전투에서 어마어마한 공성 무기의 효과를 보았습니다. 베르드크는 꼭 함락해야 해요."

그녀는 전쟁터를 읽는 능력 또한 상당한 발군이었다. 때문에 지니는 항상 그녀를 옆에 두고 있었다.

"방법이 없을까?"

"방법은 있습니다. 먹자교 길드와 랭커들이 힘을 합쳐, 공격을 감행하는 것."

"하지만 그렇게 되면 피해도 커지잖아."

그 말에 헤이즈는 동감했다.

대륙운(大戮雲)은 한번 사망하면 입장 불가다. 때문에 조심해야 했다.

"저는 이렇다 할 해답을 찾지 못하겠어요. 마스터께 연락해 보는 게 어떤가요?"

그에 지니는 고개를 끄덕였다.

민혁이는 지금, 더 강해지기 위해 어딘가로 향했다. 대륙 전쟁 중이지만, 그것이 민혁이 해야 할 일이었다. 그는 호일천을 비롯해서 중국 랭커들을 잡아줄 유일한 사람이었기에.

지니가 귓속말을 보냈다.

[지니: 열심히 강해지고 있어?]

[민혁: 어마어마합니다~]

[지니: 오올~ 기대해 보겠어, 그보다 민혁아.]

지니는 현재의 상황에 대해서 설명했다.

베르드크를 함락해야 대한민국이 승리할 확률이 높아진다. 또한, 사기도 크게 상승할 터였다. 병사 대전에서 승리했다고는 하나 많은 사람이 여전히 패배를 예상하고 있다. 하지만 베르드크를 탈환하면 이는 바뀔지도 모른다.

설명이 끝나고 잠시 동안 뜸하던 민혁의 귓속말이 왔다.

[민혁: 좋은 생각이 하나 있어.]
[지니: 뭔데?]
[민혁: 베르드크의 식량 창고에 불을 질러.]
[지니: 불을?]
[민혁: 응.]

불이라는 말에 지니는 의아한 표정을 지어 보이며 중얼거렸다.

"식량 창고에 불을 질러라……?"

헤이즈가 그에 아차 하고 말했다.

"베르드크에 있는 병사들을 배고프게 만들어 사기를 하락시키려는 것 같아요. 역시 마스터……!"

지니도 그에 감탄했다.

'식량 창고로 숨어드는 건 어렵지 않아.'

많은 병력이 움직인다면 꼬리가 잡히지만, 소수의 암살자가 움직이면 충분히 가능한 일이다.

지니가 웃음을 지으며 귓속말했다.

[지니: 식량 창고에 불을 지름으로써 베르드크에 있는 병사들의 사기를 하락시키기 위함이지? 그리고 그때를 노려 공격하고.]

하지만 곧 민혁의 답변은 더 놀라운 것이었다.

[민혁: 아니, 아니야. 식량 창고에 불을 질러, 그리고 식량 수송로를 차단시켜.]

여기까지는 지니가 생각하는 것과 같았다. 그런데, 뭐가 아니라는 걸까?
이어진 민혁의 말은 충격적이었다.

[민혁: 그리고 우린 베르드크에 있는 카라미스의 병사들을 죽이지 않을 거야, 오히려 '아군'으로 만들어야지.]

"아군으로…… 만든다고……?"
지니가 의아한 표정을 지어 보였다.

6장
위대한 탈환(1)

지니에게 어떤 방식으로 아군으로 만들지 설명을 끝낸 민혁에게 때마침 알림이 들려오기 시작했다.

[세 번째 몬스터 사냥 시련을 더 특별하게 완료하셨습니다.]
[순수한 영웅이 당신을 인정합니다.]
[5대 스텟을 4씩 획득합니다.]
[알라칸의 소드 마스터리가 3레벨 상승합니다.]
[경험치 150,000,000을 획득합니다.]
[레벨업 하셨습니다.]
[레벨업…….]

민혁은 보상 내역을 꼼꼼하게 살폈다.

더 특별하게 진행된 마지막 시련은 시작 전에 어떠한 보상을 획득할 수 있는지 따로 알림이 뜨지 않았었기 때문이었다. 한데, 보상 내역 그 어디를 둘러봐도 자신이 원하는 보상이 없었다.

'머, 먹을 게 없잖아……!'

그는 아쉬움에 탄식을 흘릴 수밖에 없었다. 늑대들과 같은 맹수들의 배를 불려준 셈이다!

하지만 물론, 민혁도 자각하고 있었다. 자신은 지금 엄청난 보상들을 획득했다는 사실을 말이다.

먼저 5대 스탯을 4씩 획득하였다. 즉, 한 번에 20개의 스탯을 올린 셈으로 4레벨업을 한 것과 비슷하다. 거기에 더해져 알라칸의 소드 마스터리 스킬 3레벨업!

(알라칸의 소드 마스터리)

패시브 스킬

레벨: 7

효과:

•검 기본 공격력 14% 상승, 검 기본 공격 속도 14% 상승

•적을 베어낼 시 기본 공격력 14% 상승, 적을 찌를 시 기본 공격력 14% 상승

•검술에 관련된 스킬 공격력 7% 상승

•검에 대한 물리 대미지 및 스킬 대미지 15% 감소

심지어 알라칸의 소드 마스터리에 추가된 특수 능력이 있었다. 검에 대한 스킬이나, 혹은 평타 같은 경우에도 15%의 대미지 감소 효과를 얻게 된 셈.

거기에 더해져 4레벨업을 해냈다. 이 정도의 보상이라면 민혁은 단숨에 거의 10레벨 이상의 효과를 창출한 것이나 다름없었다.

그리고 민혁이 다시 빛에 휩싸여 워프되었다. 그 앞에는 알라칸이 있었다.

민혁은 시무룩해진 표정으로 말했다.

"저 잠시 일이 있어서 나갔다 오겠습니다……."

민무룩 그 자체!

"그, 그러시게."

알라칸은 의아한 표정을 지었다. 이 영웅의 시련은 하나의 시련을 깰 때마다 바깥으로 나갈 수 있게 되어 있었다.

민혁이 영웅의 시련을 벗어났다.

베르드크 공격 기지.

얼마 전 대한민국 랭커들의 급습으로 30명 정도를 잃어, 현재 주둔 중인 카라미스의 병사들은 약 770여 명 정도 된다. 그리고 유저들은 약 400여 명 정도가 주둔하고 있었으며 일반 NPC 병사의 숫자도 약 600명 정도는 되었다.

2천을 웃도는 숫자!

그러한 베르드크 공격 기지는 중국의 아로한이라는 자가 사령관으로 임명되어 지키고 있었다.

아로한은 중국 랭킹 9위의 유저였는데, 남궁호만큼은 아니었지만, 중국 내에서 내로라하는 영지를 소유하고 있었다. 또한, 중국 궁수 랭킹 1위인 그는 전략 전술 또한 꽤나 능통한 편이었다.

"어딜 감히 한국 쥐새끼들이 베르드크를 넘봐, 크하하하!"

그리고 지금 아로한은 베르드크의 뛰어남에 감탄하고 있었다.

얼마 전 대한민국 유저들의 갑작스러운 습격! 심지어 NPC들의 숫자도 상당했다. 하지만 베르드크는 최강의 공격 기지였다. 말도 안 되는 공성 무기들이 몰려오는 적들에게 커다란 대미지를 입혔다.

그뿐만이 아니었다. 카라미스의 병사들은 기본 레벨이 400을 웃도는 이들로서 남궁호의 NPC들보다 훨씬 뛰어났다. 단점이 하나 있다면 이들은 대륙운(大戮雲) 안에서의 NPC들이었기 때문에 이곳에서 죽으면 완전히 끝이라는 사실이었다.

또한, 카라미스의 병사들은 강군이었기에 어지간한 명성 수치와 카리스마 스텟을 보유하지 않으면 통솔하기 힘들 정도다. 그 때문에 다른 공격 기지와 방어 기지를 탈환하기 위해 출정시키려 했으나, 말을 듣지 않았다. 그에 이곳 베르드크에서만 그들을 활용하기로 했는데, 그들은 상상 이상의 힘을 발휘해 주고 있었다.

중앙에 떡하니 버티고 있는 베르드크!

그 기세를 몰아 카이온 대륙 유저들은 발 빠르게 중앙 쪽으로 치고 오며 다른 기지들을 섭렵하고 있었다. 벌써 카이온 대륙과 아스간 대륙의 기지 획득률이 6:4가 될 정도로 벌려진 상황이기도 했다.

그렇게 웃던 그때.

"사, 사령관님! 큰일 났습니다!!"

한 병사가 다급하게 안으로 뛰쳐 들어왔다.

그에 아로한이 의아한 표정을 지었다.

"무슨 일이냐, 또 아스간 대륙 놈들이 공격을 감행할 조짐이 보이더냐?"

"그, 그게 아닙니다. 시, 식량 창고에 부, 불이 났습니다."

"뭐라?"

아로한이 자리에서 벌떡 일어섰다.

베르드크의 식량 창고. 처음 기지를 탈환했을 때, 두 달을 넉넉히 먹을 수 있을 정도의 많은 식량이 있었다.

그런데 그곳에 불이 났다?

"가보지."

그가 걸음을 빨리했다. 그리고 이어서 식량 창고 쪽에 붙은 거대한 불을 볼 수 있었다.

"냉큼 끄지 않고 뭘 하느냐!!"

아군의 실수인가, 혹은 적군의 전술인가?

알 수는 없었지만 서둘러 불을 꺼야 했다. 식량을 모두 못

먹게 되면 굉장히 번거로워진다.

그렇다. 아로한은 '번거로워진다'라고만 여길 뿐이다. 식량을 새로 수송해야 했으니까.

마법사들이 달려들어 불을 진압하기 위한 마법을 사용하려 했다. 그 순간.

콰콰콰콰콰콰콰콰콰쾅!

식량 창고에서 거대한 폭발이 일어났다.

"이, 이런……!"

아로한은 이로써 알 수 있었다. 적들의 농간이었다. 아마도 불을 지른 이가 마법을 사용하면 곧바로 폭탄이 터지게끔 '함정' 같은 걸 설치해 놨을 가능성이 크다.

새까만 연기가 피어오른다. 이 사실을 아로한은 재빠르게 다른 랭커들에게 알렸다.

이 대륙운(大戮雲) 안에서는 같은 나라 유저들끼리 동맹을 맺을 수 있었다. 그리고 같은 동맹의 채팅방이 따로 존재한다.

[아로한: 현재 베르드크의 식량 창고에 불이 났습니다.]

[코든: 불이요?]

[카이스: 불이라…… 아스간 대륙의 짓입니까?]

[아로한: 아마도 그런 것 같습니다.]

[코든: 베르드크의 병사들이 배고픔에 시달리게 만들어, 그때 공격을 감행하려는 것 같군요.]

그 말에 아로한도 전적으로 동의하는 바였다.

그에 아로한은 빠르게 머리를 굴렸다.

컴[아로한: 적들은 1군과 2군으로 나뉠 겁니다. 식량 수송로를 막을 병력과 그리고 베르드크 함락을 그 틈에 준비하는 병력으로요.]

[코든: 확실히 그렇겠군요. 일단은 각 공격 기지와 방어 기지에서 식량을 보내고 베르드크 또한, 더욱더 방어 강화를 해야 할 것 같습니다.]

이야기를 마친 아로한, 그는 씨익 웃음 지었다.

"같잖은 것들이, 이젠 되지도 않는 방법을 사용하는구나."

그러면서 아로한은 현재 개척된 대륙운(大戮雲)의 지도를 쫙 펼쳤다.

'총 세 곳.'

카이온 유저들이 베르드크로 식량을 보낼 방향은 총 세 곳이다.

하지만 이곳에 병력이 집중될 가능성도 적다. 위협만 가하려고 할 확률이 높다. 그 이유는 이 안에서 사망하면 더 이상 그들은 대륙운(大戮雲) 입장이 불가능해지니 몸을 사릴 수밖에.

'병사 대전 때의 NPC들?'

그들도 떠올렸지만, 그들 역시 분산될 확률이 매우 높았다. 베르드크를 공격할 인원들과 수송로를 막을 인원들로 나누어 져야 하기 때문이었다. 나눠진 상황에서 밀려오는 카이온 대륙의 병력을 막아낼 방법은 없을 거다.

즉, 쉽게 말해 이 전술은 의미 없는 전술이라는 뜻이다.

아로한은 곧 자신에게 펼치질 재앙을 알지 못한 채, 낄낄 웃을 뿐이었다.

중국 측에서 세 개로 나눈 식량 수송 병력이 발 빠르게 움직이고 있었다.

그들은 세 갈래의 길로 나누어져 이동 중이었다.

그리고 현재 가장 빠르게 베르드크로 도달할 수 있는 길에 랭커 깨기로 화제가 되었던 인물 호일천이 있었다.

그에 따라 중국 해설자들이 빠른 해설을 진행했다.

[카이온 대륙 유저들은 작은 빈틈도 내어줄 수 없다는 입장을 보입니다.]

[베르드크의 식량 창고가 불타자마자 곧바로 병력을 분산시켜 식량 수송을 시작합니다. 첫 번째 통로 2천, 두 번째 통로 2천, 세 번째 통로 3천의 병력이 나아갑니다.]

[식량 수송이 끝난 후에, 그들은 만약의 사태를 대비하여 베르드크에 주둔할 것으로 보여집니다.]

[아마도 대한민국 유저들은 수송로를 막을 확률이 높습니다.]

[하지만 대한민국의 유저들은 두 개의 병력으로 분산될 겁니다. 베르드크를 공격할 이들과 식량 수송로를 막을 병력으로요.]

밥만먹고 레벨업 14

[다소 무의미해 보이는 전략입니다. 베르드크의 식량 창고가 불에 탔다면 당연히 카이온 대륙 유저들은 발 빠르게 후송을 할 테고, 지금 상황처럼 되었을 테니까요.]

[아스간 대륙 유저들의 어리석음이 이를 통해 보여집니다.]

그렇다. 이는 모두가 생각할 수 있는 방향이었다.

식량 창고가 불이 났다. 그렇다면 카이온 대륙에선 당연히 식량을 수송한다. 그리고 베르드크에 식량을 가지고 들어간 이들은 베르드크를 더 단단히 만든다.

'이런 쉬운 전략으로 무얼 하겠다고?'

심지어 또 한 가지. 아스간 대륙 유저들은 카이온 대륙 유저들을 막아낼 힘이 없다. 심지어 병력을 두 개로 분산시킨다면 '더더욱'이다. 그런데, 이런 무리수를 감행한다?

'심지어 랭커들이 수송로를 막는다면 그들은 로그아웃 당하고 더 이상 대륙운(大戮雲) 안에 입장할 수 없다.'

도대체 무슨 생각일까?

그렇게 걸음을 옮기던 중이 갑자기 주변이 소란스러워졌다.

"뭐? 검은 마법사 알리? 4인의 하이에나?"

"그래! 지금 첫 번째 수송로로 간 곳에 마법사 알리와 4인의 하이에나, 루시아, 카르, 알리샤가 막고 있대."

"무슨 랭커들이 그렇게 많아?"

웅성웅성.

시끄러운 소리 속. 호일천의 미간이 구겨졌다.

'무슨 생각이지, 도대체?'

첫 번째 수송로에 그렇게 많은 병력이 배치되어 있다고? 심지어 유저들과 NPC들을 합쳐 약 2천 명의 병력이 있고, 최상위 랭커들도 상당수라고 한다. 그렇다면 두 번째, 세 번째는?

그리고 또다시 소리가 들린다.

"지금 2번 통로를 먹자교 길드원들이 막고 있다던데?"

"먹자교? 아, 전 레전드 길드? 근데 거기 지니만 하이 클래스 전직해서 힘 못 쓰지 않나?"

유저들의 웅성거림에 호일천의 미간이 더 좁혀졌다.

'도대체 무슨 생각인 거냐!!'

지금 상황을 보면 1번 통로와 2번 통로에 엄청난 병력이 집중되었다. 아마도 병력은 길드 채팅창을 통해 현재의 정보를 빠르게 듣는 듯하다.

호일천은 그제야 동맹 채팅창을 열었다.

동맹 채팅창이 난리가 나 있었다.

[하이루: 대한민국 랭커들 미쳤나 봅니다! 지금 엄청난 숫자의 랭커들이 1번 통로, 2번 통로를 장악하고 있습니다.]

[케디: 미친······! 이거 완전 또라이들 아니야? 이런 식으로 하면, 자기들이 결국에 밀릴 것을 알 텐데.]

[하멘: 정말 바보 같은 전략이군. 대부분의 랭커들을 첫 번째 통로와 두 번째 수송로에 두어? 그것도 고작 식량 수송로 때문에?]

호일천도 동감했다. 바보 같은 짓이다. 수송로를 쟁탈한다고 한들, 곧바로 카이온 대륙에서 추가로 보낸 병력에 의해 언젠간 무너질 것이다.

애초에 부릴 수 있는 랭커들은 카이온 대륙이 월등히 우세한 바. 절대적으로 아스간 대륙이 불리해지는 상황이다.

'아예 대륙 전쟁을 포기하기라도 했다는 건…….'

그때.

[케이디: 2번 통로입니다!! 지금 2번 통로의 반절 이상이 전멸했습니다!!]

[갈렌: 먹자교 길드 반절 이상이 하이 클래스 전직자였습니다! 엄청나게 강합니다. 지금 속수무책으로 쓰러지고 있습니다!!]

호일천의 눈이 동그랗게 뜨였다.

이는 다른 유저들도 마찬가지였다.

"머, 먹자교 길드 반절 이상이 하이 클래스?"

"마, 말도 안 돼…… 그런 게 가능하다고?"

"지, 지금 2번 통로팀 먹자교 길드에 의해 전멸하고 있다고 합니다!!"

호일천의 치아가 꽉 물렸다.

'이것들이…… 우릴 낚아……?'

이제까지 숨어 있던 이유. 결정적인 한순간을 만들기 위함이라는 걸 알 수 있었다.

2번 통로의 수송대가 전멸한 것에 그치지 않았다.

[아르팬: 1번 통로!! 검은 마법사 알리를 비롯해 무수히 많은 랭커들이 압박하기 시작합니다. 또한, 수십여 개의 지뢰가 유저들을 집어삼킵니다!!]

[코드나: 강력한 독들에 의해 1번 통로팀 전멸 위기를 맞이했습니다. 심지어 백사자를 쓰러뜨린 노인과 성기사가 가세했습니다!!]

'도대체 무슨 전략인가……!'

수를 읽을 수가 없었다.

왜냐, 호일천은 한 가지 수만 생각하고 있기 때문이다. 수송로를 막아, 베르드크의 병사들을 배고프게 하며, 나머지 병력을 통해 베르드크를 탈환한다는 것.

한데, 지금 아스간 대륙이 보이는 방향은 이와 전혀 다르다. 대부분의 병력이 이 수송 통로를 장악한다.

그렇다는 의미는.

'애초에 베르드크를 공격할 생각이 없었던 거야……? 아니, 그것도 이상하다.'

그래서 이들이 얻는 이득이 무엇인가? 더욱더 빠른 전력 소모? 자신들이 숨긴 패를 까 보이는 거? 이득이 아무것도 없다. 그런데, 어째서 이런 무리수를 두는가?

그리고 바로 그때.

"저, 저기!!"

"호일천 님!!"

병력이 소리를 지르기 시작했다.

세 번째 수송로는 가장 위험하다. 협곡 사이를 지나야 하기 때문이었다. 대신에, 가장 빠른 길이기도 하다. 그랬기에 호일천과 가장 강력한 랭커들이 포진해 있었다.

병력이 가리키는 곳. 협곡의 가장 높은 곳에 한 사내가 서 있었다. 그리고 그 사내의 검에 강력한 기운이 깃들고 있었다.

"미, 민혁!!"

"시, 식신입니다!!"

"대한민국 최고 랭커!!"

이제까지 한 번도 대류운(大戮雲)에서 모습을 드러내지 않은 식신의 등장이었다.

ATV의 김대국 PD. 그는 식신의 등장에 자신도 모르게 가슴이 쿵쾅쿵쾅 뛰었다.

대류운(大戮雲)오픈 후에 처음으로 모습을 드러낸 명실공히 대한민국 최강의 랭커! 그가 절벽 위에 서서 적들을 내려다보고 있었다. 그의 주변으로는 그가 이끌고 온 병력이 함께였다.

하지만 지금 김대국 PD나 ATV의 국장조차도 대한민국 랭커들의 생각을 읽을 수 없었다.

"도대체 무슨 생각이야? 무슨 생각으로 핵심 병력을 통로들에 집중시킨 거지? 만약 통로가 뚫린다면 말 그대로 대한민국의 패배가 확실시되는데."

전쟁이란 밀고 당기기다. 모든 병력을 한 번에 보내는 게 아니라, 차근차근 병력 싸움을 벌이고 두뇌 싸움을 벌이는 거다. 그런데, 지금의 전략은 전혀 읽히지 않는다.

그리고 그것보다.

"호일천……."

뿌드득-

애국자인 김대국 PD의 치아가 갈렸다. 그 이유는 얼마 전 오만했던 호일천의 발언 때문이었다.

'식신? 내 앞에 나타난다면 20초 안에 끝내주지.'

대놓고 한 조롱이었다. 대한민국 국민이라면 모두가 화를 내고도 남을 상황이었다.

심지어 중국의 국민들조차 비난하는 이들이 있었다. 하지만 그는 소수일 뿐 대부분 호일천의 포부에 박수를 보내줬다.

'그러고 보면……'

민혁 유저는 공식적으로 방송에서 모습을 드러내었던 때가 바로 발라크 사냥 때이다. 한참이나 지난 때의 일이었다.

그때 보여준 말도 안 되는 스킬. 그 스킬에 대해 실제로 극의(極意)를 가진 세계의 어떠한 랭커가 익명으로 글을 올렸다.

식신의 스킬은 일시적으로 발휘된 힘일 뿐이다. 이는 그가 모든 스탯과 스킬을 비약적으로 상승시킨, 그 힘만 놓고 보아도 가늠할 수 있다. 때문에 '그는 완전한 지존이 아니다'라는 이야기였다.

그리고 발라크 사냥 때와 비교한다면 호일천은, 민혁을 압도할지도 모른다.

'하지만······.'

민혁은 항상 변수를 만들어냈던 유저였다.

그러나 또 다른 한편으론 걱정되었다. 현재 첫 번째 통로와 두 번째 통로가 모니터에서 보여진다. 그곳에 대부분의 랭커들과 강력한 NPC들이 포진되어 있었다.

반면에 세 번째 통로에는?

'민혁 유저 말고는 딱히 안 보여.'

물론 그가 거닐고 온 병력은 매우 강할 것이다. 그렇지만 상대측엔 호일천뿐만이 아니라, 중국에서 내로라하는 랭커들이 상당수 있었다. 비공식 랭커로 활동하는 북경 귀신들도 함께였다.

북경 귀신. 총 네 사람으로 구축된 이 북경 귀신의 인원들은 비공식 랭커들로서 무척이나 강했다. 최소 레벨이 약 530을 넘어선다. 쉽게 표현한다면 4인의 하이에나와 닮아 있었다.

일단 김대국 PD는 지금 송출되는 영상에 집중하기로 했다.

호일천. 그의 입가에 미소가 자리매김했다.

식신 민혁. 그는 대한민국의 최고의 랭커였다. 아테네:한국전에서 비공식 랭커 최강이라 불렸던 카르를 꺾었던 인물.

하지만 카르는 자신 또한 꺾은 적이 있었다. 그리고 호일천은 그가 극의(極意)의 반쪽짜리도 얻지 못했음을 알았다. 발라크 사냥 때? 그때와 비교하면 자신이 훨씬 더 위였다.

이에 따라 중국 해설자들이 해설을 시작한다.

[호일천. 그는 얼마 전, 공식 석상에서 민혁 유저를 단 20초만에 로그아웃시키겠다고 장담해서 이슈를 한 몸에 받은 적이 있었습니다.]

[다소 오만한 발언일지도 모르지만 다르게 생각한다면 자신감 어린 발언이기도 합니다. 호일천은 대한민국 랭커들을 상당수 꺾었으니까요.]

[실제로 세계의 많은 전문가가 호일천 유저와 민혁 유저의 싸움에서 호일천의 손을 다수 들어주었습니다.]

[호일천 선수는 대부분의 공격을 높은 회피율을 이용해서 회피해 냅니다. 또한, 그의 방어력은 얼마나 되는지 상상조차할 수 없을 정도인 것 같더군요.]

[더군다나, 호일천과 함께 북경 귀신들이 함께 있습니다. 첫번째 통로와 두 번째 통로는 예상하지 못한 대한민국 유저들의 선전에 의해 수송에 실패하는 분위기이지만 가장 빠른 길

인 세 번째 통로는 가능할 것 같습니다.]

[사실상 하나의 통로만 수송에 성공해도 대한민국 유저들은 패배한 것과 다름없는 격이죠.]

중국 랭커들의 해설처럼, 세계의 많은 전문가는 호일천의 승리를 장담하고 있었다.

그리고 그때, 검에서 힘이 넘실거리는 민혁이 힘껏 휘두르면서 바닥으로 내려섰다. 그와 함께, 절벽 위에 있던 병사들이 활과 마법을 쏘기 시작했다.

"방어진을 형성해라!"

"그레이트 실드!!"

호일천의 외침과 함께, 북경 귀신 중 한 명인 귀신의 마법사가 거대한 실드를 형성했다. 실드는 거의 배리어라고 할 수 있을 정도로 거대했다.

태태태태태태탱!

이어서 민혁의 검 주위로 넘실거리던 수백여 개의 황금빛 낙엽이 쏟아지기 시작했다.

'그는 발라크 사냥 때, 배리어를 생성한 후, 그 안에서 요리를 먹어 능력을 끌어올렸다. 그때 보여진 스킬이 바로 저 황금낙엽.'

황금낙엽은 그의 짧은 버프 시간 동안만 가능한 스킬로 보인다. 그리고 그 위력은.

쩌저저저저저저저정-

쉴 새 없이 그레이트 실드를 타격하더니, 이윽고 가뿐히 부숴내 버렸다.

호일천은 땅에 내려선 민혁을 향해 달려가기 시작했다.

그리고 곧이어 정체 모를 검은 로브를 두르고 후드까지 뒤집어쓴 여성이 나타나서 그와 함께했다.

'저 여성은 누구지?'

호일천은 잠깐 의문을 품었다.

성녀 로이나는 아니다. 성녀라고는 하나, 그녀는 전투적인 부분에서 매우 취약한 여인이었다. 반대로 저 여인은 절벽에서 사뿐히 내려서고 움직이는 걸음걸이가 예사롭지 않았다.

하지만 그녀는 호일천에게 달려오지 않았다. 반대로 민혁은 빗발치는 화살과 낙엽 사이, 호일천을 향해 질주하고 있었다.

'와라, 최강자가 누구인지 보여주마!'

현 시각. 중국과 대한민국. 더 나아가 세계인들이 시선을 집중하고 있었다.

[아마 제 예상처럼 민혁 유저는 호일천에게 20초를 버티지 못할 확률이 높습니다. 호일천은 현재 유저 중 몇 안 되게 극의(極意)에 오른 유저이니까요.]

[호일천의 회피율과 방어력은 상상을 초월합니다. 민혁 유저의 공격이 먹히질 않을 겁니다.]

달려오는 민혁을 보며 호일천은 스킬을 전개했다.

[극의(極意)의 방어술]

[방어력 250%, 회피율 600%를 1분 동안 증가시킵니다.]

방어력을 자그마치 250% 증폭, 심지어 회피율의 경우 600%를 증가시키는 놀라운 힘이었다.

회피율 600%라면 어지간한 공격기들은 반절 이상을 흘려보낼 수 있다는 의미였다. 심지어 호일천은 공격을 허용하지 않기로 유명한 암살자 클래스다. 그런 그가 기껏 먹혀들어 간 공격을 방어하거나 혹은 회피해 버리니, 참으로 허탈한 일이 아닐 수 없다.

달려오는 민혁을 바라보며 호일천은 여유롭게 스킬을 준비 중이다. 20초 만에 끝내겠다는 그 다짐! 그 다짐을 지키기 위해서 호일천은 단일 최고의 스킬을 사용해야 한다.

쿨타임도 없다시피 하지만, 사용은 딱 한 달에 한 번만 가능한 스킬. 그리고 페널티로 5대 스텟 3 하락이라는 어마어마한 페널티를 가진 스킬. 바로 '극의(極意) 사살'을 발현하려는 거다.

[극의(極意) 사살]

[2초 안에 적에게 공격을 성공시키며 HP 95%를 소멸시킵니다. 그 후 5초 동안 스턴 상태에 빠뜨립니다.]

가히 사기적인 스킬이었다. PVP 전용이라고 할 수 있는 놀라운 스킬! 사실상 이 스킬 하나 때문에 호일천이 그런 호언장담을 할 수 있었던 것이기도 했다.

그리고 내달리는 민혁의 검에 강한 기운이 맺히고 있었다. 스킬을 시전하는 것일 터다.

호일천은 속으로 숫자를 세고 있었다.

'2초, 3초…….'

그와 자신이 서로에게 달려들기 시작한 시간이다. 그리고 4초 때, 민혁의 검이 힘껏 휘둘러지려 했다.

호일천의 입가에 미소가 자리매김했다.

'큭! 그 스킬은 사용도 하지 못할 거다!'

순간적으로 피로 물든 듯 붉게 변화한 그의 단도. 단도에서 극의(極意) 사살이 발동되었다.

피유유융-

빛처럼 날아간 극의(極意) 사살이 정확히 민혁의 목을 꿰뚫었다.

"커헉!!"

달려오려던 자세 그대로 민혁은 피를 토해냈다.

'사실상 스턴은 무용지물인가?'

호일천도 민혁에 대해 조사했다. 그는 상태 이상의 힘을 억누르는 힘을 가진 것으로 추정된다.

하지만 스턴이 없어도 괜찮았다.

그의 HP는 고작해야 5%. 또한, 그는 HP와 MP를 회복시키는 스킬이 있으며 회생시키는 스킬도 있는 것으로 추정되지만, 회생시키는 스킬을 사용하면, 곧바로 HP와 MP를 회복시키는 스킬을 사용할 터. 그때 두 가지 스킬을 모두 사용하게 된 셈. 그때쯤이면 약 10초 정도의 시간이 남을 것이며 그때 집중적으로 몰아붙여 잡으면 된다.

공격을 성공시킨 호일천이 빠르게 내달렸다.

그리고 그때, 비틀거리는가 싶던, 민혁이 스킬을 발현했다.

'6초.'

지금까지 흘러간 시간.

그리고 민혁이 검을 휘두른 순간, 호일천은 잠시 이해할 수 없었다.

민혁은 검을 하늘 쪽으로 휘둘렀다. 그와 함께, 하늘에서 벼락과 같은 수십여 개의 검기 가닥이 자신을 향해 쏟아지기 시작했다.

'극의(極意)……?'

호일천은 이해할 수 없었다. 그의 극의는 일시적이 분명했다. 또한, 저번에 보였던 스킬을 비약적으로 상승시키는 버프 능력도 받지 않은 듯했다. 그런데, 어째서?

아니, 생각해 보니 무언가 이상했다. 함께 내려선 여인.

그녀에게 시선을 튼 호일천은 볼 수 있었다. 그녀의 손끝에서 하얀빛이 일렁이고 있었다.

극의로 이루어진 검기의 벼락!! 그 벼락이 호일천을 향해 쏟아지기 시작했다.

'하지만 내 방어력과 회피율은……!'

그때.

콰아아아아아앙-

[방어력을 무시하는 검에 당하셨습니다.]

호일천은 잠시 알림을 이해할 수 없었다.

그리고 자그마치 HP가 20% 이상이 깎여 나갔다. 한데, 거기서 그치지 않았다.

콰콰콰콰콰콰콰콰콰쾅!

수십여 개의 벼락과 같은 검기가 쉴 새 없이 호일천을 내리치기 시작했다.

호일천은 빠른 발을 이용, 벼락같은 검기 사이에서 피해내고 있었다.

하지만 그 순간.

[여신의 족쇄]
[강력한 족쇄가 당신의 움직임을 제약합니다.]
[민첩 20%가 하락합니다.]

자신의 상태 이상 저항력은 극의에 오른 순간, 상상을 초월하게 되었다. 어지간한 랭커들도 자신에게 상태 이상을 걸 수 없다.

'저 여자…… 뭐야…….'

호일천의 눈이 커다랗게 떠졌다.

8초. 지금까지 지난 시간이었다.

그리고 어느덧 다가온 민혁의 검.

'평타 공격이다. 쳐낼 수 있어……!'

이 짧은 시간에 스킬을 사용할 수 있을 리 없다.

하지만 호일천의 예상과 다르게 그 공격은 스킬이었다.

쐐에에에에에에엑-

주변을 갈기갈기 찢어내는 거대한 바람이 불어오며 붉은 기운이 검에 넘실거리기 시작한다.

호일천이 두 개의 단도로 내려 찍히려는 검을 막아내려는 그 찰나였다.

푸욱-

검 끝은 아직 2m 바깥에 있었다. 그런데, 호일천의 가슴을 꿰뚫었다.

"쿨럭!!"

9초. 호일천의 급소가 폭발하며 그가 쓰러지는 시간이었다.

"주, 죽여라!!"

"저 여인을 공격해라!!"

"식신을 공략해라, 저 로브를 두른 여인도 방심해선 안 된다."

정체 모를 여인이 민혁의 바로 뒤에 등을 대고 함께 섰다.

두 사람이 등을 맞대고 적들을 노려본다.

좌아아아아아아앙-

여인이 로브 자락 사이에서 뽑아낸 검이 청량한 소리를 뿜어냈다.

쐐에에에에엑!

민혁이 자신을 향해 몸을 띄우고 힘껏 검을 내려치려는 북경 귀신 중 한 명인 귀신 기사 하우쉔의 몸을 베고 지나간 소리다.

촤차차차차차차착-

한 번의 공격에 열 번이 넘는 타격이 이어진다.

그치지 않았다.

콰콰쾅!

거대한 낙뢰가 세 번 연속 사내에게 내리쳐 로그아웃시킨다.

여인이 검을 휘두른 순간, 거대한 황금 창들이 생성되어 북경 귀신 중 한 명인 귀신의 마법사를 꿰뚫었다.

푸푸푸푸푸푹-

"꺄아아악!"

16초. 두 명의 북경 귀신이 죽은 시간이다.

그리고 민혁이 달려오는 두 명의 다른 북경 귀신을 바라보며 힘껏 검을 땅에 꽂아 넣었다. 그 순간, 여인이 민혁의 어깨 위에 손을 올리고 버프 능력을 실현.

피피피피피피피피피피피핏-

수백여 개가 넘는 거대한 검의 꽃이 피어나며 두 명의 북경 귀신, 그리고 더 나아가 뒤에 있던 적군을 집어삼켰다.

콰콰콰콰콰콰콰콰콰쾅!

이윽고 거대한 폭발이 일어나며 주변을 휩쓸었다.

여인의 정체. 바로 빵 셔틀 메이웨이였다.

그리고 20초. 네 명의 북경 귀신과 호일천을 잡아낸 시간이었다.

말 많던 중국 해설자들. 그리고 흔히 말하는 전문가, 아니, 정확히는 ×문가라 불리는 자들. 그들이 꿀 먹은 벙어리가 되었다.

중국 해설자 린타오는 마른침을 삼킬 수밖에 없었다.

고작 20초다. 호일천이 장담했던 식신 민혁을 끝내겠다던 그 시간. 그 20초라는 짧은 시간에 민혁과 정체 모를 여인은 북경 귀신 넷과 호일천마저도 잡아냈다.

방금 전까지만 해도 세계의 다양한 커뮤니티에서 민혁이 20초 안에 로그아웃 당할 것이라고 입을 털던 전문가들이 말이 없었다. 심지어 식신의 강제 로그아웃을 예상하고 있던 중국 커뮤니티 사이트의 채팅창이 잠시 얼어버렸다.

'이, 이게 뭐야……?'

린타오는 다시 봐도 믿기지 않았다.

이게 가능한 일인가 하는 의문. 그리고 정체 모를 여성, 저 여인은 누구일까?? 숨겨진 비공식 랭커?

중국 사람인 린차오. 그리고 그를 제외한 무수히도 많은 중국 사람들은 설마 중국의 자랑이라고 할 수 있는 세계 공식 랭킹 1위의 메이웨이가, 민혁의 빵 셔틀로 있다는 것을 전혀 생각조차 하지 못하고 있었다.

그리고 침묵에 휩싸인 중국 커뮤니티 채팅창에 한 글이 올라왔다.

[대~~~ 한민국! 짝짝! 짝 짝짝!]

민혁은 베르드크의 식량 창고에 불을 지르면 중국 유저들이 식량 수송로를 통해 식량 수송을 할 것을 누구보다 잘 알았다. 또한, 남들이 보았을 땐 이득을 챙기기 힘들어 보인다는 것도.

그렇지만 그 상황에서 민혁은 여러개의 판을 짜고 앞을 내다봤다. 분명히 호일천은 이번 식량 수송에 나타날 것이다. 그리고 가장 빠르게 갈 수 있는 세 번째 통로로 올 것이라는 사실을.

호일천은 자신 따위 20초면 잡을 수 있다고 확신했다.

하지만 그는 몰랐다. 민혁에겐, 세계 공식 랭킹 1위 메이웨이가 아군으로 함께하고 있다는 것을 말이다. 먹자교 길드원들을 제외하고서도 철저히 비밀리에 붙여져 있는 이야기였다. 그 때문에 그녀와 함께 호일천의 길을 막았다.

그리고 민혁은 보여줘야 했다. 전쟁에서 중요한 것은 때론 강한 병사도, 뛰어난 아티팩트도 아닌 사기가 매우 중요한 역할을 하곤 한다. 민혁은 그 사기를 끌어올리고 싶었다.

또한, 메이웨이는 최고의 버퍼 능력자였다. 저번의 그림리퍼 사냥 당시에는 그녀가 보여준 단일 버프는 한정적이었다. 그 이유는 수백 명의 병사들을 상대로 버프를 걸어주었기 때문이었다. 하지만 지금 그녀의 MP는 충만하였고 여러 가지 단일 버프 스킬이 사용 가능했다.

그녀의 버프 능력은 '스킬'을 집중적으로 상승시키는 것도 있었으며 '방어력 확률 무시' 또는 '공격력 증폭' 등 다양했다. 그녀의 버프 덕분에 민혁은 잠시나마 또다시 극의에 오를 수 있었다. 그것도 식신만을 위한 레시피나, 폭주를 일절 사용하지 않고서 말이다.

그리고 그녀의 버프를 받으며 민혁은 호일천을 단숨에 사냥해 내고 그녀와 함께 북경 귀신 넷도 사냥한 것이다.

북경 귀신들과 호일천이 사망하자 전장 내로 정적이 감돌았다.

가장 뛰어난 자들 다섯이 단숨에 죽었다.

"아…… 아……."

호일천이 이끌고 온 유저들과 NPC들은 섣불리 움직이지 못했다. 아니, 오히려 몇몇 유저들과 NPC들은 뒷걸음치고 있었다.

하지만 그 와중에, 수백여 발의 화살이 협곡 사이에서 빗발친다.

"끄아아아악!!"

"으, 으아아악!"

"살려줘!!"

그 틈을 민혁과 메이웨이가 함께 헤집으며 세 번째 통로의 적군들을 학살하기 시작했다.

[충격! 거대 공격 기지 베르드크에 식량 수송을 나섰던 병력, 대부분 전멸.]
[아테네 최약체 국가라 불리는 대한민국. 식량 수송로를 두고 벌인 싸움에서 압승.]
[먹자교 길드원들 그들은 누구인가. 또한, 그들을 이끄는 길드 마스터 식신 민혁은?]

무수히도 많은 기사가 써 내려지며 세계 곳곳에 뿌려지기 시작했다.
그리고 첫 번째 수송로 쟁탈전에서 승리를 거머쥔 대한민국 유저들은 여전히 수송로를 지키고 있었다.
이에 대해 많은 의견이 분분해지고 있었다.

[어째서 대한민국은 식량 수송로만을 지키고 있을까요?]
[애초에 그들은 베르드크 공격 기지 탈환에 관심이 없던 것 아닐까요?]
[아, 그 말은 식량 수송로를 차단한다는 핑계로 그들이 통로로 중국 유저들을 유인한 거라는 말이군요?]
[지금으로서는 그럴 가능성이 가장 커 보이는 게 사실인 것 같습니다.

사실상 수송로만 지켜낸다고 그들이 얻어내는 게 없으니까요. 또 근래 베르드크를 공격하려는 의도도 전혀 보이지 않고요.]

　중국 유저들은 결론을 내렸다.

　애초에 그들은 베르드크에 관심이 없었다. 단지, 그를 빌미로 '유인'한 것이라고 말이다.

　또한, 중국 유저들은 조심스럽게 움직이기 시작했다. 식량 수송로를 또다시 공격한다면 빼앗을 수 있을지도 모른다.

　하지만 자신들의 피해도 클 것으로 예상되었다.

　때문에 대한민국 랭커들은 수송로를 지키며, 중국 유저들은 그저 주시했다. 말 그대로 기 싸움이 시작된 것이다.

　하지만 그 기 싸움을 노린 한 명의 사람.

　바로 민혁이 있었다.

　'오늘로써 삼 일 차가 되었다.'

　중국과 우리나라 유저들이 서로를 주시하며 움직이지 않는 게 말이다.

　자, 그러면 이제 어떻게 될까? 베르드크의 병력은 배고픔을 호소하고 있을 거다.

　민혁은 아틀라스 영지에서 주둔하고 있는 카이스트라에게 귓속말을 보냈다.

　[민혁: 카이스트라. 작전 개시다.]

카이스트라를 비롯해 아틀라스 영지에 잔존하고 있던 수백 명의 병사! 그들이 발 빠르게 움직이기 시작했다.

그들이 하는 행동은 며칠 전, 민혁이 만들어두고 갔던 요리들을 철로 이루어진 도시락 안에 넣는 것이었다.

그들은 내용물들이 흐르지 않게 철저하게 밀봉했다.

"정말 대단해요."

헤이즈. 그녀는 감탄하고 있었다.

그녀는 전략 전술도 발군인 소녀. 그러한 헤이즈마저도 민혁의 전략 전술에 감탄하고 말았다.

그녀는 민혁의 말을 떠올렸다.

'우리가 만약 수송로로 오는 자들을 막아낸다면 어떻게 될까? 중국은 상황을 주시할 거고 우리가 베르드크를 공격할 생각이 없다는 거에 눈치 싸움을 시작할 거야, 그렇게 되면 베르드크 안에서는 병사들이 배고픔에 시달리게 되겠지.'

그렇다. 이틀에서 삼 일. 병사들은 아무것도 먹지 못해, 배고파할 것이다.

'심지어 카라미스의 병사들은 일반 NPC가 아니야, 귀속되지 않았고 그저 카이온 대륙의 유저들이 베르드크를 먼저 탈환해 냈기에 충성하고 있는 자들이지.'

그에 헤이즈는 빙긋 웃었다.

'그들의 충성은 완전한 것이 아니다.'

그리고 지금 만들고 있는 도시락. 그 도시락을 싸는 로크가 말했다.

"이거 완전 그거랑 비슷한데?"

"그거요?"

헤이즈가 의아한 표정을 짓자 그가 설명했다.

"이방인들의 세상인 우리 세상에서 북한과 한국은 분단국가거든. 그런데 우리나라 사람들은 북한의 지도층들을 미워하지만, 그 나라의 국민을 미워하진 않아. 오히려 그들을 도우려 하지."

로크의 말에 헤이즈가 귀 기울였다.

"때문에 우리나라 시민 단체와 봉사자들은 쌀을 페트병에 집어넣고 그 안에 USB와 같은 것들을 함께 넣어서 식량난에 시달리고 있는 그들을 위해 강가에 흘려 보내. 그러면 그들은 그 쌀이 든 페트병을 건져내서 밥을 먹곤 하지. 우리나라 사람들은 '너희를 미워하지 않는다'를 보여주는 것이기도 하지만 함께 보낸 USB 안에 담긴 음악과 영화, 드라마들로 새로운 세상이 있음을 알려주는 거야."

"그렇군요."

헤이즈는 빙긋 웃었다.

그것과 비슷한 전략이다. 새로운 세상이 있음을 알린다.

그리고 대현자 아르벨은 도시락의 뒤쪽에 '왕자님은 왜 오늘 밤 외출했는가'의 한 부록들을 써서 붙이기 시작했다.

"그건 뭐 하는 거예요?"

"작품 홍보."

아르벨이 씨익 웃음 지었다.

그에 로크는 턱을 쓸었다.

'호오, 천잰데?'

그렇게 도시락 수백여 개가 만들어졌다.

공격 기지 베르드크! 곳곳에서 아우성이 퍼지기 시작했다.

"배, 배고파……."

"배가 고파 힘이 안 나는군."

고된 훈련과 전쟁을 펼치며 병사들이 유일하게 기다리는 시간은 식사 시간이곤 했다. 그리고 식사 시간이면 일반 사람들의 2~3배 가까운 양을 먹어치우는 이들이 그들이다. 그런데, 그들은 지금 식량이 떨어져 지독한 배고픔에 빠져든 상황이었다.

"따, 따뜻한 수프 한 입만 떠먹어 보면 소원이 없겠어."

"나, 나도……!"

"크~ 잘 만들어진 마늘빵도!!"

그 때문에 베로드크의 사령관 아로한은 이러한 알림을 들었다.

[병사들이 배고픔에 시달리기 시작합니다.]

[병사들의 모든 스텟이 10% 감소합니다.]

[병사들의 사기가 하락합니다.]

[병사들의 불만이 커지기 시작합니다.]

그리고 계속해서 보고를 올리는 백부장과 기사들!

"어서 빨리 식량을 조달하지 않으면 병력 모두가 굶어 죽습니다!"

"기다려라, 기다리다 보면 식량이 올 것이다."

그렇게 말했지만 다른 랭커들은 이미 식량 수송을 포기한 듯싶었다.

[하이루: 현재 수송로가 막혀 갈 방법이 없습니다. 유저들이 가진 식량을 나눠주고 버티는 게 나을 것 같군요.]

[케이드: 그래도 앞으로 며칠은 더 버틸 수 있지 않습니까? 물만 마셔도 사람은 일주일은 족히 버티니까요.]

태평한 소리들 하고 있다.

며칠을 더 버틴다? 그게 문제가 아니다. 배고픔에 병사들은 갈수록 난폭해지는 분위기였다.

또한, 유저들이 보유한 식량은 이미 동났다. 어떤 유저가 민혁처럼 음식들을 수십 킬로씩 가지고 다니겠는가? 보통 2~3일 버틸 식량만 가지고 다니며 어떠한 유저들은 사냥만을 위해 건포도와 건빵 같은 것들만 가지고 다닌다는 거다.

하지만 아로한은 작은 기대를 가지고 있었다.

'내가 부탁한 식량이 오고 있다.'

그는 암살자 랭커들에게 부탁하여 식량을 인벤토리에 가득 넣고 가져오라 말했다. 지금 오고 있으니, 충분히 해결책이 될 터!

하지만 곧 충격적인 귓속말을 받았다.

[알린: 달의 암살자 루시아가 베르드크 성 주변에 은신해 숨어 있었습니다. 몇몇 유저들이 잠복해 있는 것 같습니다. 암살자들 전원이 전멸했습니다.]

[칼란: 이들은 베르드크를 공격할 의지는 없지만, 식량 운송 자체를 막아버렸습니다. 심지어 은신해 버리니, 어찌할 방도가 없습니다.]

대한민국에선 암살자들까지 침입하지 못하게 하고 있었다.

총체적 난국인 셈이다.

병사 중 한 명인 이스든. 그는 평소에 남들보다 훨씬 더 많이 먹는 거구의 병사였다. 그는 카라미스의 병사 중 한 명으로써 하루에 한 끼만 먹지 않아도 현기증이 올 정도다.

그런 그는 주린 배 때문에, 오밤중에 하염없이 성벽을 서성였다.

'배고파 쓰러지겠군.'

그가 그런 생각을 할 때였다.

탓-

인기척이 들렸다.

"누, 누구냐!"

이스든이 재빨리 고개를 돌렸다.

한데, 그곳에는 정체 모를 반짝이는 무언가가 있었다.

그가 조심스레 걸음을 옮겼다. 그리고 천천히 그것을 들어 올리는데 맛있는 냄새가 풍겼다.

그것은 다름 아닌, 도시락이었다. 뚜껑을 열자 그 안에 새우튀김과 볶음밥, 볶음김치, 가라아게가 함께 들어 있었다. 이스든은 지금 이 도시락의 정체도 알지 못하고 허겁지겁 먹어치웠다.

'세, 세상에 이렇게 맛있는 도시락은 처음이야……!'

허기짐에 먹는 도시락! 그뿐만이 아니라, 맛도 최고였다.

그러던 중, 미처 발견하지 못했던 쪽지를 발견했다.

[도시락은 잘 드셨나요? 이 도시락은 배고픈 당신들을 위해 준비했습니다. 매일 도시락을 드리려 합니다. 대신에 이 도시락은 전우들과 나눠 드시기 바랍니다. 매일 충분한 양을 보낼 테니까요. 단, 조건이 있습니다. 이방인들이 이 사실을 모르게 하는 겁니다.]

이스든은 순간 고민했다.

이방인인 아로한이 바로 사령관이었다. 이를 보고해야 할까? 하는 고민에 빠져든 것이다.

그러던 중, 이스든은 도시락 뒤편에서 만져지는 종이에 고개를 갸웃하며 도시락을 뒤집어봤다.

[왕자님은 오늘 밤 왜 외출했는가 中.

왕자님은 오늘 밤도 잠들 수 없었다. 그녀의 생각이 간절히 났기 때문이다.

그로 인해, 그는 오늘도 늦은 밤 몰래 성을 빠져나왔다.

그리고 그녀가 있는 집으로 내달렸다.

그녀는 잠을 자지 않고 올 것을 알았다는 듯 기다리고 있었다.

둘은 격렬한 키스를 나누었고, 침대로 향했다.

침대가 격렬히 삐걱거리며 그녀의 야생마 같은 신음이 울려 퍼지고 땀으로 흠뻑 젖어……]

"꿀꺽-"

보던 중 자신도 모르게 이스든의 침이 넘어갔다. 그는 엄청난 집중력을 발휘하고 있던 것이다!

그런데, 다음 내용이 없다?

"……?"

아니! 여기서 끊는 게 어딨단 말인가! 침대 위에서 격렬하게 무엇을 했는가?

배고픔! 그리고 궁금증!! 궁금하다. 침대 위에서 삐걱거리며 무슨 일이 있었는지 말이다.

이스든은 그렇게 음식과 야설에 홀딱 빠져 버리고 말았다. 아래에 추가적인 말이 덧붙어 있었다.

[자네가 이방인들에게 이 사실을 알리지만 않는다면 도시락을 보낼 때마다 그다음 내용을 알려주지. 희대의 베스트셀러 작가 아르벨 올림.]

그는 일단 서둘러서 그곳을 벗어났다. 그리고 잠에 빠져들기 위해 침낭에 들어갔다.

"배, 배고파……."

"배고파서 죽을 것 같아."

전우들의 목소리가 들려왔다. 그 와중에 배가 부른 이스든은 죄책감을 느꼈다.

쪽지에는 매일매일 도시락을 조달해 주겠다고 했다. 하지만 대신 조건이 있었다. 이방인들에게 알리지 말 것.

고민하던 이스든은 생각했다.

'아니, 알려야지. 암. 적들의 교란일지도 몰라.'

이스든은 내일 아침 해가 뜨면 적들이 이상한 전략을 펼치기 시작했다고 보고할 생각이었다.

그런데 잠을 자려는데, 잠이 오지 않았다.

'그 뜨끈했던 가라아게…… 씹는 순간 육즙이 팍 터지면서 바삭거리는 식감이 예술이었지.'

그렇게 생각하며 또 한 번 뒤척인다.

'아아아, 그 볶음밥은 또 어떠했고……'

그는 자신도 모르게 입을 우물거리고 있었다.

'차라리 정말 알리지 말고 도시락을……'

아니, 그건 위험한 일이었다. 그렇게 생각하며 고개를 젓던 이스든! 그렇게 잠을 자려 애쓰는데, 이번엔 다른 생각이 났다.

'삐걱이는 침대…… 땀으로 젖은 두 사람…… 거기에서 정확히 무슨 일이 있었던 걸까!!'

이스든은 궁금증에 차마 잠을 이룰 수 없었다.

그리고 다음 날.

꿈을 꾸는 이스든!

'오오, 이스든 왕자님!!'

'나 그대 벤자민만을 사랑하오!'

'왕자님!!'

'벤자민!!'

꿈속에서 그는 '왕자님은 왜 오늘 밤 외출했는가'의 주인공이 되어 그녀를 꽉 껴안았다. 그리고 침대를 삐걱이며 뜨겁게 사랑을 나누었다.

번쩍-

그리고 눈을 떴을 때. 이스든은 자신의 바지를 슬쩍 올려보고는 화장실로 달려갔다.

'으으으, 내가 이 나이에……!'

그는 쭈그려 앉은 채 열심히 팬티를 손빨래하기 시작했다.

손빨래를 하면서 이스든은 생각했다.

'정말 사람 미치게 하는구만……!'

본래 동이 트면 바로 사령관 아로한에게 보고를 올릴 생각이었다. 그렇지만 바로 지금!

'다음 내용만 읽고 보고하자!'

그렇다. 이스든을 홀린 것은 민혁의 뛰어난 요리도 있었지만 아르벨의 희대의 명작 왕자님은 왜 오늘 밤 외출했는가도 포함되어 있었던 것이다!

이스든은 그날도 도시락에 대해서 알리지 않았다. 그리고 역시 늦은 밤 배고픔과 함께 궁금증을 품고 성벽을 서성였다.

툭-

그때 어제와 마찬가지로 인기척과 함께 음식이 나타났다.

'어제보다 음식이 조금 줄어든 것 같은데?'

이스든은 그런 의아함을 보이면서도 허겁지겁 먹어치웠다. 그러고는 서둘러 도시락의 뒤를 확인해 보았다.

[왕자님은 왜 오늘 밤 외출했는가 중 中.

전날 밤 뜨거운 사랑을 나누었던 두 사람은 달콤한 아침을 함께했다. 햇살을 함께 맞이하는 것에 행복함을 느꼈다.

하지만 왕자님은 이만 돌아가야 할 시간이었다. 그는 그녀에게 키스하고 다시 성으로 돌아갔다.

바로 그 시각.

이 사실을 왕자의 아버지인 황제가 알아차렸다.

그리고 지금. 황제가 보낸 기사들이 그녀의 집으로 향하고 있었다.]

"……아아아, 진짜 미치겠구만!"

이스든은 미치고 팔짝 뛸 노릇이었다. 이 어마어마한 절단 신공을 보라! 세상에 이게 독자에게 할 짓이란 말인가? 작가는 어서 추가적인 내용을 보여줘 독자의 궁금증을 풀어주어야 하는 것 아니겠는가?

그런 생각을 하던 때 추가적인 쪽지가 발견되었다.

[오늘부터 모든 병사가 먹을 도시락을 배달할 예정입니다. 당신의 전우들에게 그 사실을 알려 배불리 먹이세요. 그렇다면 내일도 도시락을 드리겠습니다. 그리고 역시 이방인들에겐 비밀입니다. 절대요.]

'너무 궁금해……!'

기사들이 그녀의 집으로 향하고 어떻게 되었는가? 그것이 너무 궁금해 이스든은 서둘러 전우들에게 도시락 사실을 알렸다. 그들과 함께 어두운 성벽으로 오자 도시락이 곳곳에서 발견되기 시작했다.

그리고 다음 날 아침. 화장실이 문전성시를 이루었다. 베르드크의 수백 명이 넘는 병사들이 자신들의 팬티를 들고 서 있었던 것이다!

북북북북-

손빨래하는 그들은 자신들끼리 이야기를 나누었다.

"벤자민. 그녀는 어떻게 되었을까?"

"황제로서는 평민인 그녀와 사랑에 빠진 왕자가 탐탁지 않았겠지. 혹시 그 자리에서 죽이진 않겠지?"

"설마 그렇게 소설 내용이 극적일 리가 없어!"

병사들은 궁금증에 빠져 있었다. 그리고 누가 누구라고 할 것도 없이 아무도 이방인들에게 어떠한 발언도 하지 아니했다. 그저 다음 날만을 기다렸다.

7장
위대한 탈환(2)

사령관 아로한은 의문에 빠져들었다.

'요즘 카라미스의 병사들의 얼굴에 활력이 돌아, 분명히 배고픔에 시달리는 건 맞는데, 어떻게 된 일이지?'

병사들이 무언가 달라졌다. 얼굴에서 웃음이 떠나질 않는다. 마치 성인이 되어 술집을 다니게 되어 새로운 놀이에 눈을 뜬 듯한 느낌!

한데, 배고픔은 여전하다. 정확히는 민혁과 아틀라스의 병사들은 도시락 양을 하루에 미미하게 줄였다. 또한, 하루에 한 번만 배달이 되니, 배고픔은 유지된다. 오히려 갈증을 느끼게 될 터.

그로 인해, 아로한에게 배고픔이 해소되었다는 알림은 들리지 않았다. 그런데, 배고파하면서도 즐거워하는 병사들이라?

'단체로 미쳐 버린 건가?'

그런 생각을 하면서 아로한은 의문에 빠져들 수밖에 없었다.

대한민국과 중국이 기 싸움을 벌인지 5일 차가 되던 때였다.

늦은 밤. 병사들은 서둘러 성벽 쪽에서 도시락을 함께 먹었다. 망을 보기 위해 반 절씩 나누어져서 도시락을 먹고 책을 읽으니, 철두철미하다고 할 수 있었다.

그리고 도시락을 먹은 이스든은 서둘러 소설의 다음 내용을 펼쳤다.

[왕자님은 왜 오늘 밤 외출했는가 중 中.

기사들은 벤자민을 무릎 꿇렸다.

"네년이 감히 누구를 사랑했는가!!"

하지만 벤자민. 그녀는 기사들 앞에서도 한 치도 굽히지 않았다.

"사랑이 죄인가요?"

"네가 한 사랑은 대역죄다."

"그렇다면 죽겠어요. 하지만 후회는 없어요. 그를 사랑했고 그를 사랑하다 죽었다는 사실에."

그녀의 사랑은 죽음이 막아설 수 있는 무게가 아니었다. 설령 자신이 지금 죽는다 해도 그에 대한 사랑은 변함이 없다.

'사랑해요, 왕자님.'

그녀가 천천히 눈을 감았다. 그리고 기사의 검이 내려쳐지려는 그 순간.

태애애애앵!

어디선가 나타난 검이 기사의 검을 튕겨냈다. 그리고 벤자민의 앞으로 한 사내가 나타났다.

"물러나시오. 벤자민."

바로 그녀의 왕자님이었다.]

"아, 안 돼……!"

"여, 여기서 끊지 마!!"

"으, 으아아아악!"

병사들이 탄식을 흘렸다. 세상에 매번 이렇게 궁금증을 유발하는 소설이라니!

"이 작가는 천재야!!"

"암, 그렇고말고!!"

병사들이 탄성을 터뜨렸다.

그리고 오늘도 쪽지가 있었다.

한데, 쪽지의 내용을 본 그들이 경악했다.

[우리의 힘이 되어주실 순 없나요?]

병사들 모두가 경악했다. 그리고 작은 화가 동반되었다.

'우리를 홀려서 감히!'

'이런 말도 안 되는!'

그러면서도 그들은 쪽지를 계속 보았다. 이 쪽지를 무시하면 자신들은 더 이상 다음 편을 볼 수 없기에!

[우리의 편이 된다면 당신들에게 맛있는 세 끼를 약속합니다. 또한, 지금 보고 있는 소설은 이미 2부가 완성되어 있는 상태이기도 하죠. 심지어 아르벨이 집필한 '야생마는 오늘도 달린다', '공주님과 바보온달' 등이 있으니 여러분에겐 무료로 제공해 드릴 겁니다.]

"당장 이 사람들의 힘이 되지!"

이스든이 자신도 모르게 뱉어낸 소리다.

아아! 이미 완성된 작품 공주님과 바보온달, 야생마는 오늘도 달린다가 보고 싶었던 거다!

물론 순간 이성을 잃고 한 말이었고, 그들은 곧 이성적인 대화를 나누었다.

"하지만 그래도 되는 건가?"

"애초에 우리는 어떠한 대륙의 편도 아니지 않나?"

그건 사실이다. 그들은 어떠한 대륙의 편도 아니다. 단지, 베르드크를 탈환한 자의 편이 잠시 되었을 뿐.

"심지어 아로한 사령관은 우릴 한낱 도구로 알고 있네, 그렇지만 이자들의 사람이 된다면 우리에게 황홀한 음식, 그리고 이 아르벨이란 자의 책을 계속 볼 수 있어."

"호, 혹시 사인도 받을 수 있는 건가?"

"그렇겠지?"

"오, 오오오오!!"

솟아나고 있는 팬심!! 그들의 마음은 이미 굳어져 가고 있었다.

그리고 추가적인 쪽지의 내용을 계속 읽어갔다.

'바로 내일이라……'

'내일……'

그들은 마지막에 써진 '내일'을 확인했다.

아로한은 다급히 움직이기 시작했다.

기 싸움을 벌이고 있던 중국과 대한민국 유저들! 중국 유저들의 말에 따르면 수송로를 막고 있던 아스간 대륙 유저들이 빠지기 시작했다고 한다.

'어쩌면……'

베르드크를 칠지도 모른다. 그에 따라 그는 사령관으로서 전투태세를 명령했다. 카라미스의 병사들에게 공성 무기 앞에서 대기하라고 말한 것이다.

현재 실시간으로 계속 동맹원들의 이야기가 채팅방에 올라오고 있었다.

[하이루: 수송로를 포기한 그들이 베르드크로 진격합니다!]

[케니: 무슨 전략인지 모를 노릇입니다. 우리가 곧바로 따라붙을 거라는 사실을 알 텐데.]

[하이루: 앞에선 베르드크라는 거대 공격 기지, 뒤에선 우리가 쫓고 있으니 이 바보들을 한 번에 다 잡아낼 수 있습니다. 하하하하!]

그들은 기뻐했다.

그들이 수송로에서 몸을 빼내자마자 곧바로 중국 유저들이 추격을 시작했다. 그들이 베르드크에 당도하면, 곧바로 중국 유저들이 뒤에서 치며, 앞에선 베르드크의 공성 무기들이 그들을 죽일 것이다.

이렇게 되면 확실해졌다. 이번 싸움으로 대한민국은 패배하게 될 것이다.

그리고 성벽 위에 선 아로한. 그는 곳곳에서 몰려오기 시작하는 대한민국 유저들을 볼 수 있었다.

'멍청한 놈들!!'

비릿하게 웃은 아로한, 그가 명령을 내렸다.

"카라미스의 병사들에게 공성 무기를 사용하라 명하라!"

"예!!"

몰려오는 병력만 약 3천이 넘었다. 이때 공성 무기는 말도 안 되는 파격적인 힘을 발휘할 터! 또한, 베르드크에 있는 공성 무기들은 워낙 복잡하고 어려워 카라미스의 병사들만 사용할 수 있었다.

어느덧, 대한민국 유저들이 코앞까지 도달했다.

"발사해라! 발사!!"

아로한이 목에 핏대를 세우며 양쪽 귀를 손바닥으로 막았다. 거대한 소리가 울려 퍼지며 저들을 쓸어버릴 것이다!

하지만, 시간이 지나도 공성 무기는 움직이지 않았다.

'서, 설마?'

병사들이 배고파서 쓰러진 걸까? 그럴 가능성도 충분히 있었다. 이걸 노린 걸까? 하지만 그렇다고 한들, 뒤에서 따라붙은 중국 유저들에게 그들은 필히 몰살당할 터.

곧 베르드크 주변으로 대한민국의 3천의 병력이 모두 당도하였다.

"모두 활을 들고 적군들을 쏴라! 마법사들, 마법을 난사해라!"

아로한이 또 한 번 명령을 내렸다.

뒤쪽으로 진격하고 있는 중국 유저들과 병력이 보였다. 그 숫자 자그마치 4천!

'크ㅎㅎㅎ!'

아로한이 입이 찢어져라 웃었다.

그때, 정체 모를 소리가 들려왔다.

드르르르르르르륵-

성내가 진동했다. 아로한은 공성 무기가 발동되는 건가라고 생각했다.

하지만 전혀 아니었다. 베르드크의 단단한 벽의 중앙에 위치해 있는 거대한 성문! 그 성문이 저절로 열리기 시작한 것이다.

아로한이 경악했다.

그리고 그 안으로 수천의 대한민국 유저들이 밀고 들어오기 시작했다.

"허어어억!"

거기서 그치지 않았다. 공성 무기가 발동되었다. 메테오에 버금가는 위력을 발휘한다는 베르드크의 공성 무기 중 하나, 마도 투척기가 발동되었다.

우우우우우우우웅-

거대한 운석과 같은 불에 타오르는 돌덩이가 허공을 향해 날아가더니, 이내 그 크기가 메테오만큼이나 커다래졌다.

그리고 그 메테오가 떨어진 곳.

콰아아아아아아아아앙!

"크, 크아아아아아악!"

"으, 으아아아아아악!"

"으아아아아아악!"

비명이 난무하며 죽은 자들이 속출하는 바로 그곳! 그곳은 바로 중국 유저들이 몰려오는 곳이었다.

"……뭐, 뭐야?"

아로한은 이 상황을 이해할 수 없었다.

드르르르르르륵-

거대한 성문이 열리고 민혁과 한국 랭커들은 발 빠르게 베르드크로 입장했다.

모든 랭커들이 믿기지 않는다는 눈으로 민혁을 보았다. 그가 베르드크를 탈환한 데 걸린 시각. 딱 12분 32초에 불과했다.

민혁이 하늘 높이 검을 치켜들고 외쳤다. 이는 이 방송을 보고 있는 모든 국민에게 외치는 목소리였다.

"베르드크 탈환에 성공했다!!"

"우와아아아아아아아!"

"와아아아아아아아!"

우레와 같은 함성이 터져 나왔다.

전 세계가 저절로 열린 성문에 이해할 수 없는 한편, 놀라고 있었다.

대한민국이 대류운(大戮雲)의 거대 공격 기지 베르드크를 탈환! 이는 고작 13분이 채 걸리지 않았으니, 대한민국과 중국 측 해설자들은 경악하고 있었다.

특히 대한민국 해설자들이 흥분을 감추지 못하고 있었다.

[미, 민혁 유저를 선두로 거대 공격 기지 베르드크 탈환에 성공합니다!!]

[세상에!! 말도 안 되는 일이 눈앞에서 펼쳐지고 있습니다. 보셨습니까? 베르드크의 성문이 저절로 열렸습니다.]

[도대체 이게 어떻게 된 일인지 감조차도 잡히지 않고 있습니다!!]

세계가 경악하는 건 당연했다. 그리고 유저들과 함께 안으로 들어가기 시작한 민혁의 입가에 작은 미소가 맴돌았다.

수송로를 막아서고 식량을 통제한다. 그럼 카라미스의 병사들은 배고픔에 허덕인다. 그리고 중국 유저들은 대한민국 유저들이 통로에서 벗어나지 않는다면 눈치 싸움을 벌인다.

그 와중에 카라미스의 병사들을 도시락을 이용해서 꼬드긴다. 그리고 중요한 건, 도시락을 주면서 매번 그 양을 천천히 줄여 나가는 것이다.

도시락 양이 줄게 되면 카라미스의 병사들은 더욱더 배고픔에 시달리게 될 수밖에 없다. 차라리 안 먹느니만큼 못하다고 할 수 있었다.

그에 의해 민혁은 쪽지에 아군이 되어줄 것이라면 성문을 열어달라고 말했다. 그와 함께, 공성 무기로 자신들을 뒤쫓는 중국 유저들을 공격해 달라고 말이다.

민혁은 중국 유저들이 추격을 시작하려는 것도 예측하고 있었다.

'그 좋은 기회를 놓치려고 할 리가 없지.'

베르드크로 아스간 대륙 유저들이 진격하면 공성 무기의 공격을 받으며 그 뒤에서 카이온 대륙 유저들이 친다면 깔끔하게 모두를 잡아낼 수 있으니까.

하지만 이 상황이 반대가 된다면?

'우리가 완승할 수 있다는 거다.'

민혁은 랭커들과 함께 걸음을 옮기기 시작했다.

그 와중에 민혁은 작게 고개를 숙이는 병사들을 볼 수 있었다. 그들은 민혁의 편이 되기로 한 베르드크에 있던 병사들이었다.

이 모습을 보는 랭커들은 경악하고 있었다.

'어떻게 이런 일이…….'

민혁의 계획을 듣고 반신반의하고 있었던 알리샤였다.

아무리 배고픔에 허덕인다고 한들, 병사들이 그것으로 인해 성을 내어준다? 또한, 우리들의 편이 되어준다? 그것을 실현시킨 민혁의 등이 한없이 넓어 보이는 그녀였다.

민혁은 함께 들어온 이들과 안쪽에 자리 잡은 중국 유저들을 몰아내기 시작했다.

"장전하라!!"

백부장들의 외침에 따라 카라미스의 병사들이 공성 무기를 장전하기 시작했다.

마도 공성 무기!

공성 무기는 초월적인 힘을 발휘했다는 대장장이 루카가 제작해 낸 것들이었다.

루카는 뛰어난 마법사이기도 한편, 대장장이였다. 그러한 루카는 대장장이 중에서도 특히나 공성 무기를 누구보다 잘 만들었다.

하지만 한 가지 문제가 있었다. 그의 공성 무기는 발동시키는 데, 굉장히 어렵다는 것이었다.

　그리고 카라미스의 병사들은 어려서부터 베르드크 방어에 혼신의 힘을 쏟은 이들이었다. 그 때문에 공성 무기의 사용법에 대해 배운 이들이었다.

　"발사!!"

　푸화아아아아악-

　투석기에서 또 한 발의 거대한 돌이 날아간다. 루카의 마법이 함께 깃들어 있는 돌. 돌이 저절로 거대해지더니 불을 피워 올리며 적들의 한복판에 떨어져 내린다.

　콰아아아아아앙-

　그뿐만이 아니었다. 거대한 창을 재현해 놓은 듯한 공성 무기를 스무 명의 인원이 끙끙거리면서 장전했다.

　자그마치 열 발. 어지간한 랭커들의 광역 마법과 비견되는 강력한 힘을 발휘하는 거대한 창이었다.

　쭈우우우우우욱-

　카라미스의 병사들이 거대한 창을 장전한 후에 동시에 발사했다.

　쐐에에에에에에엑-

　매서운 속도로 뻗어나가는 거대한 창이 공기를 찢어발기며 적진 한가운데 떨어졌다.

　꽈드드드드드드득-

　"으, 으아아아아악!"

"커헉!"

"컥!"

창의 형태로 이루어진 공성 무기는 적들을 찌른다의 개념이 아니었다. 갈기갈기 찢어발긴다는 개념이었다. 창 하나에 적들 수십 명이 죽어 나가고 있었다.

그리고 중국 유저들은 혼란에 빠져들고 있었다.

쐐에에에에에엑-

카이온 대륙 병력이 밀집되어 있는 곳.

그곳으로 거대한 창들이 지나가자 병사들의 몸이 찢겨 나가며 곳곳에서 비명과 절규가 울려 퍼졌다.

그 틈에 있는 이번 작전의 사령관 아일렌은 이해할 수가 없었다.

'베르드크를 탈환당했다……?'

심지어 베르드크에 있는 카라미스의 병사들이 공성 무기를 사용, 되려 자신들을 공격하고 있었다. 압도적으로 자신들이 밀리고 있는 중이었다.

또한, 동맹 채팅에 따르면 아로한은 지금 적들이 자신을 죽이기 위해 몰려오고 있다고 하였다.

'크, 큰일이다.'

베르드크는 핵심적인 공격 기지이다.

대륙운(大戮雲)의 중앙에 위치하고 있어, 전략적 요충지라고도 할 수 있었다.

그러한 곳을 빼앗긴다면? 눈앞이 깜깜해진다.

하지만 문제는 지금 베르드크의 공성 무기들을 뚫고 지나갈 수 있느냐였다.

결론은 '불가능'이었다.

대륙운(大戮雲)에 위치해 있는 모든 중국 유저들이 몰려온다면 모를까.

실제로 지금 이곳에 있는 4천의 병력도 분산된 인원들이었다. 자신들이 베르드크의 성안으로 들어가기도 전에, 전멸당할 것이 불 보듯 뻔했다.

"후, 후퇴해라!!"

"후퇴!!"

아일렌은 중국의 비공식 랭커 중 한 명이었다. 레벨 561의 최상위 하이 랭커! 그러한 그는 하이 클래스 전직도 끝마친 지 오래되었다.

때문에 자신만만해하고 있던 상황이다. 자신이 대한민국 유저들을 전멸시킨다면 중국 국민들은 환호하고 기뻐할 터!

하지만 지금은 문제가 달라졌다. 얼마나 더 많이 살려서 가느냐였다.

후퇴를 명령한 순간, 중국 유저들이 왔던 길로 도망가기 시작했다. 하지만 그곳은 이미 독 전문가인 스무스와 함정 설치사인 로아돌이 준비를 끝마친 상태였다.

카이온 대륙 유저들이 일정 지역을 지난 순간, 숨죽여서 대기하고 있던 그들은 미리 엄청난 양의 폭발물과 독을 준비해 두었다.

로아돌과 스무스의 콜라보!

도망가는 카이온 대륙 유저들의 퇴로, 그 퇴로에서 거대한 폭발이 일어났다.

콰아아아아아아아앙!

거대한 폭발은 부채꼴 모양을 형성시켰는데, 문제는 그 불길의 색이 초록색이라는 점이었다.

아일렌의 고개가 돌아갔다.

현재 생존한 중국 유저의 숫자는 약 2,900명. 이들 중 2,500명이라도 살려서 가야 한다.

한데, 갑작스럽게 자신들을 덮친 거대한 폭발!

콰콰콰콰콰콰콰쾅!

로아돌이 설치해 놓은 지뢰를 카이온 대륙 유저들이 밟고 곳곳에서 초록색 폭발이 일어나고 있었다.

거기서 그치지 않았다.

한 유저가 중얼거렸다.

"윈드."

즉, 바람. 초록색 폭발이 거센 바람에 휘날려 카이온 대륙 유저들의 호흡기로 들어왔다.

[독 전문가의 독에 당하셨습니다.]

[민첩 40%, 마법 방어력 30%, 물리 방어력 30%가 하락합니다.]
[끔찍한 독에 정신을 차릴 수 없습니다.]
[끔찍한 독에 의해 HP가 초당 0.8% 하락합니다.]

"커어어억!"

"케헥!"

카이온 대륙 유저들이 목을 부여잡고 기침을 토해냈다. 그들의 움직이는 속도가 저하된다.

서둘러 '해독 포션'을 마시는 이들이 보였다. 하지만 문제는, 공기 중에서 뿌옇게 떠 있는 저 독이었다.

심지어 다시 한번 윈드를 사용하는 목소리와 함께 독이 또다시 유저들의 폐부 깊숙이 자리를 박았다.

윈드를 사용한 유저는 다름 아닌, 검은 마법사 알리였다.

거대한 포식뱀 위에 올라타 있는 알리! 그가 대마법사 멀더런의 후예로 전직하고 포식뱀을 수하로 부리게 되면서 얻은 마법이 있었다.

바로 '뱀의 유희'였다.

[뱀의 유희]

[수백 마리의 뱀들이 적들을 물어뜯어 HP를 소모시키고, HP를 MP로 5% 변환시켜 축적시킵니다.]

[뱀이 열 명의 적을 무는 데 성공할 시에, 모든 마법 쿨타임이 1%씩 감소합니다.]

[페널티에 따라 물리 방어력, 마법 방어력이 70% 하락하며 HP가 50%로 하락합니다.]

뱀의 유희는 대규모 전쟁에서 무척이나 유용한 능력이었다.

어찌 보면 상대방의 마나를 빼앗는 마나 드레인과 비슷했으나 달랐다. 마나 드레인은 한 명을 대상으로 하지만, 뱀의 유희는 수백 마리의 뱀으로, 수백의 적을 대상으로 한다.

알리가 지팡이를 힘껏 휘둘렀다. 한 번 휘두를 때마다 지팡이에서 수십 마리의 뱀들이 무더기로 튀어나왔다. 그리고 어느덧 수백 마리의 자그마한 뱀들이 먹이를 찾아 움직이기 시작했다.

"취이이이이이익-"

"취이이이이이익!"

푹! 푹!

뱀들이 몸을 날려서 카이온 대륙 병력의 몸 곳곳을 물어뜯는다, 종아리, 허벅지, 옆구리, 졸지에는 독을 씻어내기 위해 고개를 숙인 병사의 얼굴까지 물어버렸다.

"으아아아아악!"

"크하아아아아아악!"

[적의 HP를 MP로 변환시킵니다.]
[10명의 적이 뱀에게 물려 쿨타임이 1% 감소합니다.]

그리고 가뜩이나 마법 쿨타임 시간이 현저히 작은 알리. 그가 엄청난 양의 마법들을 난사하기 시작했다.

"헬파이어!!"

두 개의 손에 동시에 헬파이어를 시전. 곧바로 도망치기 위해 달리는 카이온 대륙 유저들에게 날려 버렸다.

콰아아아아아아앙- 콰아아아아아아앙-

거대한 지옥의 불이 적들을 집어삼키며 소멸시켜 버렸다.

알리의 마법 공격은 쉴 새 없이 이어졌다.

콰콰콰콰콰콰콰쾅!

비명이 난무하는 전장!

그 전장에서 아일렌은 진퇴양난에 빠졌음을 알 수 있었다. 뒤로는 공성 무기, 앞으로는 검은 마법사 알리와 지뢰, 독이었다.

하지만 아일렌은 빠르게 침착해졌다.

"소환술사들! 가장 약한 몬스터를 소환하여 퇴로로 진군시켜라!"

"예!"

소환술사란 몬스터를 소환하는 이들이었다. 또한, 소환술사들의 레벨과 몬스터의 레벨 격차가 많이 날 때, MP 소모량이 현저히 줄어들며 거기에 더해져 소환 숫자도 더 많아지게 된다.

소환술사들이 소환한 몬스터는 그렘린! 레벨은 최하위이지만 빠른 발이 주특기인 놈들! 그러한 놈들 수백 마리가 나타났다. 그리고 퇴로로 내달렸다.

"끼혜에에에에엑!"

"캬하아아아아아악!"

콰콰콰콰콰콰콰콰콰콰콰쾅!

아일렌의 생각은 간단했다. 수백 마리의 소환수들을 통해서 지뢰를 제거하는 것. 그 예상처럼, 수백 마리의 그렘린들이 지뢰를 밟으며 퇴로를 확보.

"궁수, 마법사. 전원 검은 마법사 알리를 집중 공격하라!!"

"예!!"

그리고 궁수부대가 오백여 발이 넘는 화살을 쏘아내며, 마법사들의 마법이 하늘을 뒤덮었다.

"실드! 실드! 실드! 실드! 실드!"

검은 마법사 알리가 재빠르게 실드를 중첩시켜서 형성.

하지만 그 와중에 화살 비와 난무하는 마법에, 작은 뱀들이 소멸하고 있었다.

콰콰콰콰콰콰콰콰콰쾅! 탱탱탱탱탱탱탱탱!

중첩된 실드에 쉴 새 없이 화살과 마법들의 공격이 가해지고 그중에는 실력 있는 궁수들의 스킬과 강력한 마법이 더해진다. 아무리 알리라고 해도 혼자 막아내기에는 무리가 있었다.

또한, 그는 현재 뱀의 유희의 페널티에 의해 HP는 50% 미만, 물리 방어력, 마법 방어력은 70% 미만으로 하락해 버렸다.

가뜩이나 HP량이 적은 마법사 유저인 알리는 공격 한 두 번이라도 허용하면 큰 타격을 입게 된다.

쨍그랑!

실드가 깨지며 화살 비와 마법 세례가 알리를 집어삼키려는 그때.

"크화아아아아아악!"

거대한 포식뱀의 몸이 부풀어 오르더니, 알리를 집어삼켰다. 그리고 마법과 화살들이 포식뱀을 강타했다.

"키혜에에에에에에엑!"

포식뱀이 비명을 터뜨리며 몸부림쳤다. 그리고 마법과 화살 세례가 끝났을 때, 몸 곳곳에서 피를 흘리며 알리를 토해냈다.

알리. 그가 주저앉으며 포식뱀의 상태를 살폈다.

알리는 포식뱀과 끈끈한 우정을 맺었다. 그렇기에 포식뱀의 등에는 동료의 증표인 X가 크게 그려져 있다.

또한, 알리는 포식뱀을 사랑하는 마음에 그에게 닉네임을 붙여줬다.

"큐, 큐피트 짱!"

큐피트. 그것이 포식뱀의 이름!

포식뱀은 꼭 이런 상황에서 그 간지러운 이름을 불러야 하는 건가 하는 표정을 지었다. 아픔보다도 더 커다란 쪽팔림!

"큐피트 짱…… 고생했어……!"

큐피트를 껴안은 알리가 그를 소환의 방으로 돌려보냈다.

그리고 고개를 돌렸을 때, 화살과 마법의 세례가 이어지고 있었다.

아이렌이 웃음 지었다.

그리고 중국 해설자들 또한 안도했다.

[퇴로가 확보되었습니다.]

[다행스러운 일입니다. 그래도 아일렌의 뛰어난 지휘 능력에 의해 위기를 극복합니다.]

[아직 생존한 병력은 2천 명 이상. 후일을 도모해야 할 것 같군요.]

한데, 바로 그때 알리가 이상한 행동을 보였다.

검은 마법사 알리! 그가 오타쿠 중의 오타쿠라는 사실을 중국 사람들은 잘 모르고 있었다.

검은 마법사 알리는 왼팔을 들어 올리고 소리쳤다.

"동료오오오오오오오오!!"

그리고 그의 시선이 향한 곳. 그곳에서 그를 구하기 위해 그의 동료가 날아오고 있었다.

그렇다. 말 그대로 날아오고 있었다.

[뭐, 뭐죠?]

[나, 날개입니다!!]

성벽 위가 클로즈업된다.

그곳에 하얀 날개를 펼친 사내. 바로 민혁. 그가 빛의 속도로 날아와 알리의 앞에 내려섰다.

그리고 볼 안에 휘핑기를 넣고 저었다.

모든 유저들과 해설자들이 의아해한다. 천사의 날개를 달고 저 휘핑기는 뭐란 말인가?

그 순간.

쐐헤에에에에에엑-

수백여 개의 마법과 스킬이 한 번에 디스펠 되어 사라졌다.

황당함에 그 누구도 말문을 잇지 못하고 있었다. 볼에 휘핑기를 넣고 돌리니 마법과 스킬들이 디스펠 된다?

모두가 경악하는 그때.

펄러억!

"동료오오오오오오오오!!"

알리를 구한 민혁이 왼팔을 들어 올리며 힘차게 날아올랐다.

"머, 멋집니다. 민혁 님."

알리는 감격했다.

그리고 하늘 높이 날아오른 민혁! 그의 검에 강력한 힘이 깃들며 스파크가 튀기 시작했다.

"벼락같은 검."

피피피피피피피피피핏 검기의 벼락.

족히 오십 개는 넘어 보이는 길고 커다란 검기의 벼락들이 하늘을 뒤덮어 재앙이 되어 카이온 대륙 유저들을 향해 쏘아졌다.

민혁에게 알리는 그 어떠한 이보다 소중한 사람이다. 그는 베아스 마을에서 모두가 자신을 외면할 때, 오로지 자신만을 믿고 모든 것을 희생할 감수를 했던 사람이다.

그러한 알리는 후퇴를 하는 이들을 막아내는 막대한 임무를 가졌다. 베르드크의 탈환에 성공하면 이제 아스간 대륙 유저들에게 남은 임무는 도망치는 적들을 모두 전멸시키는 것.

베르드크 성안에서 민혁은 카이온 대륙 유저들을 모두 몰아내고 사령관 아로한을 생포하였다. 그러나, 성벽 위 메이웨이와 함께 있던 민혁은 안절부절못했다. 자신의 동료인 알리가 로그아웃 당할 위기에 처해 있었기에.

그때 메이웨이가 해결책을 냈다.

"저한테 플라이 능력을 펼칠 수 있는 힘이 있어요."

그에 따라 민혁은 곧바로 그녀에게 버프를 받았다.

[대천사의 날개]
[대천사의 날개가 날개뼈 죽지에 돋아나 빠른 속도로 하늘을 날 수 있게 도와줍니다.]

펄러억-

거대하고 새하얀 날개를 펼친 민혁.

날아가는 그를 향해 메이웨이가 쉴 새 없이 버프 능력을 걸어주었다.

[신이 내린 능력자]
[모든 스킬 레벨이 2 상승합니다.]
[신의 무기]

[물리 공격력 20%, 치명타 확률 40%가 상승합니다.]
[신의 방패]
[물리 방어력 30%, 마법 방어력 30%가 상승합니다.]

빠르게 날아간 민혁은 단숨에 볼 안에 휘핑기를 넣고 저어 냄으로써 마법 공격과 스킬을 디스펠시켰다.

그리고 힘껏 날아올랐다.

어느덧 적들이 퇴로로 대부분 당도한 상황이었다. 적들을 한 사람이라도 살려둘 생각은 일절 없었다.

"폭주."

민혁의 머리 위로 악마의 형상이 떠올랐다가 그의 몸속으로 빨려 들어왔다.

[폭주]
[모든 능력치가 16%, 스킬이 2 상승합니다.]
[HP가 3%씩 하락하고 스킬이 끝났을 시 HP가 10% 미만으로, 방어력이 20% 미만으로 하락합니다.]
[엘레의 검술의 스킬이 일시적으로 극의에 도달합니다.]
[엘레의 검술의 스킬 쿨타임이 30% 미만으로 일시적 하락합니다.]
[진화된 엘레의 검술을 일시적으로 사용할 수 있습니다.]
[8장. 벼락같은 검]

밥 먹고 합시다를 통한 버프 효과를 받지 않았음에도 불구하고 메이웨이에 의해 일시적 극의에 도달할 수 있었다.

[벼락같은 검]
[수십 개의 검기의 벼락이 하늘에서 내리치며 직격 시 400%의 추가 대미지를 입힙니다.]

민혁이 밑을 향해 검을 힘껏 내려치자 오십 개가 넘는 길고 커다란 검기가 생성되었다.

그리고 밑쪽에서 알리를 공격하려던 적들을 향해 쏘아 보냈다.

쒜에에에에에에엑!

매서운 검기의 벼락들이 적들의 사이에 떨어졌다.

피피피피피피피피핏-

적들을 스쳐 지나가며 피해를 입히는 벼락같은 검은 단숨에 150명 이상의 적을 집어삼켜 죽이거나, 혹은 전투 불능 상태로 만들었다.

'호오? 하늘을 난다는 게 의외로 좋은데?'

근접 딜러들의 공격을 피할 수 있다는 것이 가장 큰 장점이었다.

하지만 단점은 궁수들과 마법사들의 표적이 된다는 것.

"알리 님, 원거리 병력을 잡아주세요."

"예!"

그에 따라 알리가 지원에 나섰다. 그의 주변으로 수백 개의 에너지 볼트가 떠올랐다. 그의 에너지 볼트는 평범해 보이지만, 일반적인 에너지 볼트와는 달랐다.

수백 개의 스파크를 튀기는 에너지 볼트가 떠 있는 모습은, 마치 하늘에서 내리던 빗방울이 멈춰선 모습이었다.

그러한 에너지 볼트 수백여 개가 마법사들과 궁수들을 집중 타격했다.

콰콰콰콰콰콰콰콰콰쾅!

"커헉! 무슨 에, 에너지 볼트가!"

"끄아아악!"

"으아아아아아아악!"

민혁을 공격하려던 유저들이 비명을 지르고 민혁은 허공 위에서 오븐의 타이머를 작동.

째깍째깍째깍.

콰콰콰콰콰콰콰콰콰쾅!

반경 12m 내에 위치해 있는 적들이 추풍낙엽처럼 쓸려 나갔다.

하지만 아직도 남아 있는 적의 숫자는 2천 정도였다.

쐐에에에에에엑-

중국 유저들도 당하지만은 않았다.

한 중국 랭커가 내던진 거대한 창이 맹렬히 회전하더니, 민혁의 한쪽 날개를 찢어발겼다.

날개 한쪽이 찢어진 민혁은 당연하게도 균형을 잃고 바닥으로 추락할 수밖에 없었다.

그 틈을 타, 적들이 몰려들기 시작했다.

방금 전, 민혁에게 창을 던졌던 창술사 에베론은 중국 창술사 랭킹 1위의 사내였다.

에베론은 여기에서 민혁만큼은 잡아야 한다고 생각했다.

'그래야지만 국민들의 비난을 일부 덜 수 있겠지.'

지금 상황이 매우 좋지 않은 편이었다.

그는 몰려드는 적들을 막아내는 민혁을 보며 한편으론 대단하다고 여겼다.

'어찌 혈혈단신으로……'

저 정도의 물량을 막아내는지 모를 노릇이었다. 하지만 많은 적의 사이에 있기에 그의 빈틈이 보여졌다.

에베론의 창에 강력한 힘이 깃든다.

[불사조의 창]
[강력한 창이 단숨에 적을 관통시키며 불사조가 온몸을 뒤덮습니다.]

쐐에에에에에엑-

'결정타다!'

에베론의 날선 창이 매서운 속도로 적들의 틈에 있는 민혁을 향해 쇄도해 갔다.

정확히 노리는 곳은 바로 명치였다. 명치에 불사조의 창이 박히면, 가슴뼈를 부수고 나아가 관통할 터.

거기서 그치지 않는다. 거대한 불사조가 몸을 뒤덮어 단숨에 잿더미로 만들어 버릴 터다.

하지만 창을 힘껏 찌르고 들어가던 에베론은 무언가 이상함을 깨달았다.

태애앵!

중국 유저 한 명이 해머로 민혁의 몸을 뒤에서 내려쳤다.

그런데.

쑤우우우웅-

내려쳐져야 할 해머는 애먼 땅을 내려쳤다.

에베론이 보았을 때, 분명히 성공했어야 할 공격이었다. 위치나, 혹은 민혁의 움직임 등을 보았을 때 말이다.

그 순간, 에베른의 창이 정확히 민혁의 명치를 찌르는 데 성공했다. 한데, 들려온 소리는 자신이 예상했던 것과 다르다.

태에에에에에엥-

말도 안 된다.

불사조의 창은 순간적으로 공격력을 400% 증가시킨다. 심지어, 강한 빠르기로 찌르니, 민혁의 명치를 못 뚫는다는 게 말이 안 된다.

하나, 방어력이 엄청나다면 가능할지도 모른다.

'바, 방어력이 몇이길래……'

그런 생각을 하던 때였다.

[물리 대미지 반사! 3배의 대미지를 돌려줍니다.]

"크하아아아아아악!"

에베른은 자신의 가슴으로 몰려오는 통증을 깨달았다. 갈비뼈가 부러지다 못해, 으스러지는 듯한 느낌이었다. 심지어 그 대미지 한 번에, 풀 HP였던 그의 HP가 0으로 하락했다.

'무, 무슨……!'

그리고 이는 중국 해설자들을 비롯해 모든 유저들이 알아차렸다.

[어, 얼마나 방어력이 높기에 뚫지를 못하는 겁니까.]

[지금 수십 명의 유저들이 민혁 유저의 곁에 붙어서 공격을 가하지만 막아내거나 혹은 회피합니다.]

[카이온 대륙 유저들의 공격이 애먼 땅을 계속해서 때립니다.]

[허어, 도대체 저 갑옷은 뭡니까?]

[심지어 유저들이 공격을 가하고 되려 로그아웃되는 이들이 속출하고 있습니다.]

방어력은 적의 공격력에 따라서 피해를 받는다. 한데, 적의 공격력보다 방어력이 월등히 높다면, 이는 내구력 손상만을 입힐 뿐으로 직접적인 타격 대미지를 먹이기 힘들다.

또한, 군주의 갑옷은 회피율 300%의 특수 능력이 있다. 이 또한, 레벨과 적의 공격력, 본인의 방어력, HP량, 레벨 등 다양한 것이 합산된다.

민혁은 랭커 중에서도 최상위 랭커다. 그런 민혁의 회피율이 300% 올라간다면, 이는 일반 유저들이 뚫을 수 없었다.

푹!

"큽!"

하지만 민혁도 공격을 허용하지 않는 것은 아니었다. 화살 한 발이 날아와 그의 어깨에 박혔다. 중국 랭커들이었다.

물리 대미지 반사는 확률적인 발동. 또한, 방어력이 높다고 최강일 수 없으며 회피율이 높다고 모든 걸 피할 순 없다.

연이어 계속해서 민혁에게 공격들이 파고든다.

민혁은 곧바로 '저장' 스킬에 의해 축적된 흩날리는 검을 사용했다.

쐐에에에에에에엑-

앞쪽을 막고 있던 적들을 잡아냈다.

'하지만 아직도 1,800명 정도.'

눈앞이 깜깜하다. 서서히 지쳐간다.

바로 그때.

[지프리트의 그물]

[반경 8m 내에 존재하는 모든 적을 붉은 그물이 끌어당기며 이는 사물, 땅, 그 어떤 것도 관통하고 끌어옵니다.]

민혁의 앞쪽으로 몰려오던 수십 명의 적군이 푸른색으로 일렁거리는 거대한 그물에 갇혔다.

그리고 그물을 던진 사내가 힘껏 팔을 뒤로 젖히자, 그물째로 병력이 끌려갔다. 하이 클래스 전직을 마친, 로크였다.

거기서 그치지 않았다. 번쩍 날아오르는 사내가 있었다.

[거인의 연속 발차기]
[거대한 거인의 발이 추가 공격력 600%의 힘으로 쉴 새 없이 적들을 공격합니다.]

칸의 발이 거대해지며 한 번 내리찍는 순간, 수십여 개로 변화해 주변의 적들을 몰아낸다.

콰콰콰콰콰콰쾅!

이번에는 정보꾼 아벨. 그는 먹자교 길드의 정보원으로 활동하고 있었지만 암살자로서의 능력도 출중한 이였다. 그가 귀신같은 몸놀림으로 적들의 사이사이를 누비며, 급소를 꿰뚫어 절명시켰다. 먹자교 길드의 길드원들이 베르드크의 모든 것을 정리해 내고 합류한 것.

알리샤나, 카르, 루완 등도 함께였다. 그리고 그중엔, 당연히 아르벨과 코니르도 있었다.

아르벨이 거대한 창을 힘껏 휘둘렀다.

[마룡창술 5장]
[폭주창]

거대한 폭발이 일어나며 적들이 휩쓸려 나갔다. 그리고 코니르가 난입하여, 검을 휘두르니 비명이 끊이질 않는다.

아르벨이 또 한 명의 적군을 베어내려고 할 때였다.

"혹시 왕자님은 왜 오늘 밤 외출했는가의 저자 아르벨 님이십니까?"

아르벨이 잠시 창을 거두었다. 한 이방인이 환희에 찬 표정으로 눈빛을 초롱초롱 빛내며 그를 보고 있었다.

"맞네만?"

"패, 팬입니다. 사인해 주세요!"

"호오?"

전투 와중에 흥미를 느낀 아르벨. 그가 사내가 내민 종이와 펜에 사인을 해주었다.

"저, 정말 감명 깊게 봤습니다."

"그래? 고맙군. 그런데 그러고 보니……."

아르벨은 의아해졌다. 아직 아스간 대륙에밖에 유통되지 않았는데, 이는 어떻게 본 것일까?

"어떻게 내 책을 구매한 거지?"

"불법 다운……."

푹!

아르벨은 망설이지 않고 단숨에 목을 꿰뚫고는 혀를 찼다.

"불법 다운이 뭔지는 모르지만, 기분이 안 좋군!"

아르벨이 몸을 휘릭 돌렸다.

먹자고 길드원들과 대한민국 랭커들의 난입!

그에 따라서 후퇴하던 카이온 대륙 병력이 수세에 몰리기 시작했다.

또한, 성문이 열리며 그 안에서 아스간 대륙 병사들이 나와 카이온 대륙 유저들을 잡아내기 시작했다.

그리고 이 모습을 지켜보던 중국의 해설자가 안타까운 탄식을 흘렸다.

[저, 전멸하고 말았습니다.]

중국, 더 나아가 세계의 모든 아테네를 플레이하는 국가들이 충격에 빠지는 순간이었다.

검의 대제 엘레. 그녀가 흐뭇한 미소를 짓고 있었다.

"민혁이가 좋아하겠구나."

"네, 아주 좋아하겠군요."

루스는 마치 엄마처럼 미소를 짓는 엘레를 보며 자신도 흐뭇해졌다.

엘레의 앞에는 그녀가 루스를 통해 수소문한, 소 생갈비가 놓여 있었다.

심지어 아주아주 귀하다는 '심해'에 사는 심해 소의 고기였다. 전설에 따르면 씹는 식감과 육즙이 일품이라고 하였다.

"녀석이 극의(極意)를 배우고 오면 줘야겠어."

"그렇게도 기쁘십니까?"

"내가 그리 기뻐했나?"

"네. 민혁 님 이야기만 하시면 얼굴에 웃음이 맺히십니다."

그 말에 엘레가 작은 웃음을 지었다.

"그러게."

그 녀석은 이상하게도 엘레에게 활력소가 되는 녀석이다.

민혁. 그가 극의를 익히고 돌아올 날을 그녀는 손꼽아 기다리고 있었다.

다크 게이머로 구축된 '흑룡단'.

그들이 이야기를 나누고 있었다.

"호일천 녀석, 그렇게 나대더니 결국에 죽고 말았군."

"생각보다 민혁 유저가 강한 것 같더군. 이번 베르드크 탈환도 그러했고."

하지만 그렇게 말한 흑룡단원의 입가에 작은 미소가 그려져 있었다. 강하긴 하나, 미약하다는 것.

그들의 다수는 호일천과 다르게 완전한 형태의 극의를 깨우친 자들. 호일천은 그들 앞에서 한낱 뱀 앞의 미꾸라지에 불과했다.

그리고 지금, 또 다른 극의를 찾기 위해 그들은 대륙운(大戮雲) 안에서 몸을 숨기고 활동하고 있었다.

즉, 진짜배기들은 아직 코빼기도 나타나지 않았다는 것.

바로 그때, 베렉이 안으로 들어왔다. 베렉은 흑룡단 내에서 정보를 수집하는 역할을 하는 사내다.

그가 희열 어린 미소로 그들에게 말했다.

"엘레가 은둔하고 있는 장소를 찾아냈다."

to be continued